「講故事」的「人」：
莫言小說敘事視角和人稱機制研究

王西強 著

序一　西強博士印象

賀立華

　　忘記是哪國的諺語了——「不要說你是誰，只要你說出你朋友是誰，我就知道你是誰」。幾年前，正當我們組建國家項目（張志忠教授領銜，2013年國家社科基金重大招標項目：「世界性與本土性交匯：莫言文學道路與中國文學的變革研究」）團隊時，著名青年學者陝西師範大學李躍力教授向我力薦他的好友王西強博士。才子躍力，治學嚴謹，心氣高邁，能入他法眼的青年學者不多，我信躍力。

　　與躍力神清骨秀的書院氣不同，西強博士是帶著山東漢子的質樸硬朗而又溫文爾雅的春風來到這個團隊的。初入項目組，他做了一次學術討論會的綜述發言，令人耳目一新。幾十位學者發言一次聽過，他機敏地撲捉了各位學者論說的新意要點，刪繁就簡，迅速歸類，逐一點評，準確生動，博得滿堂彩。這種活兒，需要很強的記憶力、歸納能力和語言表達能力，更需要寬廣的知識面和高屋建瓴的識見。他的點評，給大家留下了很深的印象。

　　西強科班是英語，陝西師範大學外國語學院英語教育專業本科畢業後，即留校任教，執教期間改換門庭攻讀了中文系的碩士、博士學位，並進入華東師範大學中國語言文學博士後流動站跟隨楊揚教授做博士後研究。僅就三部學位論文的題目，即可見出他研究領域之廣泛：學士論文《許淵沖古詩英譯「三美論」研究》、碩士論文《從故鄉記憶到多重話語敘事的視角轉換——莫言小說敘事視角及其功能分析》、博士論文《曾樸、曾虛白父子及「真善美作家群」研究》；從他承擔的國家、省、部、校等各級別的研究項目可以見出西強的興趣

和博學：「中國當代小說在英語國家的譯介、傳播與接受研究」、「吳宓翻譯研究」、「莫言小說英譯研究」、「中國現代敘事詩史」（學術外譯項目）……他關注中國古典詩詞的翻譯、更關注中國現當代文學的域外傳播，他關注近代以來域外文學的輸入，也關注中國作品的輸出與接受。可以說西強博士學養的優勢，在於打通了古今，也打通了中外，他是在一個深遠寬廣的視域裡從事教學的，唯有此，他的科研方能高飛遠舉。

　　西強君的博士論文《曾樸、曾虛白父子及「真善美作家群」研究》展現了他的學術優勢：論文從中國晚清文學與民國及現代文學的關係入手，進行了細緻的史料爬梳和觀點歸納，展現了百餘年來關於曾氏父子研究與「真善美作家群」研究的歷史與現狀。西強深入地探究了文學史上這個始於1927年堅持了四年之久的特殊的文學團體的組織結構、運作方式、文化姿態、政治理想、變革思路和文學著譯實績。西強肯定了這個團體獨特的「法國沙龍」式文學生活方式、群體性的文化模式、放低啟蒙姿態以「建設群眾文學」的主張；肯定了這個作家團體獨特的歷史貢獻，也指出了他們的矛盾：他們是20世紀三十年代積極參與中國文學變革的一支生力軍，但他們又是頑強地堅守自己的文學個性、自覺地與「革命文學」主潮保持著一定距離的團隊，他們獨特的審美訴求、文學理想與社會現實政治需求之間存在著深刻的思想矛盾……西強君對「真善美作家群」的研究，為後人考察三十年代文學的生態提供了一個頗為獨特的歷史視角，給人以深刻的歷史回味和思想啟發。西強君的這種研究，既有學術價值，又有現實意義。這種研究，如果沒有中國古籍整理的功夫，沒有西學資源的背景，沒有對當代文化的體察和思考，是很難做到的。

　　西強博士對於莫言的研究是在古今中外和中國東部與西部文化座標點上進行的。他以「莫言與賈平凹小說敘事比較研究」的研究選題參與2013年國家社科基金重大招標項目「世界性與本土性交匯：莫

言文學道路與中國文學的變革研究」，對當今西部作家領軍人物賈平凹與山東作家莫言進行比較研究，這個選題讓他吃透了商洛文化、秦漢風度與齊魯文化之間的差異，吃透了賈平凹「商州山地」的隱逸神祕與莫言「高密東北鄉」的自由奔放；他的「莫言研究史料整理與研究」這個縱深長達三十五年的學術研究史的研究，讓他踏破鐵鞋，跑遍大江南北，深挖細找了每一個資料的來龍去脈細枝末節……這種對歷史的尊重和孜孜不倦萬苦不辭的求索精神，令人感動。西強博士不僅具有文學外部研究的寬廣視閾，而且有著對文學內部深入研究的能力，這種能力是很吃功夫的「笨」活兒，需要扎扎實實反反覆覆細讀原著，來不得半點兒討巧。他的莫言小說的敘事研究著述即是明證，他細讀了莫言的十一部長篇和百餘部中短篇，梳理考察了數百位評論家的論述觀點，在此基礎上，西強對莫言三十多年來小說創作的敘事視角、敘事功能、人稱機制、語言表達、結構安排、審美風格……進行了全面而系統的學理性研究。這種需要理論、需要識見，又需要吃苦耐勞、細針密線的功夫活兒，在當今急功近利萎靡浮躁的時風裡顯得尤為難得。只有三十幾歲的西強博士，有如此深厚的中外文化學養，又有如此嚴謹扎實不辭勞苦的治學精神，可以預料，西強君的研究，未來可期。

　　目前這部書採取了一種板塊式的結構，各個板塊都可以獨立成篇，不失為一種清晰的結構方式。但某些板塊之間似乎缺少一種邏輯的聯繫，試想，如果以莫言創作時間為序來考察他幾十年小說敘事蜿蜒起伏之變化，深究其變化的原因，闡發其變化的意義，總結莫言文學敘事之規律特點……這樣寫來，也許更順當，更能體現學理的系統性。

2017年11月13日

序二

張學軍

　　莫言是一個不願模仿前人，也不願重複自己的作家。他的每部小說都想變換一個新的形式，在小說創作藝術形式上進行不懈的探索，以狂放的想像，天馬行空、獨往獨來的藝術個性，褻瀆一切神靈的勇氣，衝破了小說創作的種種禁忌，開拓出新的小說疆域，創立出一個屬於自己的文學王國，為我們提供了可以進行敘事學分析的一個個實驗文本，為當代文學提供了新鮮的敘事經驗。可以說，莫言的小說創作為中國當代小說敘事學的發展開拓了新的路徑。這一豐富而又獨特的文學存在，吸引著一批批學人投入到莫言小說敘事的研究之中。青年學者王西強就是其中的一員。

　　王西強的《「講故事」的「人」：莫言小說敘事視角和人稱機制研究》是在其碩士論文的基礎上寫成的，當年的碩士學位論文經過十餘年的精心打磨，如今已成為精粹堅實的學術專著。它的思想閃光、學識才情和青春朝氣並沒有隨著時間的流逝而消退，反而愈發顯現其學術價值是經得起歷史檢驗的。雖然莫言研究已是當下的熱門話題，對莫言敘事學的探討也愈加深入，但這並不影響《「講故事」的「人」：莫言小說敘事視角和人稱機制研究》的獨特價值。這是一部精益求精之作，是深鑽苦研的結晶。他以青年學者的敏銳，從敘述視角切入，來探討莫言小說敘事的成功經驗，闡明了敘事視角對莫言小說藝術價值生成的意義，為深化莫言小說敘事研究做出了獨特的貢獻。

　　在莫言研究中，研究者已做了大量的工作，對其作品進行了各種各樣歸納概括，如新歷史主義、尋根、鄉土等等，這些歸納和概括都

具有合理性，也都取得了豐碩的成果。但任何概括都是以犧牲其他豐富的材料為代價的，也會遮蔽住某些特質。要想深入研究莫言還應從具體文本深入細緻的解讀入手，發掘出尚未被發現的藝術特質。隨著時代的變遷，新思潮、新觀念和新方法的湧現，人們對一部文學作品也會有著新的認識和理解。「詩無達詁」、「文無達詮」就說明了對一部文學作品進行多樣解讀闡釋的可能。王西強的這部著作，在文本細讀上下了很大的功夫。他運用了西方敘事學的理論和方法來考察莫言的小說，但並沒有從概念出發，生搬硬套，而是從莫言小說創作的實際出發，對莫言小說文本進行了具體細緻的解讀和論析。其中既有對莫言中短篇小說敘事實驗歷時性的考察，也有對其長篇小說敘事經驗的探討，所論作品幾乎涵蓋了莫言全部小說。在論析的過程中新意迭出，不時地閃現出真知灼見。如對《紅高粱家族》「類我」複合人稱的具體分析就尤為精當，建立在對莫言小說細讀精研基礎上的價值判斷就頗有說服力。

　　固然，王西強對莫言小說敘事的研究有了新的突破，但這只是一個良好的開端。王西強是一個富有學術潛質的青年學者，他的學術生命力正處在旺盛時期，既然目標已經確立，就要朝著已開闢的新思路鍥而不捨地深入研究下去，深究細研，開拓求新。也期盼著他以其開闊的學術視野、出眾的學識才情和悟性，在學術沃土上結出更精美的成果。

2017年10月27日

目次 │ CONTENTS

引論

第一節　莫言文學創作概述

　　自1981年發表處女作《春夜雨霏霏》走上文壇以來，莫言一直筆耕不輟，新品佳作層出不窮，他在不停地製造著文壇轟動效應，不斷引起閱讀和評論高潮。截至目前，莫言已在海內外60餘家報刊雜誌上發表短篇小說近90篇，其中有十餘篇獲獎或被轉載；自1985年起，在21家國內知名小說刊物上發表中篇小說34篇，其中11篇次被轉載或獲獎；自1987年《紅高粱家族》出版起，共有28家雜誌社、出版社為其出版長篇小說11部[1]；發表散文隨筆88篇、創作談78篇、詩歌9首，報告文學9種、改編影視劇和劇本18種；由7家出版社出版文集8種，由29家出版社出版作品集45種，由17家出版社出版散文隨筆集21部，由14家出版社出版創作雜談集18種，有30餘部作品（集）被翻譯成多種文字；獲得國內外文學大獎17項。[2]莫言經歷了新時期文壇的風風雨雨，歷練了各種文學的西風東潮，對古今中外文學作品進行了廣泛的閱讀和借鑒，並且修讀了北京師範大學的碩士研究生課程，積累了豐富的理論知識、培養了鑒賞能力，他在借鑒中不斷創新，形成了自己獨特的美學理想和創作風格，為中國當代文壇奉獻了為人稱道的「莫

---

[1] 　其中《紅高粱家族》有12個版本，《天堂蒜薹之歌》有8個版本，《十三步》有7個版本，《酒國》有8個版本，《豐乳肥臀》有8個版本，《紅樹林》有6個版本，《檀香刑》有6個版本，《四十一炮》有6個版本，《生死疲勞》有5個版本，《蛙》有5個版本，《食草家族》有7個版本。

[2] 　范曉琴，《莫言作品及研究文獻目錄彙編（1981-2013）》（太原：山西出版傳媒集團・北嶽文藝出版，2014年）。

言體」小說。他的小說從一開始即風格別致，從敘述語言到敘述視角、從魔幻現實主義到新歷史主義再到現代主義、從歷史與現實的交錯到「向民間大踏步地撤退」、從感覺的朦朧美到怪誕與審醜、從張揚酒神精神到生殖崇拜再到反思酷刑主義、從深刻的歷史意識到濃郁的現實關懷、從對「生不生」的生殖倫理拷問到「死不掉」的存在價值追尋等，他在藝術技巧、文學觀念和哲學反思上一直不停地突破自我、創新求變。

第二節　莫言研究的歷史及現狀

　　莫言初登文壇就以頗具朦朧神祕之美的《民間音樂》獲得了老作家孫犁的賞識。從1985年徐懷中等在《中國作家》第2期上發表《有追求才有特色——關於〈透明的紅蘿蔔〉的對話》開始，莫言獲得了廣泛的關注和評價。據筆者粗略統計，從1985年到2018年，有關莫言小說的研究大致有以下幾類。

壹、整體研究綜論及評傳、專論、研究資料彙編、家世與生平研究和高層次科研項目[3]

　　據筆者統計，目前已出版：

　　（一）整體研究：綜論及評傳7種[4]。有《莫言論》（張志忠著，

---

[3] 限於篇幅，僅在正文中列舉代表性研究成果名稱，成果發表及出版信息和內容簡述均在註腳中呈現。

[4] 張志忠著《莫言論》（張志忠，《莫言論》（北京：中國社會科學出版社，1990年））是學界最早的莫言整體研究專著，「作者由莫言壓抑的人生經驗，探究其獨特的藝術體驗，以生命意識、感覺爆炸為線索，精細剖析了以『紅高粱』為中心的藝術世界，並在中國農民文化的宏觀背景上，對莫言作品所營造的『高密東北鄉神話』，蓬勃洋溢的『酒神精神』，作出了獨到的價值判斷。」（張志忠，《莫言論》（北京：中國社會科學出版社，1990年），內容簡介）。作者關於莫言小說藝術品格和審美氣質的論斷在學術界產生了廣泛影響，是莫言研究的奠基之作，很早就劃定了莫言研究的大致走向，有些觀點至今仍是莫言研究界學術增長的重要支點

中國社會科學出版社1990年版）、《怪才莫言》（賀立華、楊守森等著，花山文藝出版社1992年版）、《莫言評傳》（葉開著，河南文藝出版社2008年版）、《莫言的文學共和國》（葉開著，北京大學出版社2013年版）、《莫言評傳》（王玉著，清華大學出版社2014年版）、《莫言小說研究》（王育松著，社會科學文獻出版社2016年版）和《多維視野中的莫言創作研究》（王恒升著，人民出版社2016年版）。

（二）專論22種。其中「莫言創作主題與藝術特徵研究」6種[5][有

和出發點。

賀立華、楊守森等著《怪才莫言》（賀立華、楊守森等，《怪才莫言》（石家莊：花山文藝出版社，1992年）），該書從莫言的農村生存體驗出發，討論了莫言小說的審美追求、褻瀆意識、感覺世界和藝術空間的擴張，探尋其小說對民族文化傳統和外國文學的借鑒。該書與《莫言論》互為補充，更多地關注了莫言小說在文學場中的大格局與新氣質。

葉開著《莫言的文學共和國》和《莫言評傳》，前者重在討論莫言的生存經驗對於創作的影響、作品的主題、文本樣態和審美氣質，並對8種莫言作品進行名篇名段賞析；後者主要以莫言的生活軌跡和文學成長經歷作為書寫對象，兼及莫言創作的突出特點，並對其生活與創作的深層關係做了探討。

王玉著《莫言評傳》分五章論述了莫言的「意義」、「生平」、「作品」、「小說評析」和「藝術成就」，「以開闊的視野與翔實的筆墨，將莫言置於共時性的文學空間與歷時性的文學長河中，通過多維度的比較，凸顯了莫言的與眾不同。」（楊守森，〈序〉，王玉，《莫言評傳》（北京：清華大學出版社，2014年），序。）

王育松著《莫言小說研究》從莫言的小說世界、莫言的文學觀念、莫言小說的敘事視角、莫言小說的身體寫作、莫言小說與文學現代性、莫言小說的比較研究和莫言小說的文學史評價等七個方面對莫言的小說展開了研究。

王恒升著《多維視野中的莫言創作研究》從莫言創作的歷時性視野，新時期文學觀念與思潮演變的共時性角度，西方現代派文學及後現代派文學對莫言創作產生的影響，莫言對中國傳統文學的繼承與借鑒，地域文化、民間文化及家庭傳統給莫言帶來的遺傳基因，莫言的個體成長軌跡與新時期文學的整體發展脈絡之間的關係等方面，對莫言的文學創作及其文學世界進行了全方位、立體化的梳理與辨析。

[5] 張靈著《敘述的源泉——莫言小說與民間文化中的生命主體精神》討論了莫言創作與民間文化的關係問題，對莫言小說生命主體精神進行了較為宏觀的分析，尤其是「對莫言小說文本的微觀分析、對莫言小說的肌理和結構的分析、對莫言小說中的事象景觀和詞語的分析，也相當獨到。」（程正民，〈序〉，張靈，《敘述的源泉——莫言小說與民間文化中的生命主體精神》（北京：中央編譯出版社，2010年））

《敘述的源泉——莫言小說與民間文化中的生命主體精神》（張靈著，中央編譯出版社2010年版）、《論莫言小說1983-1999的幾個母題和敘述意識》（謝靜國著，秀威資訊科技股份有限公司2006年版）、《莫言小說中的女性世界》（王美春著，四川大學出版社2011年版）、《「狂歡化」寫作：莫言小說的藝術特徵與叛逆精神》（胡沛萍著，山東大學出版社2014年版）、《莫言創作的自由精神》（寧明著，山東大學出版社2013年版）和《莫言作品敘事研究》（楚軍著，科學出版社2017年版）]、「**莫言創作經典化問題研究**」1種[6][有《莫言創作的經典化問題

謝靜國著《論莫言小說1983-1999的幾個母題和敘述意識》考察了莫言早期17年間小說創作的母題，分析了莫言小說在敘事上所具有的審美氣質。

王美春著《莫言小說中的女性世界》以「人」為出發點，對莫言小說中各類不同的女性形象，從不同側面做一現代的關照與本位的還原，著力於分析歷史事件中個人的命運與性格，集中展現女性於文化、歷史間的個人掙扎與心靈演變。

胡沛萍著《「狂歡化」寫作：莫言小說的藝術特徵與叛逆精神》使用巴赫金「狂歡化」詩學理論視角和核心概念，分「複調——眾聲喧嘩的藝術世界」、「雜語——『狂歡化』的話語策略」、「怪誕——『狂歡化』的生命形式」和「反叛——莫言創作的叛逆精神」四章，深入細緻地考察了莫言小說的「狂歡化」藝術特徵、話語策略、對生命的怪誕關照和對藝術和倫理傳統的反叛，及其因此所具有的審美價值和文化意蘊。

寧明著《莫言創作的自由精神》對莫言的創作從自由精神的角度進行了分析。第一章梳理了海內外的莫言研究現狀；第二章對莫言小說中的自由人物的代表進行了分類敘述；第三章著手於莫言小說的敘事，探究文本中的自由內核；第四章分析了莫言的語言特色；第五章將莫言的自由精神與古今中外的自由作了對比。

楚軍著《莫言作品敘事研究》「從認知敘事學、語料庫語言學和比較語言學等視角出發，構建起了認知語言學、文學敘事學、比較語言學和語料庫語言學相融合的對文學敘事文本進行跨學科介面研究的多維研究模式，建立起了認知敘事學視角下的基於雙語或多語平行語料庫的莫言作品敘事文本的漢外版本的比較研究」，作者分析了莫言幾乎所有長篇小說的敘事人稱與視角，借用弗盧德尼克的「自然」敘事學理論、熱奈特的敘事理論和福柯尼耶的概念整合理論、敘事視角理論和理想化認知模型理論等西方理論方法分析了《酒國》、《四十一炮》和《蛙》等莫言長篇小說的敘事特色，並對《紅高粱家族》、《豐乳肥臀》、《生死疲勞》、《檀香刑》和《酒國》的葛浩文譯本進行了敘事分析，分析了漢英版本的敘事特徵。

6　張書群著《莫言創作的經典化問題研究》從「期刊與莫言小說的發表與宣傳」、

研究》（張書群著，山東大學出版社2014年版）]、「**莫言小說文體研究**」2種[7][有《莫言的小說世界》（付豔霞著，中國文史出版社2011年版）和《莫言小說文體研究》（管笑笑著，北京師範大學出版社2016年版）]、「**比較研究**」4種[8][有《跨越時空的對話：福克納與莫言比較研

「出版社與莫言小說的生產與傳播」、「文學選刊與莫言小說的推介」、「文學選本與名作的淘選」、「文學評獎與文學的經典化」、「文學批評與作家的定位」等六個方面考察分析影響莫言文學創作經典化的諸種因素和經典化的過程，該書作者資料考據功夫了得，將莫言小說放在新時期以來的歷史語境和文學場域裡，對莫言文學創作經典化的影響因素進行了細緻入微的考察。

[7] 付豔霞著《莫言的小說世界》「從文體學的角度對莫言的小說進行研究，採取細部文本分析與綜合文體特徵考察相結合的方法」，分四個步驟，「探討其語言的『擬演講』式特徵」、「從敘事角度、敘事結構和時空意識三個角度探討莫言的敘事個性」、考察了「莫言小說的整體文體形態」和「文體的文化語境」，該書「注重在不同的章節突出莫言小說文體的不同側面」，並「注意莫言小說文體特徵的變化，以及這種變化與作家現實經歷的參照，和對於文本效果所產生的影響等」。（付豔霞：《莫言的小說世界》（北京：中國文史出版社，2011年），頁1-2。）
《莫言小說文體研究》是莫言女兒管笑笑分析莫言小說文體類型和特徵的一部專著，從「道路和歷程：莫言小說文體創造的三階段」、「文備眾體：莫言小說的『混合』式文體」、「莫言小說敘事的時間形態和時空結構」、「幻夢與傳奇：莫言小說文體的寓言化風格」、「莫言小說的語體特點」、「莫言小說文體的外來影響與對中國傳統敘事的繼承」等六個方面研究、探討了莫言小說的文體意義，重點論述了莫言對中國文學敘事傳統的繼承、發揚和改造以及對西方文學敘事技巧的借鑒與超越。

[8] 朱賓忠著《跨越時空的對話：福克納與莫言比較研究》從創作歷程、文藝思想、創作主題、人物塑造以及創作特色等幾個方面對福克納和莫言展開平行比較研究，並對他們的文學價值進行了評估。
張文穎著《來自邊緣的聲音——莫言與大江健三郎的文學》從生活經驗、文學理念和寫作手法等方面對莫言與大江健三郎進行了比較研究。
林青著《莫言的另類解讀：西蒙與莫言寫作比較》對法國作家克羅德·西蒙的《弗蘭德公路》和莫言的《紅高粱家族》進行了比較研究。
張之帆著《莫言與福克納——「高密東北鄉」與「約克納帕塔法」譜系研究》以莫言和福克納的家族小說為基礎文本，通過對「約克納帕塔法」與「高密東北鄉」的家族結構的整理，建立兩個文學世界對應的譜系結構，從「約克納帕塔法」與「高密東北鄉」的整體性譜系結構中體現出的歷史時間、人物關係、地理環境等方面對福克納與莫言的創作進行對比分析，並根據由此體現的差異，再從家族結構、土地根源、信仰觀念三個因素分析譜系結構差異之間的根源，繼而研究福克納與莫言兩位作家的創作對社會的現實意義。

究》（朱賓忠著，武漢大學出版社2006年版）、《來自邊
緣的聲音——莫言與大江健三郎的文學》（張文穎著，
中國傳媒大學出版社2007年版）、《莫言的另類解讀：西
蒙與莫言寫作比較》（林青著，山東大學出版社2014年
版）、《莫言與福克納——「高密東北鄉」與「約克納
帕塔法」譜系研究》（張之帆著，四川大學出版社2016
年版）]、「**海外譯介傳播與接受研究**」9種[9][有《莫言神

---

[9]　（日）吉田富夫編著的《莫言神髓》以資深譯者、研究者的身份，闡述了自己對莫
　　言作品的獨到感受，同時記錄了海外漢學家與當代中國文學逐漸深入的接觸與文學
　　跨境「旅行」的過程，對當下的中國文化「走出去」戰略頗有參考價值。
　　胡鐵生著《全球化語境中的莫言研究》考察了莫言對外國文學的借鑒、創新和個性
　　化發展以及莫言小說在海外的譯介與傳播情況。
　　鮑曉英著《莫言小說譯介研究》梳理了新時期小說的發展過程，集中介紹了莫言這
　　位獲得諾貝爾文學獎的新時期文學家，研究了葛浩文對莫言小說的譯介，通過對莫
　　言英譯小說的譯介主體、譯介內容、譯介途徑、譯介受眾和譯介效果的深入研究，
　　探討了中國當代文學的譯介模式。
　　鮑曉英著《中國文學「走出去」譯介模式研究——以莫言英譯作品譯介為例》以譯
　　介學為理論支撐，將拉斯韋爾傳播模式這一傳播學經典理論引入文學譯介，以莫言
　　英譯作品譯介為例，探討中國文學「走出去」的有效譯介模式。
　　寧明著《微觀莫言文學世界》共分五章，包括童年記憶與莫言文學創作、莫言文學
　　架構探析、微觀莫言文學、海外莫言研究綜論、莫言文學海外傳播與接受和諾獎之
　　後莫言研究動態，既有對莫言作品的微觀分析，亦有對海外研究和近期研究的綜合
　　評述，力圖從小視角一窺莫言文學的「大世界」。
　　寧明著《海外莫言研究》從莫言文學作品在海外的傳播、海外文藝理論界對莫言的
　　研究情況、東西文化語境下對莫言作品傳播與接受的異同等方面著手，對海外莫言
　　作品的傳播及研究情況進行了總的論述。從龐雜的資料中梳理出了一條莫言海外研
　　究之路。
　　宋慶偉著《莫言小說英譯風格研究：基於語料庫的考察》是對莫言小說及其英譯本
　　的系統研究。在理論上，將語料庫研究方法和描寫翻譯學有機結合起來，使研究更
　　加系統化、科學化和均衡化。在方法上，將平行語料庫和對比語料庫方法結合起
　　來，從不同維度對譯文進行全方位考察。在實踐中，對葛浩文譯本風格的系統研究
　　可以為中國文學「走出去」的國家戰略提供參考。
　　賈燕芹著《文本的跨文化重生：葛浩文英譯莫言小說研究》從政治話語、性話語、
　　方言話語和戲曲話語四個方面，對照莫言原作和美國翻譯家葛浩文的譯作，分析譯
　　作對原作的偏離和變異，以及葛浩文對譯文的處理手法和背後的影響機制。
　　明明著《翻譯與中國文化「走出去」戰略研究——以海明威和莫言為例》以海明威
　　和莫言為例，分析了兩位作家作品中所折射出的東西方文化價值的差異，就文化交

髓》（吉田富夫編著，上海文藝出版社2016年版）、《全球化語境中的莫言研究》（胡鐵生著，社會科學文獻出版社2017年版）、《莫言小說譯介研究》（鮑曉英著，上海交通大學出版社2016年版）、《中國文學「走出去」譯介模式研究——以莫言英譯作品譯介為例》（鮑曉英著，中國海洋大學出版社2015年版）、《微觀莫言文學世界》（寧明著，中國石油大學出版社2016年版）、《海外莫言研究》（寧明著，山東大學出版社2013年版）、《莫言小說英譯風格研究：基於語料庫的考察》（宋慶偉著，山東大學出版社2014年版）、《文本的跨文化重生：葛浩文英譯莫言小說研究》（賈燕芹著，中國社會科學出版社2016年版）、《翻譯與中國文化「走出去」戰略研究——以海明威和莫言為例》（明明著，中國社會科學出版社2013年版）]、**「語言專題研究」1種**[10][《莫言小說語言專題研究》（李津著，湖北人民出版社2014年版）]。

（三）**「莫言研究書系」1套12種**，由張華總主編，山東大學出版社出版。目前已出版《莫言研究三十年》、《莫言：全球視野與本土經驗》、《莫言與世界：跨文化視角下的解讀》、《海外莫言研究》、《莫言研究碩博士論文選編》、《「狂歡化」寫作：莫言小說的藝術特徵與叛逆精神》、《莫言創作的經典化問題研究》、《莫言的另類解讀：西蒙與莫言寫作比較》、《鄉親好友說莫言》、《莫言弟子說莫言》、《大哥說莫言》、《世界文學視域下

流中的西學東傳和東學西傳進行了對比研究，得出了文化交流是一種雙向運動的結論。

[10] 李津著《莫言小說語言專題研究》從語言學角度對莫言小說語言的語音修辭、詞語修辭、標點修辭、句式修辭以及莫言小說語言中比喻、重疊的使用方式和意義等進行了專題性的考察，釐清了莫言小說運用語言的方法和技巧。

的莫言創作研究》等12種，既有代表性研究成果的鉤沉輯
錄，又有對由莫言獲得諾獎引起的關於中國當代文學與莫
言創作的本土性和世界性思考以及跨文化研究與比較研究
的成果，既有關於莫言小說藝術特質和經典化問題的專
論，又有對於莫言為人從文的近距離觀察和言說，既關注
國內的研究情況，也關注莫言的海外譯介、傳播與影響，
既彙編名家名作，又積極呈現年輕學者的最新研究成果如
碩博士論文選編等。尤其值得注意的是，該叢書的很多作
者本身就是年輕的學者，他們以嶄新的學術視角和嚴謹持
重的學風呈現了莫言研究的新成果。

（四）研究資料彙編（選編）9種[11][有《莫言研究資料》（賀立

11　賀立華、楊守森主編的《莫言研究資料》，分「莫言生平與創作」、「莫言創作研究」和「莫言談創作」三輯，收入各類研究文章54篇，上下時限是1985-1989年。
　　楊揚主編的《莫言研究資料》，分「莫言的文學世界」、「莫言研究論文選」、「眾說紛紜中的莫言」、「莫言主要作品梗概」、「莫言研究論文、論著索引」和「莫言作品篇目」等六輯，收入各類文章計63篇，上下時限是1986-2003年。
　　孔范今、施戰軍、路曉冰編選的《莫言研究資料》分「生平與創作自述」（收莫言自述、訪談、對話、講演等11篇）、「研究資料」收莫言研究論文26種）和「附錄」（含「作品年表」和「研究資料索引」）。
　　楊守森、賀立華主編的《莫言研究三十年》（上、中、下）從「莫言生平與創作」、「莫言創作研究」、「莫言談創作」（創作談）、「莫言說文學」（演講）、「莫言研究綜論」、「莫言與世界文學」、「莫言文學敘事」、「莫言文學意蘊研究」、「文學歷史」、「文學民間鄉土」、「親屬、弟子、好友說莫言」等不同主題和視角輯錄三十年來莫言研究的代表性成果和重要觀點，集中呈現了莫言研究的總體風貌。
　　范曉琴編著的《莫言作品及研究文獻目錄彙編（1981-2013）》分為「莫言作品彙編」和「莫言研究文獻彙編」，其中「莫言作品彙編」分體裁輯錄莫言各文體作品的發表和出版期次、時間及轉載和再版情況，翔實準確，是一個詳細的莫言作品版本目錄；「莫言研究文獻彙編」分為「長篇小說研究」、「中篇小說研究」、「短篇小說研究」和「綜合與雜類研究文獻彙編」，前三類輯錄針對莫言具體單篇／部作品的研究文獻目錄，第四類按時間順序輯錄綜合研究文獻，該書兼收學術期刊論文、報媒文章、研究專著和中國知網上可查閱下載的碩博士學位論文，輯錄幾乎所有公開發表的莫言研究文獻，資料性很強。
　　程春梅、于紅珍主編的《莫言研究碩博士論文選編》分「民間中國與傳統文化」、「反思與啟蒙歷史與現實」、「人、自由與生命意識」、「藝術風格研究」、「語言、敘事與意象研究」、「世界文化與莫言創作」、「作家主體及其他研究」等7

華、楊守森主編，山東大學出版社1992年版）、《莫言研究資料》（楊揚主編，天津人民出版社2005年版）、《莫言研究資料》（孔范今、施戰軍主編，路曉冰編選，山東文藝出版社2006年版）、《莫言研究三十年》（上、中、下）（楊守森、賀立華主編，叢新強、孫書文執行主編，山東大學出版社2013年版）、《莫言作品及研究文獻目錄彙編（1981-2013）》（范曉琴編著，山西出版傳媒集團‧北嶽文藝出版社2014年版）、《莫言研究碩博士論文選編》（程春梅、于紅珍主編，山東大學出版社2013年版）、《莫言研究年編（2012）》（張清華主編，三聯書店2012年版）、《莫言研究年編（2013）》（張清華主編，三聯書店2013年版）、《莫言研究年編（2014）》（張清華主編，三聯書店2014年版）]、**專題研究論文（選）集7種**¹²[有《莫言：全球視野與本土經驗》（張志

輯選編包括中國現當代文學、文藝學、語言學等專業碩博士論文共50篇，集中呈現了年輕一代學者莫言研究的專業水準和代表性成果。

張清華主編的《莫言研究年編（2012）》、《莫言研究年編（2013）》、《莫言研究年編（2014）》等莫言研究論文年度選編，如《莫言研究年編（2013）》分為「莫言聲音」、「諾獎反應」、「莫言研究」、「媒體之聲」等四個部分，收錄了莫言本人的演講詞、當代文學研究者等對於莫言獲「諾獎」一事以及對其創作的分析和評論，既囊括了陳思和、程光煒、謝有順、楊揚等重要批評家的論文，也為了照顧資料的全面，收羅了一些一般的批評文章，基本反映了2013年度莫言研究的全貌。

¹² 張志忠、賀立華主編的《莫言：全球視野與本土經驗》基於莫言研究的「全球視野」和莫言創作的「本土經驗」，從「中國魅力與諾獎話題」、「本土性與民族傳統」、「莫言作品的讀法」、「海內外莫言研究一覽」和「走近莫言」等五個方面選取代表性論文，呈現了莫言獲得「諾獎」引起的關注與研究、莫言創作的本土性研究、莫言作品解讀與分析以及國內莫言研究的回顧與展望和海外莫言研究的熱點等方面的成果。

楊揚主編的《莫言作品解讀》選取國內外關於莫言11部長篇小說和2部中篇小說的專論和解讀文章26篇，另有綜論文章3篇，計29篇。陳曉明主編的《莫言研究（2004-2012）》收錄莫言研究的「論文、評論」和莫言的「創作談、訪談」文章17篇，這兩本書的選編水平均很高，附錄論文基本都是國內外知名莫言研究學者的經典之作。

忠、賀立華主編，山東大學出版社2014年版）、《莫言作品解讀》（楊揚主編，華東師範大學出版社2012年版）、《莫言研究（2004-2012）》（陳曉明主編，華夏出版社2013年版）、《莫言與世界：跨文化視角下的解讀》（王俊菊主編，山東大學出版社2014年版）、《來自東方的視角：莫言小說研究論文集》（蔣林、金駱彬主編，中國社會科學出版社2014年版）、《說莫言》（上、下）（林建法主編，遼寧人民出版社2013年版）、《莫言批判》（李斌、程桂婷編，北京理工大學出版社2013年版）]和**年譜1種**[《莫言文學年譜》（李桂玲編著，復旦大學出版社2014年版）]。

（五）**家世與生平研究5種**。此類著作有《莫言與他的民間鄉土》（邵純生、張毅編著，青島出版社2013年版）、《莫言與高密》（莫言研究會編，中國青年出版社2011年

王俊菊主編的《莫言與世界：跨文化視角下的解讀》從「譯介與接受：莫言及作品的海外傳播」和「品析與比較：莫言作品的跨文化解讀」輯錄莫言「海外影響」和「比較研究」以及莫言創作與外國文學經驗間關係的研究論文，呈現了跨文化視角下莫言研究的代表性成果。

蔣林、金駱彬主編的《來自東方的視角：莫言小說研究論文集》從「宏觀」、「微觀」和「比較」研究三個方面收錄莫言研究論文18篇，該書編者關注收錄文章的研究視角和研究深度，並按章節編排，頗為機巧地呈現了學界在宏觀和微觀層面上已經取得的莫言研究的代表性成果。

林建法主編的《說莫言》（上、下）以「莫言說：訴說就是一切」為題輯錄莫言的演講、對話和創作談，以「說莫言：敘述的極限」為題選錄由多位文學批評家撰寫的有關莫言創作的研究文章和訪談，較為集中地呈現了關於莫言小說在主題、文體、敘事等方面的研究成果。

李斌、程桂婷編選的《莫言批判》選取了「張閎、李建軍、蔣泥、王干、陳遼……40餘位文學評論家和大學教授對莫言和諾貝爾文學獎的火力集中的地毯式轟炸」文章，集中呈現了學界關於莫言小說缺陷與不足的研究成果，既有價值批判又有審美批評，既有對作品嚴厲的苛責，也有對作家誠懇中正的批評與建議。

李桂玲編著的《莫言文學年譜》是《東吳學術》年譜叢書之一，對莫言的文學經歷進行了年譜式的梳理與言說，對莫言重要作品風格的形成、莫言的創作心理與當時的環境、事件的關係都進行了較為細緻、深入的挖掘、探源與再現。

版）、《大哥說莫言》（管謨賢著，山東人民出版社2013
年版）、《鄉親好友說莫言》（徐懷中、馬瑞芳、楊守
森、賀立華等著，山東大學出版社2013年版）、《莫言弟
子說莫言》（齊林泉、蘭傳斌等著，山東大學出版社2013
年版），主要圍繞莫言創作與故鄉人文的關係、莫言的農
村生活經驗和創作成長歷程、莫言家世等進行外部研究。

（六）**高層次科研項目24項**[13]，研究涉及莫言與現代主義文學的
中國化研究、莫言與當代中國文學的變革研究、莫言作品
敘事研究、莫言作品海外譯介與接受研究、比較研究、莫
言作品的審美形態與功能研究和莫言家世研究等方面。其
中首都師範大學張志忠教授主持的2013年國家社科基金重
大招標項目「世界性與本土性交匯：莫言文學道路與中國
文學的變革研究」視野最為宏闊，將莫言創作與相關研究
放置到世界文學視野之中，以莫言及其作品作為考察中國
文學尤其是中國當代文學變革的樣本，來進行細緻的、外
部研究與內部研究相結合的立體研究。

貳、專業期刊學術論文、博碩士學位論文和報媒文章

至2018年1月，在中國知網上按「篇名」以「莫言」為搜索關鍵
字，可以檢索到專業學術期刊論文2502篇、博碩士學位論文456篇、
報媒文章691篇，共計3649篇[14]，這些評論文章涉及莫言的生平、創
作、獲獎和莫言研究之研究等，構成一種立體研究的態勢。這些莫言
研究和評論文章歸納起來大致有以下幾個方面[15]。

---

[13] 項目立項情況詳見附錄二。

[14] 此統計不包括高校學報增刊、小型學術會議論文和一些發行範圍較小、影響不大的
刊物文章，中國知網上1986—2018年初的文章均在此統計之內。

[15] 因為資料數量巨大，且有很多是在莫言獲得「諾獎」之後的議論文章，在嚴謹的學
術研究之外，有很多浮光掠影式的讀後感或價值不大的急就章，對此類文章，本書

（一）基於縱向比較和縱深溯源的風格緣起研究。

評論家們首先從外國文學對莫言的影響入手，從語言、文體、藝術、哲學等層面考察莫言小說獨特風格的來源，進行了縱向的作家作品比較研究，如對莫言和福克納、馬爾克斯、大江健三郎、卡夫卡等外國作家的比較研究，討論了莫言小說的風格與西方文學的關係，考評莫言在借鑒、模仿、融合和超越西方作家作品方面的得失，如張學軍的《莫言小說與西方現代主義文學》、蘭小寧、賀立華和楊守森的《莫言與中國傳統文化和西方現代派——〈怪才莫言〉代序》、錢林森和劉小榮的《「異端」間的潛對話——西方象徵主義與莫言、張承志的小說》、楊楓的《遭遇世界：莫言與文學史的「對話」》、麥永雄的《諾貝爾文學獎視域中的大江健三郎與莫言》、康林的《莫言與川端康成——以小說〈白狗秋千架〉和〈雪國〉為中心》、李迎豐的《福克納與莫言故鄉神話的構建與闡釋》、林志超的《窺探幻想和現實融為一體的現實世界——〈百年孤獨〉和〈豐乳肥臀〉的比較解讀》、吳玉珍的《試比較莫言與卡夫卡寓言小說的異同》、李建剛和劉娜的《跨越時空的對話——莫言與肖霍洛夫可比性初探》、朱耀雲的《莫言與馬爾克斯小說苦難情節的寫法共性解析》、申富英的《論莫言與喬伊斯的人性關懷和民族關懷——以〈豐乳肥臀〉和〈尤利西斯〉的女主人公為例》、羅潔的《從借鑒走向創造——管窺莫言創作的成功之路》等。

另有評論家從中國傳統文化的角度考察莫言小說獨特風格的來源，在這一方面，張清華先生的兩篇論文頗具代表性：其一，《祖宗遺產的啟示》，肯定了莫言對一味批判農民祖先的反撥，從「民族文化傳統的感性選擇」、「生命蛻變的痛苦與憂患」、「尋找失落的民族英魂」、「古典審美意趣的皈依」等四個方面對莫言小說中的傳統

概不綜述。

文化因子進行了具體闡釋；其二，《莫言文體多重結構中傳統美學因素的再審視》，從五個方面剖析了莫言文體的遺傳基因，即「大自然審美主體與敘事空間關係疏離所造成的自然空間背景」、「過去時序跨度與『追憶性』視角」、「非寫意態度與感覺變形」、「敘述體驗中主客體關係的綜合」和「神祕氛圍的營造」。此類論文還有陳思和的《「歷史─家族」民間敘事模式的創新嘗試》、季紅真的《莫言小說與中國敘事文學的傳統》、郭冰茹的《尋找一種敘述方式──論莫言長篇小說對傳統敘述方式的創造性吸納》、王春林的《莫言的小說創作與中國文學傳統》、樊星的《莫言與中國農民的「酒神精神」》、凌雲嵐的《莫言與中國現代鄉土小說傳統》等。

　　還有學者從莫言小說創作與現當代中西方文學思潮的關係入手，研究莫言小說對現當代中西方文學的借鑒與超越、莫言小說與中國現當代文學變革的關係等問題，此類論著有張清華的《莫言與新歷史主義文學思潮──以〈紅高粱家族〉、〈豐乳肥臀〉、〈檀香刑〉為例》、張清華的《〈紅高粱家族〉與長篇小說的當代變革》、張楠的《90年代先鋒派作家的轉型──以莫言的〈檀香刑〉為例》、任美衡的《茅盾文學獎的審美特質與中國文學發展的可能性──兼析〈蛙〉及其他獲獎的現實題材小說》、鄭萬鵬的《當代中國文學的第三視角──〈白鹿原〉、〈紅高粱〉的思潮意義》、曠新年的《莫言的〈紅高粱〉與「新歷史小說」》、金漢的《評近年小說新潮中的莫言──兼論當今「新潮小說」的某種趨優走向》、郜元寶的《淺俗與高蹈：文學的兩種價值追求──新時期小說五家合論》、張學軍的《莫言小說與西方現代主義文學》、蘭小寧、賀立華、楊守森的《莫言與中國傳統文化和西方現代派──〈怪才莫言〉代序》、黃忠順、歐陽光磊的《先鋒文學與馬原、莫言的小說》、劉勇和張弛的《20世紀中國文學現實與魔幻的交融──從莫言到魯迅的文學史回望》、王寒的《莫言與尋根文學》（2004年山東師範大學碩士學位論文）、王赫佳的

《論莫言小說的魔幻性與拉美魔幻現實主義》（2012年內蒙古大學碩士學位論文）等。

　　（二）基於文學價值和文學史意義考察的橫向比較研究。

　　學術界對於莫言創作的文學價值和文學史意義的考量方式，是對莫言與同文化語境和同時代作家進行橫向比較研究。這類比較研究又可以細分出以下三種：一是試圖在莫言和現代文學史上的著名作家作品之間找到一種內在的審美精神和文化品格上的聯繫，如唐韌的《百年屈辱，百年荒唐──〈豐乳肥臀〉的文學史價值質疑》、孫郁的《莫言：與魯迅相逢的歌者》、張磊的《百年苦旅：「吃人」意象的精神對應──魯迅〈狂人日記〉和莫言〈酒國〉之比較》、葛紅兵的《文字對聲音、言語的遺忘和壓抑──從魯迅、莫言對語言的態度說開去》、徐紅妍的《生命燭照下的心靈默契──沈從文與莫言之比較》、周黎岩的《人性探索路上的心靈相逢──沈從文與莫言比較研究》等；二是試圖在莫言和同時代的其他作家作品之間找到一種文學史意義上的異同，以期發現當代文學運動變化的普遍性和特殊性規律，如劉再復的《「現代化」刺激下的欲望瘋狂病──〈酒國〉、〈受活〉、〈兄弟〉三部小說的批判指向》、王德威的《狂言流言，巫言莫言──〈生死疲勞〉與〈巫言〉所引起的反思》、林建法和李桂玲的《〈當代作家評論〉視域中的莫言》、張均的《沉淪與救贖：無根的一代──重讀莫言、劉震雲》、游友基的《莫言、殘雪小說的現代主義特徵》、李詠吟的《莫言與賈平凹的原始故鄉》、張清華的《莫言與新歷史主義文學思潮──以〈紅高粱家族〉、〈豐乳肥臀〉、〈檀香刑〉為例》、黃忠順和歐陽光磊的《先鋒文學與馬原、莫言的小說》等；三是對莫言單篇／部作品的文學史價值進行言說的，如宋劍華、張冀的《革命英雄傳奇神話的歷史終結──論莫言〈紅高粱家族〉的文學史意義》等。

　　（三）莫言小說的藝術氣質與美學特徵研究。

　　在繼承發揚中西方文學傳統的基礎上，莫言天才的感知力、想像力和表達力構成一股文學創新的藝術合力，造成了莫言小說獨特的藝術氣質和美學特徵，已有多位學者對其進行了研究和評估，此類成果有陳曉明的《以個人風格穿透現代性歷史——莫言小說藝術特質漫議》和《「在地性」與「越界」——莫言小說創作的特質和意義》、溫儒敏和葉城生的《「寫在歷史邊上」的故事——莫言小說的現代質》、張清華的《莫言文體多重結構中傳統美學因素的再審視》、賀立華的《童年記憶　文學境界　男性視角——藝術內外說莫言》、顏水生的《莫言的苦難哲學》、郭寶亮《論莫言小說的敘事語法及其意味——以〈紅高粱家族〉為例》、蔣泥的《莫言長篇小說的創作密碼》、胡沛萍的《莫言早期小說創作探微》、朱永富的《論莫言小說的敘事策略與審美風格——以〈紅高粱家族〉、〈豐乳肥臀〉、〈檀香刑〉中的英雄形象為中心的考察》、朱向前的《莫言小說「寫意」散論》、北川的《〈透明的紅蘿蔔〉的美學意蘊》等。

　　莫言對現實世界的感知方式和表達方式是獨特的，莫言小說異彩紛呈的感覺表達方式引起了評論界廣泛的關注。張志忠的《感覺莫言》、戴國慶、李永東的《生命強力的高揚，感覺世界的狂歡——評〈紅高粱〉的藝術追求》等都對莫言的「感覺爆炸」持肯定態度，而大衛的《莫言及其感覺的宿命》和楊聯芬的《莫言小說的價值與缺陷》則對莫言氾濫的感覺書寫提出了批評。鍾本康在《感覺的超越、意象的編織——莫言〈罪過〉的語言分析》中，將莫言小說的感覺分為三種：「超越閾限的感覺」、「超越時空的感覺」和「超越神祕的感覺」。張閎的《感官的王國——莫言筆下的經驗形態及功能》則對莫言小說的感覺描寫作了功能分析。

　　莫言小說中有非常個性化的審美和審醜書寫。評論界對此褒貶不一。顏純均的《幽閉而騷亂的心靈——論作為一種文學現象的莫言小說》、張學軍的《莫言小說與西方現代主義文學》等對莫言小說的

「審醜」書寫大加讚賞。而王干的《反文化的失敗——莫言近期批判》、夏志厚的《紅色的變異——從〈透明的紅蘿蔔〉、〈紅高粱〉到〈紅蝗〉》和彭荊風的《〈豐乳肥臀〉性變態視角》等對莫言小說的審美趣味進行了不同程度的批判。

（四）莫言的文學觀與文化價值取向研究。

莫言經歷了新時期以來文藝思潮的風雲變幻和洶湧而來的「西風」的薰陶，文學觀和文化價值取向屢有變化，加之國內文藝批評界在批評方法上不斷進行新的嘗試，因此，對莫言小說在文化價值取向上的闡釋也各執一說，歷史與現實、性別文化、民間立場、人類學視角等都成了觀照莫言小說文化價值取向的尺度，代表性的論文有：左其福的《莫言的平民文學觀及其當代意義》、賀仲明的《為什麼寫作？——論莫言的創作立場及意義探析》、程光煒的《魔幻化、本土化與民間資源——莫言與文學批評》、薛文禮的《從莫言的「家族小說」看男性神話與女性神話的嬗變》、黃世權的《多元文化互滲時期的寫作策略——論莫言〈檀香刑〉文化雜糅的意義及其成敗》、周紅莉的《論莫言的民間心理建構及其創作鏡像》、王光東《民間的現代之子——重讀莫言的〈紅高粱家族〉》、朱志剛的《論莫言小說的後殖民傾向——以〈檀香刑〉為例》、吳剛的《論莫言小說的民間特徵》、張檸的《文學與民間性——莫言小說裡的中國經驗》、胡河清的《論阿城、莫言對人格美的追求與東方文化傳統》、王金城的《理性處方：莫言小說的文化心理診脈》等。

（五）莫言小說的海外譯介、接受與傳播研究。

此類研究對海外翻譯家譯介的莫言小說進行譯本的個體批評賞析和整體評估、對莫言小說在海外的傳播接受情況及其影響因素進行分析研究、對莫言獲得「諾獎」前後的情況進行言說。代表性研究論文有：鍾志清編寫的《英美評論家評〈紅高粱〉》、劉紹銘的《入了世界文學的版圖——莫言著作、葛浩文印象及其他》、陳曦的《法國

讀者視角下的莫言》、李建剛、皮野的《莫言在俄羅斯的譯介與接受》、王慧榮的《日本媒體眼中的莫言——以日本報界對莫言獲諾獎的報導為中心》、郭玲玲的《日本語境下的莫言文學解讀》、杜衛華的《〈生死疲勞〉德譯本對中國文化的翻譯與傳播》、[越南]范文明的《莫言作品在越南的翻譯與研究》、劉江凱的《本土性、民族性的世界寫作——莫言的海外傳播與接受》、寧明的《簡評莫言海外研究之熱點》、《西方文化視野下莫言作品的美國研究》、《莫言作品的海外接受——基於作品海外銷量和讀者評論的視野》、姜智芹的《西方讀者眼中的莫言》、《他者的眼光：莫言及其作品在國外》、《當代文學對外傳播中的中國形象建構——以莫言作品為個案》、《當代文學在西方的影響力要素解析——以莫言作品為例》和《序跋在莫言作品海外傳播中的作用》等。

（六）文體創新和形式探索研究。

莫言小說文本在形式技巧方面的實驗性和文本審美效果引起了評論界的普遍關注，評論家們從語言、修辭、敘事等角度對莫言小說的形式探索進行了言說，分析其得失，探究其形式意味背後的審美意蘊和思想內涵，並對莫言小說形式技巧對中外文學的借鑒和超越作了見仁見智的品評。較有代表性的論文有：張志忠的《莫言文體論》、季紅真的《神話結構的自由置換——試論莫言長篇小說的文體創新》、張清華的《莫言文體多重結構中傳統美學因素的再審視》、張閎的《莫言小說的基本主體與文體特徵》、陳曉明的《莫言小說的形式意味》、黃善明的《一種孤獨遠行的嘗試——〈酒國〉之於莫言小說的創新意義》、張家平的《張力的生成與焦慮的體驗——論莫言中篇小說的語言、修辭與敘事》、張開豔的《沸騰的聲音世界——莫言小說形式特徵分析》、江南的《語言的變異與創新——莫言小說語言實驗闡釋》、王金城的《文本重複：莫言小說的內傷與內因》、余傑的《在語言暴力的烏托邦中迷失——從莫言〈檀香刑〉看中國當代文學

的缺失》、王愛松的《雜語寫作：莫言小說創作的新趨勢》等。

　　在造成莫言小說的種種為人稱道或累受詬病的特異風格的諸因素中，莫言在敘事精神與品格的個異與獨特性方面用力最深、建樹最豐，引起的評論和爭議也最多。學界普遍注意到了莫言小說在敘事探索上的努力與成績，截至目前，學界關於莫言小說敘事探索的方向、成績和不足的研究成果有期刊論文523篇、碩博士學位論文140篇，占莫言研究學術論文總量的1/5強，這還不包括在相關論著中間接論及莫言小說敘事的諸多成果。程德培的《被記憶纏繞的世界——莫言創作中的童年視角》首先對莫言小說的敘事視角問題予以關注，指出了莫言小說童年視角的淵源與價值。山東大學張學軍教授[16]是學界較早關注莫言小說的敘事形式探索並對其進行價值言說的學者，早在1992年出版、多人合著的《怪才莫言》一書中，張學軍教授在其撰寫的「第五章　融合與超越」中就曾從「敘述人的設置」和「敘述時間的不斷變換」等角度分析過莫言小說的敘事者和故事時間與敘述時間的拼貼交接。陳思和的《莫言近年小說的民間敘述》對莫言小說創作的民間資源進行了一次頗有意味的挖掘，肯定了莫言小說對民間資源借鑒的成績，褒揚了他洋溢在字裡行間的現實關懷情緒。而張清華的《敘述的極限》則是對莫言小說（主要針對長篇）敘事探索的一次較

---

[16] 張學軍教授對通過文本細讀來解讀莫言小說、對其敘事創新進行審美價值言說保有持續的熱情，迄今已發表專論莫言小說敘事的論文多篇，計有：《〈天堂蒜薹之歌〉的敘事結構》（《山東師範大學學報（人文社會科學版）》2014年第3期）、《論〈生死疲勞〉的敘事藝術》（與姚明月合作，《百家評論》2016年第2期）、《多重文本與意象敘事——論〈酒國〉的結構藝術》（《東嶽論叢》2016年第1期）、《莫言小說中的創世紀神話》（與孫俊傑合作，《山東師範大學學報》2017年第5期）、《莫言小說中的鬼話人情》（與孫俊傑合作，《小說評論》2017年第5期）、《反復敘事中的靈魂審判——論莫言〈蛙〉的結構藝術》（《當代作家評論》2017年第1期）、《論〈十三步〉敘述分層中的荒誕意識》（與郝偉棟合作，《山東社會科學》2017年第7期）和《論莫言小說中的元敘事》（《人文述林》，山東大學出版社2017年5月版）等篇什，另主持有2013年國家社科基金一般項目「莫言小說敘事學研究」1項。

為全面的梳理和肯定。黃發友的《影像化敘事與莫言的小說創作》從
電影與文學、小說創作與劇本創作、作家「觸電」與影視改編等角度
來分析莫言小說創作中隱含的影像化敘事因素，肯定了莫言小說創作
的影視化特徵。莫言獲得諾獎之後，學界對莫言的關注度在2013年、
2014年和2015年劇增，對莫言小說敘事進行言說的論著也多在此期間
發表，這些成果討論了莫言小說敘事對西方現代小說敘事技法和中國
古典小說敘事傳統的借鑑、吸收和超越，討論了莫言小說敘事的視角
和人稱轉換機制、敘事的結構模式、敘事的狂歡化和複調特徵、敘事
空間和敘事時間、敘事中的荒誕和怪誕美學特徵，討論了莫言小說敘
事技法中的魔幻現實主義、新歷史主義、幻覺現實主義和超現實主義
因子，此類論文有：艾懿的《莫言小說人稱的人際意義》、陳思和的
《人畜混雜，陰陽並存的敘事結構及其意義》、高文霞和任慧芳等的
《莫言小說敘事空間研究》、郭冰茹的《尋找一種敘述方式：論莫言
長篇小說對傳統敘述方式的創造性吸納》、王北平的《莫言對中國傳
統小說敘事模式的突破──談莫言小說的複調》、郭群的《論莫言鄉
土小說狂歡化的話語策略》、衡學民的《傳統與現代的融合：莫言小
說對中國敘事傳統的繼承與創造》、李剛和石興澤的《竊竊私語的
「鑲嵌本文」──莫言小說的民間品性》、劉廣遠的《莫言小說的怪
誕現實主義》和《論莫言小說的複調敘事模式》、宋學清和張麗軍的
《論莫言「高密東北鄉」的方志體敘事策略》、王西強的《論莫言
1985年後中短篇小說的敘事視角試驗》、翟瑞青的《莫言小說兒童敘
述視角和敘述方式的演變》。此外，也有很多學者注意到了莫言小說
敘事的美學特徵在譯介過程中的傳播與變異問題，此類論文有：李梓
銘和張學昕的《英語世界裡的中國「廟堂之音」──莫言小說〈檀香
刑〉中人物聲音的重現》、盧巧丹的《莫言小說〈檀香刑〉在英語世
界的文化行旅》、邵璐的《翻譯中的「敘事世界」──析莫言〈生死
疲勞〉葛浩文英譯本》、楊紅梅的《〈檀香刑〉的民間敘事及其英

譯》、章心怡的《莫言小說〈變〉英譯本的敘事性解讀——以葛浩文的英譯本為例》、左苗苗的《〈紅高粱家族〉英譯本中敘事情節和模式的變異》等。

敘事學在西方的發展，如果從1969年茨維坦・托多洛夫首次提出「敘事學」（Narratology）這一概念算起，已有近50年的歷史，這一結構主義的理論體系在眾多文藝理論家們的不懈探索下，已日漸完善且體系龐大。西方敘事學理論自20世紀80年代初引入我國，由國內的文藝理論家加以吸收、與中國傳統敘事理論融合、並被應用到當代文學批評活動中，其本土化的程度已相當高。而要利用體系龐大、系統完整的敘事學理論對莫言這樣一位創作豐富、手法多變的中國當代作家的小說文本進行解讀，無疑是一個龐大的工程，尤其是莫言的小說創作一直在有意識地進行著文本實驗，試圖通過敘事革新來達到新的審美目的，而他選取的革新路徑很清晰地顯現在他的小說文本中，那就是敘事視角和敘事人稱的變換與錯綜。而在評論家那裡，視角問題也恰恰是敘事研究的關鍵所在，「半個多世紀以來，西方的小說理論家把這種種問題歸結為一個敘事角度的問題，認為這就是小說技巧的關鍵，勒伯克寫道『小說技巧中整個錯綜複雜的方法問題，我認為都要受角度問題——敘述者所站位置對故事的關係問題——調節。』」[17]

莫言是一個非常自覺的、有著強烈的創新意識和個人風格追求的作家，早在1986年，他就意識到文學創作要「具有自己的特色」，就要「一、樹立一個屬於自己的對人生的看法；二、開闢一個屬於自己領域的陣地；三、建立一個屬於自己的人物體系；四、形成一套屬於自己的敘述風格。」[18]實際上，從莫言小說創作的整體風格和藝術

---

[17] 羅鋼，《敘事學導論》（昆明：雲南人民出版社，1994年），頁159。

[18] 莫言，〈兩座灼熱的高爐——加西亞・馬爾克斯和福克納〉，《世界文學》（1986年第3期）。莫言在1999年3月接受記者採訪時，曾提出過一個類似的關於小說「好

特色來看，莫言忠實地踐行了他的這些追求，樹立了「作為老百姓寫作」的濃郁而勇敢的現實關懷情懷，建立了卓越的「高密東北鄉」的敘事空間，塑造了在整個中國當代文壇乃至整個世界文壇上都立體、豐滿、生動、多姿的「高密東北鄉」人物形象系列，形成了建立在人稱機制創新和視角轉換基礎上的敘事時間和故事時間立體互動、生活真實與藝術真實相互滲透、多種話語方式對話與辯詰的「煞有介事」的、「虛實共生」的、「眾聲喧嘩」的「莫言體」小說敘事。

　　縱觀莫言所有的小說，除早期個別篇什還停留在傳統現實主義的全能視角敘事模式上之外，其他各篇在敘事上均有創新，而且，莫言對於敘事創新在視角變化和人稱轉換上保持著高度而持久的熱情，我們現在可以斷定，他的這種敘事探索的熱情基本源於他在1989年創作《十三步》時通過人稱轉換和視角實驗所獲得的關於敘事的美學效果體驗，「寫《十三步》時我認識到視角就是結構，人稱就是結構，一旦確定了人稱之後，你就不是在敘述故事，而是在經歷故事」，「人稱的變化就是視角的變化，而嶄新的人稱敘事視角，實際上製造出來一個新的敘述天地。」[19]我們大致可以說，莫言在敘事上的創新與成功基本可以歸功於他對人稱和視角之於敘事的作用的深刻認識以及基於這種認識的、對於人稱和視角的合理調度和充分運用。莫言小說對人稱和視角的合理運用，使其營造出了可以視角疊加從而拓展敘述者視域並使敘述者得以自由出入不同人物視域和故事時間的複合型人稱

看」的標準：「我心目中的『好看』小說，第一要有好的語言，第二要有好的故事，第三要充滿趣味和懸念，讓讀者滿懷期待，第四要讓讀者能夠從書裡看到作者的態度，看到作者的情緒變化……」。（見莫言，〈我想做一個謙虛的人——答《圖書週刊》陳年問〉，《作為老百姓寫作：訪談對話集》（深圳：海天出版社，2007年），頁3-4。）相比較而言，後者強調了作者需要重視語言和讀者反應，但前者無疑更全面、準確地概括了莫言對於小說藝術特質的認識和追求，是很早就挈領莫言小說藝術探索之路的藝術觀，這一點對於研究莫言小說的藝術特質和莫言小說的經典化特徵都具有重要的史料價值。

[19] 莫言、王堯，《莫言王堯對話錄》（蘇州：蘇州大學出版社，2003年），頁154。

視角，營造出了獨具藝術魅力的「我向思維敘事」和「移情敘事」，從而造成了「煞有介事」的敘事腔調和豐沛飽滿的敘事感性，加之莫言將其幾乎所有的故事都放置在一個幾乎可以無限拓展、兼容並包的敘事空間──「高密東北鄉」之中來敘述的空間策略，使得莫言小說在當代文壇上獨具魅力，並因其形式探索的高度自覺和飽滿效果推動了故事的別樣呈現，使其贏得了世界的認可。

關於敘事對於小說其他審美因素的制約、影響和作用，莫言根據其創作實踐經驗也作過總結，在回答記者關於「想像力、講故事的能力在文學創作中究竟有什麼樣的位置」的問題時，莫言說：「講故事的能力就是想像力。有人可以講一個活靈活現的故事，就因為他有想像力。……小說的結構，也需要想像力。語言方面，確定敘述的調門就好像電腦裡確定了一套程式，它會自動搜索需要的語言。」[20]記者的問題是想瞭解莫言對於想像力在文學創作中的位置和作用的認識的，卻被莫言將話題引到了「敘述的調門」上了，莫言認為：首先，作家在作品中為故事設定了一個什麼樣的結構──即故事的敘述方式（在莫言這裡，就是故事的敘述視角和人稱），既需要作家具有在故事結構上的想像力，又是決定小說是否「好看」的關鍵；其次，小說的結構──人稱、視角、故事的敘述方式──又決定了小說的語言風格和文體特色，也即決定了小說的讀者接受效果，並最終決定了小說的美學價值。因此，在小說創作的諸多決定性因素中，結構故事的能力──即確定故事敘述方式的能力──是作家創作能力的一個重要表徵。

莫言重視敘事的最高表現，是他在2003年5月為《四十一炮》寫下的「後記」──《訴說就是一切》。在這篇後記中，莫言自訴道：「訴說就是目的，訴說就是主題，訴說就是思想。訴說的目的就是訴

---

[20] 莫言、劉頲，〈用自己的情感同化生活──與《文藝報》記者劉頲對談〉，莫言，《作為老百姓寫作：訪談對話集》（深圳：海天出版社，2007年），頁83。

說。」並曾頗為感傷地指出其身為作家何以如此重視敘述的深層心理動因：「借小說中的主人公之口，再造少年歲月，與蒼白的人生抗衡，與失敗的奮鬥抗衡，與流逝的時光抗衡，這是寫作這個職業的惟一可以驕傲之處。所有在生活中沒得到滿足的，都可以在訴說中得到滿足。這也是寫作者的自我救贖之道。用敘述的華美和盛宴，來彌補生活的蒼白和性格的缺陷，這是一個恆久的創作現象。」[21]在莫言看來，訴說（即敘述）首先是作家的職業驕傲，因為藉助於敘述，作家可以將自己的人生體驗和人生缺陷在作品中再現和實現，可以通過敘述與人生中的「蒼白」與「失敗」抗衡，因此，「訴說」（即敘述）可以是目的，可以是主題；其次，通過「訴說」（即敘述），作家可以實現自己在現實世界裡已然失落了的人生理想，可以將自己對社會的期許、對世界的認識作充分的表述，因此，「訴說」就具有了思想意義；最後，是莫言對於「訴說」（即敘述）在文學上的審美價值的認識的總結，他認為正是通過作家的「訴說」，人類才得以有機會「彌補生活的蒼白和性格的缺陷」，並實現精神和心理層面上的集體反思和個體救贖，從而賦予「訴說」（即敘述）以現實的、審美的、文學的和哲學的等層面上的意義。而對於小說家筆下的這種「訴說」能否具有上述諸層面的意義，莫言也曾在同文中論及：「訴說者煞有介事的腔調，能讓一切不真實都變得『真實』起來。一個寫小說的，只要找到了這種『煞有介事』的腔調，就等於找到了那把開啟小說聖殿之門的鑰匙。」[22]莫言通過「煞有介事」這一美學術語將小說中的「藝術真實」與「生活真實」加以區分和銜接，使得小說這一文體的最重要的美學因素（特徵）——「訴說」即敘述——所具有的通

---

[21] 莫言，〈訴說就是一切〉，《四十一炮》（瀋陽：春風文藝出版社，2003年），頁444。
[22] 莫言，〈訴說就是一切〉，《四十一炮》（瀋陽：春風文藝出版社，2003年），頁445。

過藝術再現生活、表現生活的美學功能得到了充分概括。

因此，在本書隨後的論述中，筆者將在馬克思主義文藝理論及其「歷史與美學相統一」方法的指導下，運用現代敘事學的理論及其方法，對莫言小說進行分析討論。由於莫言小說敘事視角的豐富多樣、變化萬端在當代文壇上是一個獨特的存在，他的小說敘事文本實驗所達到的突破傳統、標新立異的審美效果，所造成的敘事秩序上的新與奇，所帶來的閱讀接受上的愉悅與困難，所追求的感覺描摹上的爆炸和文化取向上的多樣性，所張揚的語言的流暢協律和色彩的狂歡以及意象的紛繁，造就了為人稱道的「莫言體」小說。同時，考慮到莫言的小說創作又都帶有文本實驗的性質，階段性差異較大，特別是到後期，往往每兩部長篇的敘事風格迥異，故而在時間劃分上較細，甚至以一部作品為一個階段性討論對象，加之其在一定時段內的創作又往往有密集型的特點，而這些在短時間內創作的作品（主要是中短篇小說）多風格近似、敘事差異性不大。因此，論者選取其中較有代表性的作品作為敘事文本分析的標本，以對莫言小說的敘事視角及敘事功能的歷時性考察與分析為切入點，對莫言小說的敘事風格進行一次全面考察，對莫言小說的敘事努力所實現的審美風格進行適當的言說和學理性研究。

第一章　故鄉記憶和童年視角：1981-1985年間的莫言小說敘事視角實驗

　　1981年，河北保定的《蓮池》雜誌第5期發表了文學新人莫言的短篇小說《春夜雨霏霏》，莫言就此登上文壇。之後《醜兵》、《為了孩子》、《售棉大道》、《民間音樂》等相繼發表，其中《民間音樂》因其獨特的朦朧意象之美和反傳統的風格，受到了老作家孫犁的賞識。但在此後的1984年裡，莫言雖連續發表了《金翅鯉魚》、《放鴨》、《白鷗前導在春船》、《島上的風》、《雨中的河》、《黑沙灘》等篇什，但除《黑沙灘》獲《解放軍文藝》1984年度小說獎外，其餘均未引起較大注意，就是這個獲了獎的《黑沙灘》，「發表後成為整黨的形象化教材……後來同學們就批評我，說你這是完全的圖解，好小說不應該是這個樣子。」[1]莫言這一時期的作品，在敘事視角上基本處於學習傳統、採用全知視角展開敘事的階段，雖有創新意識，但無實際突破。

　　但是，莫言一直沒有停止前進的腳步，他在創作上投入了更大的精力，同時發願要考取解放軍藝術學院，並於1984年夏因《民間音樂》受到軍藝文學系徐懷中主任的賞識而被錄取。正是在軍藝讀書期間，莫言受到了當時文化文學界文藝、思想新潮的影響。「北大的老師、社科院的老師，凡是跟文學沾邊的，幾乎被我們請了一個遍，還請來了許多社會名流。這樣的方式，雖然不系統，但信息量很大，狂

---

[1]　莫言、王堯，《莫言王堯對話錄》（蘇州：蘇州大學出版社，2003年），頁107。

轟濫炸、八面來風，對迅速地改變我們頭腦裡固有的文學觀念發揮了很好的作用。」[2]莫言個人不懈的努力漸漸合上了時代的足音。

時間的腳步匆匆跨入1985年的門檻。「80年代是藝術全面革新的年代，而這場革新運動又正是在1985年前後走向鼎盛時期……這就是通常所言的『85新潮』」。[3]當代文學史上的1985年，在評論家宋耀良看來：「這是奇跡迭出的一年，創造力熾熱沸騰」，「這是民族主體精神和生命力度在藝術領域的又一次噴湧勃發。也許，在外觀上不曾有1976年的波瀾壯闊和聲勢浩大，形態上也不似1980年的天真爛漫與鮮活潔亮，但卻是更沉雄、更緊密、更遒勁，更顯出底蘊豐厚而建樹卓著。」[4]身處滾滾文學新潮中的莫言，向喧囂熱鬧的當代文壇投出了一顆又一顆重磅炸彈：《金髮嬰兒》、《透明的紅蘿蔔》、《流水》、《白狗秋千架》、《球狀閃電》、《爆炸》、《石磨》、《老槍》、《秋水》、《大風》、《五個餑餑》、《三匹馬》等十餘部中短篇小說連續「爆炸」在《中國作家》、《收穫》、《人民文學》等一流文學刊物上，且連續引起轟動效應。

第一節　童年與青少年期鄉村生存體驗

這一時期的莫言小說有兩個共同的特點：其一，是寫故鄉記憶。莫言1955年出生，[5]到1976年參軍到部隊，在農村生活了整整21年，

---

[2]　莫言，〈我的大學〉，《莫言文集・小說的氣味》（北京：當代世界出版社，2004年），頁35。

[3]　尹昌龍，《1985：延伸與轉折》（濟南：山東教育出版社，1998年），頁26。

[4]　宋耀良，《十年文學主潮》（上海：上海文藝出版社，1988年），頁246。

[5]　關於莫言的出生日期，在一般的莫言自撰簡歷和評傳性文章中均為「1956年3月25日（農曆正月25日）」，詳見莫言，〈自序〉，《透明的紅蘿蔔》，（北京：作家出版社，1986年）；張志忠，《莫言論》（北京：中國社會科學出版社，1990年），頁1；賀立華、楊守森，《怪才莫言》（石家莊：花山文藝出版社，1992年），頁3。但據莫言自己講：「後來經過準確查證，我的出生日期應該是1955年2月17日，那年正好是農曆的羊年。」見莫言、王堯，《莫言王堯對話錄》（蘇州：

到1985年，莫言離開故鄉整整十年，長期艱苦的農村生活與此後的城市生活形成了鮮明的對比，這讓莫言一方面深深洞見了城鄉之間的差別，進而對童年、青少年時期的農村生活經驗的苦難有了比一直生活在農村的同鄉和從城裡到農村下鄉的知識青年們更深刻的體驗，讓他盼望逃離貧困愚昧的故鄉；另一方面，童年生活又讓他在每每念及故土時，滿懷鄉愁。「接近故鄉就是接近萬樂之源（接近極樂）。故鄉最玄奧、最美麗之處恰恰在於這種對本源的接近，絕非其他。所以，唯有在故鄉才可親近本源，這乃是命中註定的。正因為如此，那些被迫捨棄與本源接近而離開故鄉的人，總是感到悃悵悔恨……還鄉就是返回與本源的親近……」[6]這種對故鄉愛恨交加的複雜感情讓莫言在通過小說實現其「精神還鄉」之夢的同時，也在發洩著他對造成悲苦生活的非常態的社會政治環境的怨恨。「我認為一個作家——何止是作家呢——一個人最寶貴的品質就是能不斷回憶往昔。」[7]通過對故鄉的回憶，莫言找到了貼近生活、貼近文學的最佳方式。《金髮嬰兒》中那個選擇天黑了才磨磨蹭蹭回家的煩惱的部隊連指導員，《白狗秋千架》中那個離開故鄉多年、以大學教師身分不大情願返鄉探親的「我」，《爆炸》裡那個對故鄉、父親、妻子充滿複雜感情的「我」，又何嘗不是莫言這種矛盾心理的文本暗示呢？在《白狗秋千架》中首次出現、後來成為莫言小說文學地理概念的「高密東北鄉」，讓莫言用小說實現了其「精神還鄉」的夢想，他還要做一個更大的「十年一覺高粱夢」。在拓展敘事空間的同時，莫言這個時期的作品也為其後來家族傳奇故事的虛構和「我爺爺」、「我奶奶」等家族人物譜系的塑造做好了準備，在《秋水》裡「……我爺爺和我奶

　　蘇州大學出版社，2003年），頁7。

6　[德]海德格爾著，郜元寶譯，《人，詩意地安居》（上海：上海遠東出版社，2004
　　年），頁5。

7　莫言，〈十年一覺高粱夢〉，《中篇小說選刊》（福州：1986年，第3期）。

奶開荒地種五穀，捕魚蝦獵狐兔……」。[8]莫言這種「仇鄉」與「愛鄉」的情緒幾乎貫穿他小說創作的始終。也正是為了適應表達這種複雜情感的需要，他才在敘事上花了很多心思、耍了很多「花槍」。

其二，是摹寫特定年代裡鄉村生活的物質匱乏和思想落後給人們的生存帶來的精神困厄甚至是死亡威脅。

對處於生存困境中的苦難童年生活的深刻記憶是莫言心中的一個死結。莫言生在一個物質極度匱乏的年代，長在一個有十幾口人且成分不好的大家庭中，從小不被重視，缺乏愛。「父親教育子侄十分嚴厲……我們小的時候，稍有差池，非打即罵，有時到了蠻橫不講理的地步……有一次小莫言下地幹活，餓極了，偷了一個蘿蔔吃，被罰跪在毛主席像前，父親知道了，回家差一點把他打死。」這應該就是《透明的紅蘿蔔》的情感起點和故事來歷了。「莫言在家裡的地位無足輕重。本來窮人家的孩子就如小豬小狗一般，這樣，就不如路邊的一棵草了。」[9]這樣無愛的環境使年少敏感的莫言具有了「一顆天真爛漫而又騷動不安的童心，一副憂鬱甚至變態的眼光，寡言而又敏感多情，自卑而又孤僻冷傲，內向而又耽於幻想。」[10]這些童年的苦難記憶成就了作家莫言，「……飢餓使我成為一個對生命的體驗特別深刻的作家。……因為吃我曾經喪失過尊嚴，因為吃我曾經被人像狗一樣凌辱，因為吃我才發憤走上了創作之路。」「當我成為作家之後，我開始回憶我童年時的孤獨，……飢餓和孤獨是我創作的財富。」[11]這樣的生存體驗在莫言這一時期的小說文本中是有反映的。莫言寫到了飢餓、大水、暴力和死亡，寫到了物質的匱乏導致的精神荒蕪。

---

8 莫言，〈秋水〉，《莫言文集‧白狗秋千架》（北京：當代世界出版社，2004年），頁165。

9 管謨賢，〈莫言小說中的人和事〉，《青年思想家》（濟南：1992年，第1期）。

10 朱向前，〈「莫言」莫可言〉，《崑崙》（北京：1987年，第1期）。

11 莫言，〈飢餓和孤獨是我創作的財富——在坦福大學的演講〉，《莫言文集‧小說的氣味》（北京：當代世界出版社，2004年），頁167。

《金髮嬰兒》中的紫荆面對的不是物質的匱乏而是愛情上的荒蕪，這卻比物質的匱乏更可怕；《透明的紅蘿蔔》中的那個沉默寡言的小黑孩，娘死了，爹走了，後娘不疼他，連件避寒的褂子都沒有，後來終於有了一件可以包住屁股的帆布大褂子，卻又因為拔光了人家的蘿蔔而被剝了個一絲不掛；《白狗秋千架》裡的暖姑，因為破相，嫁了個啞巴，生了三個小啞巴，盼個響巴能跟她說說話，她的願望簡單得讓人心酸，「……我要個會說話的孩子……你答應了我就是救了我了，你不答應我就是害死了我了。有一千個理由，有一萬個藉口，你都不要對我說。」[12]《五個餑餑》裡寫過年擺供的五個餑餑丟了，「我」一口咬定是「財神」幹的，跑去搜身，一個孩子對人的尊嚴和信任在物質匱乏的年代裡被飢餓逼迫得蕩然無存。

　　物質的匱乏直接導致了人的心理扭曲和人與人之間關係的高度緊張，在人最根本最簡單的欲望——填飽肚子——都得不到滿足的生存困境中，「愛」是奢侈的、遙不可及的，在物質生存困境中苦苦掙扎的人們甚至忘記了「愛」與「被愛」的滋味、對人與人之間最起碼的關愛產生了隔膜和拒斥。《透明的紅蘿蔔》中的小黑孩分明是因為窘困的家境而得不到愛，極其簡單地活著，而致失語。在小說中他始終沒有張開嘴巴說話，嘴巴失語讓他的想像力活泛起來，於是，他看見「紅蘿蔔晶瑩透明，玲瓏剔透。透明的、金色的外殼裡包孕著活潑的銀色液體。紅蘿蔔的線條流暢優美，從美麗的弧線上泛出一圈金色的光芒。光芒有長有短，長的如麥芒，短的如睫毛，全是金色……」[13]，在這段廣受稱讚的文字之後，緊接著的就是黑孩為了保護他的「金蘿蔔」不被吃掉而被小鐵匠踢了一腳，蘿蔔也被扔進河

---

[12] 莫言，〈白狗秋千架〉，《莫言文集‧白狗秋千架》（北京：當代世界出版社，2004年），頁259。

[13] 萬言，〈透明的紅蘿蔔〉，《莫言文集‧透明的紅蘿蔔》（北京：當代世界出版社，2004年），頁29。

中。可憐的小黑孩只有通過沉默和自虐來反抗無愛的成人世界。在小鐵匠的喝令下，他用手去拿熱鑽子，「聽到手裡『嗞啦嗞啦』地響，像握著一隻知了。鼻子也嗅到炒豬肉的味道。」「他一把攥住鋼鑽，哆嗦著，左手使勁抓著屁股，不慌不忙走回來。」此時，在小說中，與黑孩的堅忍形成對比的是「小鐵匠看到黑孩手裡冒出黃煙，眼像瘋癱病人一樣喝斜著叫：『扔，扔掉！』他的嗓子變了調，像貓叫一樣，『扔掉呀，你這個小混蛋！』」[14]這個一直沒人疼愛的孩子，在面對菊兒姑娘的關愛時表現出對「愛」的陌生和不適應：「黑孩狠狠地盯了她一眼，猛地低下頭，在姑娘胖胖的手腕上狠狠地咬了一口。」[15]《枯河》中的小虎，也是這樣一個生活在物質匱乏、關愛缺席的情感荒漠上的可憐孩子。他為支書的女兒小珍上樹折樹杈子，卻不慎跌落樹下把她砸死，支書用「兩隻磨得發了光的翻毛皮鞋直對著他的胸口來了……翻毛皮鞋不斷地使他翻筋斗。他恍惚覺得自己的腸子也像那條小狗一樣拖出來了，腸子上沾滿了金黃色的泥土。」為了討好支書，哥哥「很有力地連續踢著他的屁股」，母親「彎腰從草垛上抽出一根乾棉花柴，對著他沒鼻子沒眼地抽著」，「父親左手提著一隻鞋子，右手拎著他的脖子，輕輕地提起來，用力一摔」，「父親揮起繩子。繩子在空中彎彎曲曲地飛舞著，接近他屁股時，則猛然繃直，同時發出清脆的響聲。」家人的虐待讓小虎憤怒地罵了出來：「臭狗屎！」他憤而離家，傷痛讓「他心裡充滿了報仇雪恨的歡娛」，這個可憐的孩子最後以死來抗爭無愛的成人世界。如果說《透明的紅蘿蔔》是一曲對黑孩在物質匱乏、關愛缺席的荒漠化世界裡像精靈一樣的忍耐力和生命力的讚歌的話，那麼《枯河》則是對那樣一

---

[14] 莫言，〈透明的紅蘿蔔〉，《莫言文集・透明的紅蘿蔔》（北京：當代世界出版社，2004年），頁19-20。

[15] 莫言，〈透明的紅蘿蔔〉，《莫言文集・透明的紅蘿蔔》（北京：當代世界出版社，2004年），頁15。

個崇拜權力、漠視孩子、喪失生存尊嚴的成人世界飽含血淚的控訴，在小說的結尾，莫言悲憤地寫道：「人們找到他時，他已經死了……他的父母目光呆滯，猶如魚類的眼睛……百姓們面如荒涼的沙漠，看著他布滿陽光的屁股……好像看著一張明媚的面孔，好像看著我自己……」[16]，在這裡「枯河」也就成了沒有愛的人類情感世界的象喻。作家對童年苦難生活的記憶，被間接地、藝術化地表現在他的小說作品中，他對人物在其生存困境中的感覺世界的細膩獨到、誇張變形的描摹讓我們看到了兩個對立的世界——兒童世界和成人世界——之間被異化的關係，這種對人際關係異化形態的關注體現了作家深沉的現實關懷情緒。

　　這些小說的故事情節都比較簡單，情節上的簡單讓莫言把更多更深入的筆觸伸向人物的內心世界，試圖通過展示人們外在的生存困境和內心的憂愁、鬱悶與被壓抑的情緒無可釋放的苦惱之間的對應，來摹寫人們的生存樣態。外在的故事和內在的人物心理活動在文本中的交織，造成了小說敘事結構的相對複雜，莫言把一個個簡單的故事講得雲譎波詭。在這一階段的作品裡，莫言已經展現出獨特的敘事視角使用能力：在敘事中，不同的視角交替使用，全知視角在不經意間會變成內視角，敘事人稱也根據敘事的需要自如地更迭。對故鄉的記憶，讓莫言在「高密東北鄉」找到了敘事激情，對童年苦難生活的追憶讓莫言不自覺地採用了兒童視角，間或以成人「還鄉者」的視角展開對童年生活的追憶。「最近，我比較認真地回顧了一下我近年來的創作，不管作品的藝術水準如何，我個人認為，統領這些作品的思想內核，是我對童年生活的追憶，是一曲本質憂悒的、埋葬童年的輓歌。我用這些作品，為我的童年，修了一座灰色的墳墓。」[17]

---

[16] 莫言：《枯河》，《莫言文集・白狗秋千架》，當代世界出版社2004年版，第158、163頁。

[17] 莫言，〈十年一覺高粱夢〉，《中篇小說選刊》（福州：1986年，第3期）。

第二節　莫言早期小說的敘事視角類型及其文本分析

　　《透明的紅蘿蔔》以其意境的朦朧美、意象的空靈美和感覺的細膩獨到、表現手法的新穎別致為莫言贏得了一片喝彩聲。但如果從敘事角度來考量莫言的這篇成名作，卻找不到什麼獨到之處。在《透明的紅蘿蔔》中，作者採用第三人稱全知視角敘述故事，敘事時間和故事時間一致。在閱讀接受上，也沒有《金髮嬰兒》那樣由於敘事視角變換交錯帶來的情節期待和審美張力。莫言在1981-1985年間的小說敘事視角探索可以分為以下幾種類型。

壹、第一人稱內視角／內聚焦敘述

　　在《白狗秋千架》中，莫言使用內視角，以第一人稱「我」來講述一個返鄉遇故舊的故事。敘述者「我」與作者分離，作為小說中的一個人物，敘述者「我」只能敘述「我」的所見、所作、所思和所感，不能像全知敘述者那樣自由地出入每個人物的內心，不能穿行在所有人物的過去和現在，對過去時態的故事的敘述只能通過「我」的回憶（追憶性視角）來實現，也不能預告故事結局和人物的未來。敘述者（敘述主體）作為小說的一個人物，同時也是被敘述者（敘述客體），敘述者「我」行進在自己敘述的故事裡，同時通過回憶把發生在過去時態的故事拉回到眼前（現在），從而造成敘述時間和故事時間的錯落。讀者隨著敘述者「我」走，聽「我」娓娓道來，與「我」同悲喜，更有真實感、親切感，能更好地傳情達意。作者選用第一人稱內視角敘事是充分考慮到了「我」的返鄉勢必要把過去和現在的故事糅合在一起。當敘述時間與故事時間一致時，敘述者「我」站在現在的故事裡，是現在性敘述視角；當敘述時間遲於故事時間時，「我」是在追憶過去，是追憶性敘述視角，通過這樣的對照性敘述，

作者就可以向讀者展示時空背後的滄桑故事，而時間的拉長——十年前和現在——和空間的擴大——城市和農村——讓「我」和暖姑的相遇，充滿了蒼涼和無奈，也更動人心弦。

《爆炸》採用了和《白狗秋千架》類似的內視角敘事，也是使用第一人稱敘述故事，也有追憶性敘述片段。在小說開頭，作者用近千字的篇幅寫「父親」打「我」的一巴掌，其感覺細膩到了極致，讀來卻不覺得累贅；寫到夏天的悶熱、陽光的毒烈讓人讀來渾身燥熱；寫到「我」在產房外與妻子等待流產時，可以「透視著產房」，兩次寫到「我」想像的產婦生產的艱難：「我推著重載的車輛登山，山道崎嶇，陡峭，我煞腰，蹬腿，腿上的肌肉像要炸開，雙手攥緊車把，閉著眼，咬緊牙，腮上繃起兩坨肉……車輪一寸寸地上行，挺住！用力！使勁！只差一點點就爬上了山頂……」[18]，讀者在閱讀中不自覺地隨著敘述者短促有力的敘述聲音而緊張、用力。筆者認為，莫言這部以感覺描摹見長的小說的成功，首先得益於其內視角第一人稱敘述方法的使用，「因為人雖然是理性動物，歸根到底離不開感性的生命前提，人的理性的最高意義也就在於使這種感性的容量更大、更豐富，因為只有真正認識了的東西才能被最大限度地感受到。而藝術的使命本來就離不開感性活動。這樣，能否為感性體驗開闢一條更為廣闊的道路，就成了衡量小說藝術進步與發展的一個尺規。在這方面，『內聚焦』似乎具有得天獨厚的條件。因為它的整個敘述著眼點是建立在人物主體的心理屏幕上的，反映到這面屏幕上來的客觀世界的一切必然受到主體方面的同化。這樣，當我們通過這個視點來觀察世界時，這種觀察事實上已經體驗化了。這一點恰好也反映出『內聚焦』的一個本質特徵：在『內聚焦』中，我們看到的不是人物自身的內在性，而是反映在這個內在性中的外在世界。由於這緣故，這種模式為

[18] 莫言，〈爆炸〉，《莫言文集‧白棉花》（北京：當代世界出版社，2004年），頁100。

小說家更為深入地（即『體驗化』地）透視人物身外的對象提供了最佳視窗。」[19]這樣看來，莫言對「沸騰的感覺世界的爆炸」的摹寫，無疑具有了推動小說藝術進步的積極意義。他選用的內（聚焦）敘述視角恰恰滿足了他要描寫感性世界的需要，即通過人物的「內在性」（感覺、思維等活動）來反映「外在世界」，把「作者──敘述者──敘述對象──讀者」這樣一個閱讀接受過程縮短為「作者──敘述者＝敘述對象──讀者」，而第一人稱的選用，「一方面可以保留第一人稱敘述易體現敘述個性的特點，或活潑風趣或抒情深沉；另一方面還可以使之顯得更為平易近人親切自然。」[20]的確，在對《爆炸》的閱讀中，我們可以真切地感受人物的種種細膩感覺和心理變化，第一人稱的選用縮短了讀者與敘述者之間的時空鴻溝，消弭了故事人物與讀者現實生存處境的差異，使讀者深深地陷入故事，獲得了小說人物的悲喜。因此，《爆炸》成功的原因除了莫言「審視世界的非常態，他總是以一種超常態的感覺把握世界、創造世界」[21]，恐怕就是莫言選用了恰當的敘述視角和敘述人稱。

貳、第三人稱內視角敘述＝意識流

《老槍》的故事情節簡單到不能再簡單：一個飢餓的少年用槍獵雁。故事中的「他」幾乎一直待在高粱掩體裡，除了給槍裡裝火藥和活動麻木的手腳，幾乎沒有任何別的形體動作。小說採用內視角第三人稱「他」敘述故事，儘管都是內視角敘事，和《白狗秋千架》的敘述者是故事人物、參與故事的情節推動和矛盾衝突不同，《老槍》的敘述主體隱藏在故事之外，儘管我們偶爾可以聽見外在的敘述者的

[19] 徐岱，《小說敘事學》（北京：中國社會科學出版社，1992年），頁206-207。
[20] 徐岱，《小說敘事學》（北京：中國社會科學出版社，1992年），頁206。
[21] 程德培，〈被記憶纏繞的世界──莫言創作中的童年視角〉，《上海文學》（上海：1986年，第4期）。

聲音，但敘述的焦點始終聚集在故事主要人物「他」的感覺和意識流動上。在展示這名少年異常細膩的感覺世界和「他」的意識流動的同時，敘述者借「他」心理活動的「屏幕」展示了「他」的家族往事與這支老槍的糾葛，這屬於典型的內（聚焦）視角敘事。如果通過一個外在於故事的人物代替「他」出面講述老槍的歷史，勢必會間離讀者和故事的關係，莫言讓敘述者敘述「獵雁」的簡單故事，同時又通過內聚焦敘述展示獵雁人（敘述對象）的思維活動來敘述老槍與其家族往事的關係。這樣的視角選擇就幫助作者加強了故事的真實性，並把一個情節簡單的故事講述地有聲有色、可感可歎。

參、全知視角＋第一人稱故事人物內視角分角色敘述

《金髮嬰兒》開篇是以一個全能敘述者的聲音開始敘述故事的，但從第四句開始，作者便間隔性地插入「俺」、「我」等人物自白式的敘述聲音。作為第三人稱被敘述者——敘述對象——的瞎娘「她」不時地使用第一人稱「俺」、「我」參與敘述，告訴讀者她有一個好兒媳。全知敘述者在給讀者描述瞎娘外在動作的同時，也將她的心理活動通過內視角「我」的敘述展示出來。全知敘述者外在的客觀性敘述與敘述對象內在的主觀性心理活動相呼應，「她可不是一個平凡的女人——哎，我這一輩子呀——她歷盡了人世的酸辛。」[22]全能敘述者的外在敘述和瞎娘的內在心理活動共同推動著敘述的前行，但故事基本沒有向前推進：一個雙目失明的老太婆坐在床上，胡思亂想。

緊接著，敘述者把敘述的焦點轉向瞎娘的兒子——在部隊當連指導員的孫天球。這時候，全能敘述者可以自由出入孫天球的身體，偷窺並公開他的思維活動。作者頗為巧妙地利用望遠鏡，把觀察、描繪漁女雕塑的視角轉給孫天球，通過展示他的感覺世界和思維活動來摹

---

[22] 莫言，〈金髮嬰兒〉，《莫言文集・白棉花》（北京：當代世界出版社，2004年），頁221。

寫漁女雕塑在一天四時內的變化和這種變化給他帶來的心理反應，這樣，讀者看到的就是孫天球意識裡的漁女圖，而非全能敘述者描繪出來的漁女圖，讀者的感覺和思維就有了貼近小說人物的可能，可以和人物同呼吸了。在全能敘述者那裡，孫天球對妻子和漁女雕塑複雜的內在情感活動與他在農村老家的瞎娘和妻子的心理活動同時展開，構成敘事上的對立和呼應。隨著敘述的展開、故事的發展，敘述者把發生在部隊和家裡兩地的故事剪輯開來，根據敘事的需要重新進行拼接（這一方法在後來的《紅高粱家族》和《檀香刑》中被莫言發展到了極致）。本來統一的順時序故事被打亂，並依照敘述者的敘事意願被重新排列，以造成新的敘事秩序，從而把情節簡單的故事講述得有條不紊、引人入勝。

　　這個全能敘述者告訴我們，故事裡的紫荊和黃毛在接觸中慢慢產生了愛情，並且有越雷池的危險，陷入婚姻倫理焦慮的讀者希望全能敘述者能讓孫天球趕緊回來探家。但全能敘述者卻頻頻使用《百年孤獨》和《紅高粱》開頭的「呼應結尾」句式，不停地推遲孫天球探家的行程，把原來對立的兩地故事慢慢攏合，並暗示故事的結局：「他更加渴望探家，但後來又發生了別的事情，耽誤了他的行程。這些事情，等他坐在故鄉的小河邊泛著白花鹼的灘塗上時，都會想到的。」[23]「營裡批准了他的探家報告。就在他即將成行的時候，一件稀奇古怪的事情發生了。後來當他坐在故鄉的小河邊，面對著緩緩逝去的流水冥思苦想的時候，他認為一切都好像是命中註定，一切事情的進展，都按照早就設計好了的程序。」[24]這樣的敘述語氣無疑會勾起讀者對將要發生的故事——即敘述者將要敘述的內容——產生強烈

---

[23] 莫言，〈金髮嬰兒〉，《莫言文集・白棉花》（北京：當代世界出版社，2004年），頁241。

[24] 莫言，〈金髮嬰兒〉，《莫言文集・白棉花》（北京：當代世界出版社，2004年），頁246。

的閱讀期待，同時，敘述者又不斷用暗示性的話語引起即將發生故事：「面對著人民法院那個和藹的法官，黃毛如實地訴說了這個夜晚的經過，連一個細節也沒漏掉。……他翻來覆去地咀嚼著逝去的甜蜜歲月……」[25]；「若干天後，他曾寫過一份很長的交代材料，在這份材料的一節裡，他寫了這一天的經歷。」[26]這時全能敘述者主動讓位給人物，讓本是第三人稱被敘述者的孫天球站出來，以第一人稱講述自己當時詭異的活動和不為外人知的隱祕的心理活動，這樣就可以讓讀者深入人物的內心，窺測其隱祕的意識流動，使敘述由別人的講述變成思維者的「自白」，從而增加這一部分敘述的可信度和藝術真實感。全能敘述者在孫天球回到村子的那一刻就結束了他的第一人稱「自白式」敘述，這時讀者在全能敘述者的敘述裡看到了原來兩條平行敘事線上相對立的故事的交匯：孫天球把黃毛和紫荊捉姦在床。接下來，全能敘述者按部就班地以故事時間敘述瞎娘的去世，紫荊生下了和黃毛的孩子，孫天球掐死了這個金髮嬰兒，到小說結尾處，全能敘述者又讓孫天球以第一人稱講述「我」的悔恨：「這個孩子被我掐死後，直挺挺地躺在我面前。……我非常後悔，我看到他的頭髮像一縷縷黃金拉成的細絲，每一根都閃耀著迷人的光芒……。」[27]作者利用第一人稱敘述的好處，除了上面提到的直接展示人物的意識流動、增加真實感和親切感之外，「第一人稱的敘述特別適合於作心理懺悔，因為人稱本身就具有一種獨白性，這為敘述主體的直接登場提供了方便。」[28]這樣，莫言在《白狗秋千架》中通篇和《金髮嬰兒》中

---

[25] 莫言，〈金髮嬰兒〉，《莫言文集・白棉花》（北京：當代世界出版社，2004年），頁259。

[26] 莫言，〈金髮嬰兒〉，《莫言文集・白棉花》（北京：當代世界出版社，2004年），頁263。

[27] 莫言，〈金髮嬰兒〉，《莫言文集・白棉花》（北京：當代世界出版社，2004年），頁273。

[28] 徐岱，《小說敘事學》（北京：中國社會科學出版社，1992年），頁276。

部分使用第一人稱「我」敘述故事，來分別揭示「我」對「個眼暖姑」的愧疚和「我」對扼死「金髮嬰兒」的犯罪過程的交代，就使人物的懺悔心理生動真實起來。作者根據敘事的需要展開故事，把一個完整的順時序故事拆開、打亂，重新排列，並利用視角和人稱變換來實現在敘述中推進故事情節發展和揭示人物心理活動的目的，莫言的這種敘事努力，賦予了一個情節簡單的婚戀故事以全新的閱讀感受和美學風格。

肆、全知視角＋第一人稱故事「人物」內視角分角色敘述＋第一人稱故事「動物」內視角分角色敘述＝互文敘述＋敘事圓環

《球狀閃電》以「球狀閃電」的爆炸貫穿全文，小說共十節，第一節和最後一節分別講述球狀閃電爆炸前、後的故事，敘述者從「球狀閃電」爆炸、蝍蝍倒地昏迷講起，中間八節採用追憶性視角講述從蝍蝍退學到球狀閃電爆炸之間的故事，而對過去故事的追憶則分別從爆炸現場的六個故事人物或擬人化的故事參與物的視角以第一人稱內聚焦展開（其中二、四、六節是同一人物視角），凡第一次使用的人物視角，均以第三人稱從「球狀閃電」爆炸寫起，而後轉入第一人稱人物內視角追憶性敘述，重複使用的人物視角（如第四、六節）直接展開追憶，最後，故事由第十節的全能敘述者收攏，又回到「球狀閃電」的爆炸現場，以蝍蝍醒來、閃電帶來奇異的變化結束，敘述也回到原點。其敘事思路大致呈圓形，如後圖所示。

小說第一節，一個外在於故事的敘述者告訴我們，球狀閃電爆炸在奶牛養殖戶蝍蝍家的牛棚裡了，蝍蝍被爆炸震飛，倒地，昏迷。這樣的敘述乍一看似乎是一個全能敘事者在講述故事，但通過仔細分析文本，我們發現作者採用的是內視角，因為敘述的展開始終是緊緊地跟隨著敘述的聚焦點——蝍蝍的言行和思維活動的，即使在蝍蝍被球

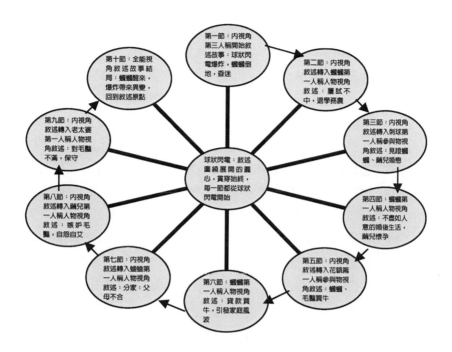

狀閃電的爆炸震飛倒地、處於昏迷狀態時，敘述也沒有停止，敘述者
進入了昏迷中的蝲蝲的潛意識層面，並跟隨蝲蝲的意識活動，把他關
於過去的記憶儲備展示給我們看。就這樣，敘述者就不動聲色地把我
們引入蝲蝲過去的故事裡。

　　在第二節中，敘述者先是使用第三人稱「他」敘述蝲蝲被爆炸
擊倒，他母親的喊叫聲讓他回到了自己的過去，進而，敘述者通過蝲
蝲的潛意識活動給我們展示了他「尿炕」的毛病，接著，筆鋒一轉，
敘述者把敘述權交給了蝲蝲，讓他以第一人稱「我」敘述自己的求學
經歷，因為患高考綜合症而屢試不第，最後回家務農。在蝲蝲完成自
己的「自白」式敘述之後，敘述者接過敘述的接力棒，告訴我們蝲蝲
在割葦子時碰到了對他心儀的繭兒，踩到了老刺蝟「刺球」。在第三
節中，敘述者把敘述的聚焦點轉向了「刺球」——蝲蝲故事的參與物

和見證者（當然，它是非人的，但被敘述者賦予了人物化的故事性格）。敘述圍繞著「刺球」的所感所思展開，敘述者先用第三人稱「它」告訴我們「刺球」在球狀閃電爆炸時的處境，接著換用第一人稱，通過「刺球」的回憶告訴我們繭兒和蝌蚪的婚戀、結合，此時，「刺球」充當了全能敘述者的角色，而蝌蚪和繭兒則成了敘述對象，它甚至具有了進化論思想，對世事滄桑發出了這樣的感慨：「世界原來很小，這些人遙遠的祖先和我遙遠的祖先是親兄弟。是歲月使我們生分了，疏遠了。」[29]敘述者甚至讓刺球的思緒在現實和回憶中來回穿梭。至第四節，故事繼續發展，敘述者又變成了蝌蚪，他用第一人稱「我」講述他和繭兒婚後生活的不如意，最後引出下一節的敘述者——花額奶牛。第五節的敘述從球狀閃電的爆炸現場開始：「眾奶牛被球狀閃電擊翻，橫七豎八躺了滿棚……一大縷潮濕明亮的光線斜穿圓洞，照著一隻額上帶白花斑的奶牛巨大的乳房。」[30]敘述者先把焦點聚集在花額的思維空間，讓它追憶蝌蚪買它們回家之前發生在它們身上的故事：漂洋過海，幾次被轉運，被「美人魚」和「蒺藜狗子」虐待。敘述接力棒從敘述者向花額的傳遞在這兒是很巧妙的，敘述者說：「奶牛脈脈含情地看著主人安詳的臉，嘴動著，像要開口說話。」接著，花額就開始了它的第一人稱敘述：「蒺藜狗子和美人魚走了，你來了。」[31]花額告訴我們：蝌蚪在老同學毛豔的動員之下，貸款買了五頭花奶牛。第六節，蝌蚪再次以第一人稱人物視角講述了他和毛豔買回了奶牛和由此引發的家庭風波。第七節的敘述同樣是從爆炸現場開始的，昏迷的蚰蚰——蝌蚪的女兒醒了過來，莫言又一次

---

[29] 莫言，〈球狀閃電〉，《莫言文集・白棉花》（北京：當代世界出版社，2004年），頁415。

[30] 莫言，〈球狀閃電〉，《莫言文集・白棉花》（北京：當代世界出版社，2004年），頁425。

[31] 莫言，〈球狀閃電〉，《莫言文集・白棉花》（北京：當代世界出版社，2004年），頁429。

用到了兒童視角。敘述者通過這個孩子天真的視角和思維方式給我們展示了蝲蝲、繭兒、貓眼阿姨（毛豔）、蝲蝲娘等人物之間的矛盾。第八節，敘述者還是從球狀閃電開始展開敘述，進而從繭兒的視角，以第一人稱敘述繭兒對毛豔的嫉妒和對新生事物的懼怕。第九節，敘述者從蝲蝲父母急忙奔向球狀閃電爆炸現場寫起，接著從老太婆的視角展示她的稀裡糊塗和迷信保守。第十節，作者一改前面九節的內視角敘事模式，而代之以一個全能敘述者，他告訴我們：蝲蝲醒來，球狀閃電給村子帶來了神奇的變化：蛐蛐會跳尖腳舞，「如同鳥在天上飛，如同魚在水中游。」[32]

在早期小說創作中，莫言是在處心積慮地嘗試新的敘事模式，努力把情節簡單的故事講得出奇、出新，在敘述中他儘量讓視角轉換得自然、不突兀，甚至在小說結尾，他似乎有意告訴我們這個故事的來源：「幾個月後，一位悒鬱的青年小說家偶爾涉足這個小村莊時，發現村裡孩子的鞋頭上都縫著一層厚厚的膠皮或舊輪胎，這奇怪的現象引起了他很大興趣。」[33]這除了要印證故事的真實性，還多少有一點作者要給我們透露誰是故事敘述主體的故弄玄虛，這恰恰告訴我們莫言是在有意識地進行敘事模式的探索，而他的探索是從敘事視角的轉換開始的。

第三節　早期小說敘事視角探索及其美學效果

1981-1985年間的中短篇小說創作，是莫言小說文本藝術世界的開拓期，是他向新的文學高地發起衝鋒前的備戰期。在敘事方面，他

---

[32] 莫言，〈球狀閃電〉，《莫言文集·白棉花》（北京：當代世界出版社，2004年），頁459。

[33] 莫言，〈球狀閃電〉，《莫言文集·白棉花》（北京：當代世界出版社，2004年），頁459。

開始有意識地反叛傳統的敘事視角選擇，並盡量嘗試不同的敘事策略，使用不同的敘事視角，變換不同人稱敘事，不斷改變小說中敘述者與故事的關係，或用全知視角（如《透明的紅蘿蔔》），由敘述者全面控制敘述、推進故事，根據自己的敘述意願安排故事的時序，增強情節簡單的故事的懸疑性；或用內視角，如《白狗秋千架》和《爆炸》用第一人稱「我」即故事人物作為敘述者，敘述的行止限於這個故事人物兼敘述者的言行和思維活動，並用現在性視角和追憶性視角，或如《老槍》使用第三人稱「他」，通篇始終聚焦在一個獵雁少年的外在行為和內在思維活動上，儘管我們可以聽見一個外在敘述者的聲音，但構成整個小說文本的是獵雁少年的感覺和意識活動，即人物的「意識流」，這可以說基本屬於內視角；或兼用全知視角和內視角，如《金髮嬰兒》和《球狀閃電》，全能敘述者結構整個故事，安排故事時序，掌握敘事的節奏和內在秩序，同時全能敘述者又部分地讓出故事的敘述權，讓故事人物或參與物（非人，但參與故事，呈現出擬人化故事性格，如《球狀閃電》中的刺蝟和奶牛）以內視角，用第一人稱敘述其所在故事部分（如《金髮嬰兒》中孫天球的交代書），從不同人物視點講述同一故事或同一故事的不同構成部分（如《球狀閃電》中六個人物視點參與敘事），從而使敘事呈現出敘述語氣和感情色彩甚至是情節上的矛盾與衝突，這一敘事策略被莫言在後來的《天堂蒜薹之歌》中再次使用，在《檀香刑》中發展到了極致。

　　如上所述，莫言在不同小說文本中嘗試使用不同敘事視角的同時，也在同一小說文本中變換使用不同的視角敘事。他的這些敘事視角的選擇是有意為之的，他在這一時期的小說文本中表現出來的對傳統敘事方式的叛逆精神，為他後來小說創作的輝煌成就做好了鋪墊。莫言這個時候已經認識到：「要想搞創作，就要敢於衝破舊框框的束縛，最大限度地進行新的探索，猶如猛虎下山，蛟龍入海……創作者要有天馬行空的狂氣和雄風。無論在創作思想上，還是在藝術風格

上，都必須有點邪勁兒。」[34]莫言這一時期大膽的敘事嘗試已顯現出他後來作品中一些獨異的、為人稱道的敘事美學風格。

一、變換使用敘事視角，全能視角和內視角交錯使用。變換使用人稱，第一、第三人稱交錯使用，以造成新的敘事秩序，從而使小說這一文本樣式的藝術魅力由傳統的故事情節的跌宕起伏和矛盾衝突的複雜多變轉向形式化敘事造成的故事新秩序、閱讀新感受和審美新愉悅。

二、利用敘述者打亂故事順時序，並根據敘事需要重新安排故事，穿插使用現在性視角和追憶性視角，這就造成了故事時間內部的衝突和故事時間與敘事時間之間外部的衝突，也造成了故事空間內部的差異和故事空間與敘事空間之間外在的差異，強烈的時空對比，無疑會加深讀者在閱讀接受時的「陌生化」感受。

三、創造性地使用「高密東北鄉」這一文學地理概念，營造自己的小說王國，對故鄉的親近感和作家超乎尋常的藝術想像力讓莫言在「高密東北鄉」裡找到故事原型和敘事激情。

四、創造性地使用「我爺爺」、「我奶奶」和「我父親」等敘事稱謂，在一定程度上打破傳統的第一、第三人稱敘事的界限和局限，使敘事主體可以自由穿行在過去完成時、過去時和現在時之間，而又不致有歷史的隔膜感。當然，在這一時期的莫言小說中，僅有一篇《秋水》還不能說明問題，但在接下來的《紅高粱家族》系列中篇小說中，莫言把這一敘事視角（人稱）發揮得淋漓盡致。

總之，在莫言小說早期的作品中，他或直接採用兒童、少年視點作為敘述視角，如《石磨》、《五個餑餑》、《老槍》等，或以成

---

[34]　莫言，〈天馬行空〉，《解放軍文藝》（北京：1985年，第2期）。

人的眼光關照兒童世界的生存狀態，如《透明的紅蘿蔔》、《枯河》等，或雖採用成人化敘述視角，但敘述者卻是以追憶性視角回望童年時光，慨歎世事蒼涼，如《白狗秋千架》、《大風》、《球狀閃電》等，或是對故鄉歷史的「童年期」進行虛構性、追憶性敘述，編織家族傳奇故事，如《秋水》。「莫言作品的兒童視角，不只在於他經常地把孩提時代作為描寫的對象，重要的還是他那些最優秀的篇什都表現出了兒童所慣有的不定向性和浮光掠影的印象，一種對幻想世界的創造和對物象世界的變形，一種對圓形和線條的偏好。」[35]因此可以說，莫言在對故鄉風物人情深深的眷戀中，在對童年生活亦苦亦甜的回憶中，在自己小說文本亦真亦幻的敘述中，草創了一個獨特的審美藝術世界，同時，也為其小說形式技巧探索——敘事文本實驗開了一個好頭。

---

[35] 程德培，〈被記憶纏繞的世界——莫言創作中的童年視角〉，《上海文學》（上海：1986年，第4期）。

第二章　精神還鄉¹與「想像的過往」²：1985年以後莫言中短篇小說的敘事視角實驗

第一節　懷鄉病、精神還鄉與「我向思維敘事」

　　不可否認，1948年費孝通在《鄉土中國》一書中關於中國社會「鄉土性」的理論指認，對於我們在當下中國社會語境中的文學研究，仍具有理論參考價值。正是在這一理論鏡鑒下，我們看到了在中國社會現代化轉型中思考國族命運和人生價值的作家們，在「城」與「鄉」、「人」與「土」等社會學語彙所指代的生存處境間的思想掙扎和藝術探索。中國社會的諸多「鄉土性」特質，決定了中國現當代文學史上諸多出身鄉村或有鄉村生活經驗的作家在獲得了都市生活體驗後，在「身體返鄉」時，往往因某人、某事、某物而觸發其早年鄉村生活記憶，從而進入「精神還鄉」狀態，展開關於「鄉土」的書寫，這種書寫往往是用親切細膩的筆致狀寫早年經見的人事，在溫馨的「懷鄉」情緒裡流露出「往昔不再」的悵惘與無奈。正如海德格爾

---

¹　本文以「精神還鄉」指涉莫言以早年鄉村記憶為切入點、以「高密東北鄉」為飛揚文學想像的精神空間、對「故鄉」、「故人」和「故事」進行「天馬行空」式的關於「過往」的「想像」與再造。

²　「想像的過往」一詞出自Christopher Shaw and Malcolm Chase, ed. *The Imagined Past: History and Nostalgia.* Manchester and New York: Manchester University Press, 1989。（《想像的過往：歷史與懷鄉》），是1985年在英國里茲大學召開的"History Workshop 20"的會議論文集，主要從「歷史」與「懷鄉」的角度討論英國文學在社會轉型期的一些美學面向。本文的論證借用書中「想像的過往」一詞來指代莫言小說利用敘事技巧對於歷史的想像與虛構。

所言：「接近故鄉就是接近萬樂之源（接近極樂）。故鄉最玄奧、最美麗之處恰恰在於這種對本源的接近，絕非其他。所以，唯有在故鄉才可親近本源，這乃是命中註定的。正因為如此，那些被迫捨棄與本源接近而離開故鄉的人，總是感到惆悵悔恨……還鄉就是返回與本源的親近……。」[3] 然而，對離鄉多年、已成「他者」（other）的作家遊子們來說，真正意義上的精神回歸是不可能的，他們只有在想像的故鄉和對故鄉的想像中，才能夠抵達「精神還鄉」的終點，張揚自己的文學想像，獲得敘述的自由和力量。因此，文學意義上的「懷鄉」已不再僅止於甚至不是對地理故鄉的懷念，「我們現在對（懷鄉）一詞的使用分明是現代而具隱喻性的。我們懷想的家園已不再是一個地理區域而是一種心態」[4]（引者譯）。作家們要做的，就是通過對故鄉的回憶，尋找貼近文學的最佳方式。在1987年4月5日致張志忠的信中，莫言說：「文學是一種情緒，一種憂傷的情緒，向過去看，到童年裡去尋找，這種憂傷就更美更有神祕色彩……淡淡的憂愁，是文學生長的好氣候。」[5] 他「認為一個作家……最寶貴的品質就是能不斷回憶往昔。」[6] 正是在「不斷回憶往昔」這一「精神還鄉」式的追憶性文學書寫過程中，作家們才能釀造出一塊屬於自我、又能激發讀者「同情」的記憶酵母，在敘事上引導讀者「移情」入文，引起他們普遍的印感，並與作者一起完成「精神還鄉」。

　　這種文學審美接受效果的獲得要歸功於作家在自己的文本世界裡創造了一個「文學的此間」──作家自我的「精神故鄉」，一旦進

3　[德]海德格爾著，郜元寶譯，《人，詩意地安居》（上海：上海遠東出版社，2004年），頁5。

4　原文如下："Our present usage of the word is therefore distinctly modern and metaphorical. The home we miss is no longer a geographically defined place but rather a state of mind." 見 Malcolm Chase and Christopher Shaw, 'The dimensions of nostalgia', Christopher Shaw and Malcolm Chase, ed. *The Imagined Past: History and Nostalgia*. Manchester and New York: Manchester University Press, 1989, p. 1。

5　張志忠，《莫言論》（北京：中國社會科學出版社，1990年），頁31。

6　莫言，〈十年一覺高粱夢〉，《中篇小說選刊》（福州：1986年，第3期）。

入其間，作家的一些重要精神記憶便被激活，變得鮮活生動起來，並以一種迥異於他人的藝術美感打動讀者，獲得審美上的獨一性和陌生化，正如魯迅的「此間」是「魯鎮」，沈從文的「此間」是「湘西」，福克納的「此間」是「約克納帕塔法縣」，作家在自己營造的「文學此間」中可以信馬由韁、任意馳騁，他們——每一個作家——都是自己「文學的此間」的君王。

　　每個作家「文學的此間」——藝術表現的精神領地和心靈地域空間——的大小取決於他的文化身分自認指向。出身農村的作家進入城市後的文化身分自認，顯示了作家對自己社會文化責任的擔當。魯迅把自己放置在「鐵屋」中的「吶喊」者、「荷戟獨彷徨」的文化鬥士這一啟蒙者的高度上書寫「故鄉」人事，「哀其不幸，怒其不爭」，敘、描、刻、評，筆鋒直指國民劣根性；沈從文自稱是「鄉下人」，在這樣的文化身分自我界定中，他既以哀婉細緻的筆調為現代文壇貢獻了《邊城》、《長河》這樣的懷鄉名著，也從一個「鄉下人」的「仰角」為我們剖開了都市人的假面；在新時期以來以寫鄉村生活見長的作家莫言那裡，「逃離」鄉土之後的「精神還鄉」書寫的成功，也在很大程度上得益於他的文化身分自認，他選擇了「作為老百姓寫作」這一涵蓋面更廣、普適性更強的文化姿態，贏得了文學書寫可以展開的更大的深廣度，也使得他的「文學的此間」——「高密東北鄉」這一文學地理概念——無限寬廣，「莫言的《紅高粱》和其他諸多小說的故事空間——高密東北鄉，讓人不禁聯想到福克納的『約克納帕塔法縣』」（引者譯）[7]，他把「高密東北鄉」這一記憶容器裡

7　梅儀慈（Yi-tsi Mei Feuerwerker），"The Post-Modern 'Search for Roots' in Han Shaogong, Mo Yan, and Wang Anyi." *Ideology, Power, Text: Self-Representation and the Peasant "Other" in Modern Chinese Literature.* Stanford, California: Stanford University Press, 1998, p. 220。另注：梅儀慈為密歇根大學文學教授，丁玲研究專家，著有"Ding Ling's Fiction", *"Ideology, Power, Text: Self-Representation and the Peasant "Other" in Modern Chinese Literature"* 等，她在《意識形態、權力和文本：中國現代文學的自我呈現和農民「他者」》一書第六章「韓少功、莫

裝滿了各樣貨色，「（小說中）位於山東一角的莫言故鄉，是一個為
了放置他虛構的史詩性事件而想像出來並被提升到神話高度的（故
事）空間」（引者譯）[8]，「莫言在選準山東高密鄉之後，幾乎獲得
了一種穿透歷史的視野，把原始故鄉的狂歡和神祕作了驚心動魄的
發揮。」[9]這種「發揮」使他的「精神還鄉」書寫從「記憶書寫」過
渡到對「想像的過往」的書寫[10]，獲得了高度的敘事自由，如《紅高
粱》在時間上從1923年直跨到1985年，人物跨三代，敘事視角疊加，
人稱多樣、轉變靈活；《食草家族》更是奇思突起，故事、敘事均誇
張個異，這是迥異於中國現代文學史上的鄉土作家們「還鄉書寫」的
故事構成和敘事風格的。

　　由此可見，敘述自由的獲得並不能僅依賴於作家的文化身分自
認，除此之外，還需要適當的敘事策略。「鄉土」是一個能喚起人記
憶與想像的文化心理符碼，作家由「身體還鄉」而「精神還鄉」，有
意識地藉助這一文化心理符碼進入「鄉土」文化語境，展開文學書
寫，這一過程便是「想像過往」、虛構歷史。進行「還鄉書寫」的作
家，幾乎不約而同地選擇以第一人稱「我」作為其「精神還鄉」、
「想像過往」的敘事視角，是因為這一視角「一方面可以保留第一人
稱敘述易體現敘述個性的特點，或活潑風趣或抒情深沉；另一方面還
可以使之顯得更為平易近人親切自然。」[11]的確，第一人稱敘述可以
縮短讀者與敘述者之間的時空鴻溝，消弭故事人物與讀者現實生存處

　　言和王安憶的後現代『尋根』」第五節「《紅高粱》中作為『不肖子孫』的知識分
　　子自我書寫者」中詳細分析了莫言《紅高粱家族》小說的敘事視角。

8　　梅儀慈（Yi-tsi Mei Feuerwerker），"The Post-Modern 'Search for Roots' in Han Shaogong, Mo
　　Yan, and Wang Anyi." *Ideology, Power, Text: Self-Representation and the Peasant 'Other' in Modern
　　Chinese Literature.* Stanford, California: Stanford University Press, 1998, p220。

9　　李詠吟，〈莫言與賈平凹的原始故鄉〉，《小說評論》（西安：1995年，第3期）。

10　這一比較僅限於論者對於三位作家關於「還鄉」書寫的閱讀感受，魯迅、沈從文近
　　於寫實，是現實主義的，莫言在寫實之外，還有大量天馬行空式的幻想、虛構和誇
　　飾，徘徊在魔幻現實主義和志異志怪的古典浪漫主義之間。

11　徐岱，《小說敘事學》（北京：中國社會科學出版社，1992年），頁206。

境的差異，使讀者深陷故事，獲得小說人物的悲喜。魯迅的「還鄉」小說幾乎全用第一人稱敘事，就是典型的例子，而在沈從文的小說世界裡，雖不常見第一人稱敘述，但卻總有一個在在可見的以強烈的「親歷者」的聲音敘述故事的外在敘事者，這個聲音讓人明顯感到一位「類第一人稱」敘述者的存在。讀莫言的小說，可以發現他明顯偏愛並大量使用第一人稱敘述視角，其中既有鄉村往事中的青少年敘述者「我」，又有奇幻的成年故事裡的敘述者「我」，這個「我」往往同時扮演著故事人物和敘述者的雙重角色。此外，他還創造性地使用了「我爺爺」、「我奶奶」等複合人稱視角展開敘述，擴大了敘事的視域和藝術表現力。

　　莫言的中短篇小說創作可以1985年為界分為前後兩期。當代文學史上的1985年，被文學史家命名為「方法年」。這一年，國際上流行「懷鄉病」（nostalgia），「1985年，懷鄉成了一個廣為接受的回望過往的口號……因為『人們喜歡懷鄉（舊）而且堅信』怪的『總是好的』」（引者譯）[12]，1985年的中國作家們則在尋找「文學的根」。這一年，莫言意識到：「要想搞創作，就要敢於衝破舊框框的束縛，最大限度地進行新的探索，猶如猛虎下山，蛟龍入海……創作者要有天馬行空的狂氣和雄風。無論在創作思想上，還是在藝術風格上，都必須有點邪勁兒。」[13]可以說，1985年後的莫言創作是在國內外文藝界普遍流行「懷鄉／尋根」的文化大氣候中，有意識地帶著「狂氣和雄風」，帶著「邪勁兒」在「最大限度地進行新的探索」的。而莫言選擇的「衝破舊框框」的突破口是被視為「小說技巧的關鍵」的「敘

---

[12] 原文如下："Up to 1985 nostalgia was the universally acceptable catchword for looking back. ...Because 'people love nostalgia and firmly believe' that what is odd 'is necessarily good'." 見David Lowenthal, 'Nostalgia tells it like it wasn't', Christopher Shaw and Malcolm Chase, ed., *The Imagined Past: History and Nostalgia*. Manchester and New York: Manchester University Press, 1989, p. 18。

[13] 莫言，〈天馬行空〉，《解放軍文藝》（北京：1985年，第2期）。

事角度」[14]——敘事視角的探索與實驗。因此，以1985年為界，考察此後莫言小說的敘事視角探索，便具有了較大的學術價值。

需要指出，與魯迅、沈從文等現代鄉土小說家不同，莫言的敘事探索並未僅止於對於第一人稱敘述視角的變換使用，他把「我」視角敘事發展為「類我」複合視角敘事，造就了多種人稱和多重視角疊加的「我向思維敘事」，正是這種敘事策略造就了莫言小說「煞有介事」的敘事腔調、「滾珠落玉」的敘事風格和「泥沙俱下」的語言濁流。在對家族往事亦真亦幻的「想像性」追憶之中，莫言通過這些複合人稱視角完成了對傳統單一敘事人稱模式及其閱讀審美感受的挑戰與顛覆，得以自由穿行在故事時間與敘事時間、歷史真實與藝術想像之間，創造出了令人稱道的「莫言體」敘事風格和大量虛構家族傳奇小說。

那麼，什麼是「我向思維」？「我向思維」，是「『現實思維』的對稱。指專受個人的欲望和需要所支配的思維，亦即從自我出發而不顧現實的、主觀性極強而又極不合邏輯的『願望思維』。是一種極富幻想性的病態思維。」[15]「指一種單純受個人需要與願望控制、不顧客觀事實的思維。常出現在精神分裂症患者身上。有的心理學家將這種思維等同於幻想、白日夢和想像。」[16]這種服從「個人欲望和需要」、「不顧現實」、「極富幻想性」、「等同於幻想、白日夢和想像」的「願望思維」，在精神病理學上是一種「病態思維」，在文學創作中，卻是作家們夢寐以求的思維狀態。藉助這種思維方式，作家在觀察、表現世界時，就可以以自我的審美價值尺度為標準，主觀地把自我的情感色彩、藝術感悟和生命體驗投射到其藝術創作的客體身

---

[14] 羅鋼，《敘事學導論》（昆明：雲南人民出版社，1994年），頁159。

[15] 劉建明主編，《宣傳與論學大辭典》（北京：經濟日報出版社，1993年），頁57-58。

[16] 陳會昌主編，《中國學前教育百科全書·心理發展卷》（瀋陽：瀋陽出版社，1995年），頁197。

上，通過客體的種種藝術表現形態來表達藝術創作主體即作家、藝術家的思想感受和審美訴求，從而達到個性閃耀、異彩紛呈的陌生化、新穎化的藝術效果。具體到小說創作中，作家們時常選用第一人稱敘述視角來結構故事，以「我」（敘述者，亦人亦物，但非作者）的所思所見所聞所為作為敘事原點，以「我」的判斷為美學、價值或道德評判的尺規，以「我」的情緒呼喚讀者的情感對應，極力追求「敘事移情」（Narrative Empathy）[17]的接受美學效果。在莫言的小說中，有兩種「我向思維敘事」的人稱機制：「我」敘事（第一人稱敘述視角「我」、「我們」）和「類我」敘事(複合人稱敘述視角「我爺爺」、「我奶奶」等)，他們共同擔負起了莫言通過「精神還鄉」來「想像過往」的文學理想和創作實踐。

第二節　「想像的過往」之一：「我」敘事

莫言說過：「我與農村的關係是魚與水的關係，是土地和禾苗的關係……也是鳥與鳥籠的關係，也是奴役與被奴役的關係。」[18]濃厚的人文關懷意識和底層文化情結，使莫言無論在創作心理還是在文化皈依上都習慣性地選用第一人稱「我」作為小說敘事的切入點，在「我向思維敘事」語境中，他感到了敘事情感上的親近和飛揚想像的便利。在莫言1985-2016年間全部67部中短篇小說中，以第一人

---

[17] Susanne Keen, 'A Theory of Narrative Empathy', NARRATIVE, Vol. 14, No. 3 (October 2006), 215, The Ohio State University. 此文在美國敘事學研究界很受推崇。Susanne Keen在該文中詳細論述了「敘事移情理論」（A Theory of Narrative Empathy），並將其分類為三：本群定向移情，他群定向移情和廣泛移情。莫言所要極力實現的屬於第三種，「廣泛移情希望通過運用普適性的藝術表現手法來強調眾人共通的無奈與希冀，以喚起所有讀者情緒上的族群感。」原文如下："Broadcast strategic empathy calls upon every reader to feel with members of a group, by emphasizing our common vulnerabilities and hopes." 引者譯。

[18] 莫言，〈故鄉往事〉，《寫給父親的信》（瀋陽：春風文藝出版社，2003年），頁1。

稱「我」作為敘述視角的有41篇，藉助這一視角，莫言營造了獨特的「我向思維敘事」的文本藝術世界。

莫言1985年以後以第一人稱「我」作為敘述視角、講述鄉村故事的中短篇小說，與莫言此前寫童年苦難記憶的悲劇性沉重與壓抑相比，多了些詼諧、輕快的調子。第一人稱敘述者的情感形態也由童年期的憂鬱自閉、孤獨內向和超常態，向青少年、成年期的開放、舒朗、達觀轉變。隨著時間的流逝，莫言把他被時間「詩化」的鄉村記憶以頗具才情的筆調、用追憶性敘述視角藝術地再現出來。這一轉變是有其心理動因的，正如斯坦尼斯拉夫斯基所言：「時間是一個最好的過濾器，是一個回想和體驗過的情感的最好的洗滌器。不僅如此，時間還是最美妙的藝術家，它不僅洗乾淨，並且還詩化了回憶。由於記憶的這種特性，甚至很悲慘的現實的以及很粗野的自然主義的體驗，過些時間，就變得更美麗、更藝術了。」[19]

壹、鄉村往事和生活想像裡的「我」

在《三十年前的一次長跑比賽》、《司令的女人》、《白棉花》、《天才》、《你的行為使我們恐懼》等十餘個篇什中，莫言使用「我」或「我們」等人稱敘述其或親歷、或耳聞、或想像的鄉村故事。在1985年以前的小說中，莫言總嘗試通過運用敘述技巧（視角、人稱變化）把情節簡單的故事敘述地跌宕起伏、充滿懸疑，在敘述中，他總在推延展示故事的走向，但敘述的指向性很明確，敘述者甚至提前向讀者預告故事的結局、人物的命運。而在1985年以後的小說中，敘述的視角不再頻繁地變換，故事時序雖時有打亂，但敘述時間、空間和故事時間、空間不再有很大的差異，莫言轉而注重保持故

---

[19] 轉引自魯樞元，〈論文學藝術家的記憶〉，趙麗宏、陳思和主編，《得意莫忘言：〈上海文學〉50年經典理論批評》（上海：華東師範大學出版社，2003年），頁159。

事情節的連貫性和趣味性，並儘量在敘述中加入與故事人物或與人物性格相關的故事，使敘述和故事都呈現出枝蔓性的特徵（如《三十年前的一次長跑比賽》），敘述的指向性不再像此前的作品那樣明確，小說的結尾往往是中國古典小說傳統的「抖包袱」式結尾——故事結局出人意料（如《白棉花》、《司令的女人》等），或營造出新的故事懸疑，小說的敘述卻戛然而止（如《三十年前的一次長跑比賽》、《天才》等）。敘述的近乎無指向性在一定程度上取消了故事的完整性，從而造成了一種敞開式的結尾和新的閱讀審美感受——讀者欲罷不能卻又能有所思考。

　　在1985年以前的莫言小說中，第一人稱「我」或是以故事人物的身分擔當敘述者，敘述限於人物的知域，或是以故事參與物的身分參與自己所在故事部分的敘述，並兼有敘述者與被敘述者、看者與被看者的雙重身分，且這兩種身分相互轉換，造成一種敘述與被述的對立與對話。1985年以後的第一人稱敘述者「我」基本上仍是以故事人物的身分敘述故事，但為了敘述的方便，作者在小說中時而採用第一人稱單數「我」，時而採用第一人稱複數「我們」作為敘述的視角（如《你的行為使我們恐懼》、《司令的女人》、《天才》等），「我們」在故事層面上能夠感知、思考和做的大大增加，這無疑增加了小說的人物數量和故事容量，敘述者的知域範圍也被相應地拓寬，為小說的枝蔓性敘述和相關故事的添加創造了條件。因此，我們看到，莫言小說的敘述者「我」往往在敘述過程中不斷加入新的故事或臨時把敘述權轉讓給敘述對象——某一個故事人／物，讓他添加一個新的故事。這樣，敘述本身就具有了一定的故事性，敘述的目的，就為了敘述，而不像此前的創作那樣：人為割裂原本情節完整的故事，打破原序，重新排列，再把它一部分一部分地敘述出來。

　　在莫言1985年以後以第一人稱「我」作為敘述視角的小說中，故事時間裡童年的「我」呈現出向敘述時間裡的青少年甚至成年的

「我」過渡的傾向，「我」或「我們」在小說中是作為次要故事人物出場的，是故事的見證人，很少以具體的故事行為參與推動故事情節的發展，卻以敏銳的感覺推動敘述的前行。同時，莫言也塑造了一些在現代工業文明和鄉村農業文明的衝突碰撞中性格變異的「高密東北鄉」人物（如《司令的女人》中的司令、《天才》中的蔣大志、《你的行為使我們恐懼》中的「騾子」等），他們滿懷離鄉的興奮或悲涼，多是悲喜劇人物，形象都比較豐滿，讓人笑讓人憐，這多少也是莫言自身在城鄉文明夾縫中掙扎的心理體驗的文本折射。

貳、奇幻的成年故事中的「我」

在莫言的第一人稱敘述視角小說中，敘述者除了以青少年「我」的故事人物身分來敘述鄉村故事和少年記憶外，還以成人「我」的視角敘述成年故事或站在成年人的立場上回望青少年時光，這些小說多詼諧幽默或有奇思妙想，計有軍旅題材的《革命浪漫主義》、《蒼蠅・門牙》、《戰友重逢》等；有關於農村舊觀念遺存的，如《棄嬰》、《靈藥》等；有關於農村奇人異事的，如《養貓專業戶》、《白棉花》、《姑媽的寶刀》等；也有純粹為講故事而展開敘述的《藏寶圖》。我們選取較有代表性的《戰友重逢》和《藏寶圖》來做敘事文本分析。

《戰友重逢》是一個比較獨特的文本。小說講述了一個陰陽兩界、人鬼異處的戰友「重逢」的故事：少校趙金在回鄉路上遇到了十三年前在「對越自衛反擊戰」中犧牲的戰友錢英豪。小說奇就奇在這對身處陰陽兩界的戰友卻能同坐在河邊一棵柳樹梢頭回憶往昔，小說的敘述就在他們如夢如幻的對話和對往事的追憶中展開。敘述者並用現在性和追憶性視角：現在性視角講述「我」與錢英豪的奇遇，追憶性視角敘述「我們」少時的故事——參軍、受訓、參戰等。同時，第一人稱敘述者「我」不時地把敘述權交給錢英豪，讓他以第一人稱敘

述他犧牲後，發生在「陰間」——南國邊陲烈士墓地的故事。在敘述中，敘述者又引入一個新的故事人物——戰友郭金庫，由他的加入而引出「我」和郭金庫的上一次頗具喜劇意味的「戰友重逢」和犧牲在南國邊陲的錢英豪何以會在家鄉河邊出現的原因：錢英豪的父親夢到兒子，並千里跋涉去南國烈士陵園偷挖兒子的骨殖，故事的敘述權又一次轉讓給錢英豪，讓他以第一人稱講述自己靈魂的返鄉之路。小說的敘述焦點最後聚集到「戰友重逢」現場的一個老實巴交的戰友張思國身上：他和繼子在看水防洪。

　　一個穿行在過去與現在、陰間與陽界的奇異的戰友「重逢」的故事讓莫言講述得妙趣橫生、鬼氣四溢。第一人稱「我」、「我們」的使用讓一個荒誕不經的故事平添幾分真實，小說的藝術魅力和思想價值就在於，通過對比過去「我們」在柳樹上「刻字言志」和十三年後身處陰陽兩界的「戰友重逢」、戰爭的殘酷與遊戲性和戰後不久敵我雙方的和解與犧牲的不可挽回甚至無價值，來揭示命運的多舛和現實生活的艱辛與瑣碎以及曾經的崇高偉大理想的失落。現在性視角和追憶性視角的交替使用，使現實的「真」與夢幻的「真」、合理的「真」與荒誕的「真」、生活的「真」與藝術的「真」一時真假難辨。第一人稱敘述者「我」時而是趙金，時而是錢英豪，時而是郭金庫，通過敘述視角的轉換，莫言把這個在時間上橫跨十三年、在空間上出入陰陽界的荒誕故事講述得「煞有介事」，這種「虛實相生」的敘述結構，顯露了莫言的敘事奇才。

　　《藏寶圖》的敘事結構也很獨特，小說開篇就告訴讀者：「這個故事從頭到尾只有一句真話——這個故事從頭到尾沒有一句真話。」[20]它採用「串糖葫蘆」式的敘述結構：一個個幾乎不相干的故事像「冰糖葫蘆」上的山楂球一樣，被敘述者以某個線索或某個人物

---

[20] 莫言，〈藏寶圖〉，《莫言文集・透明的紅蘿蔔》（北京：當代世界出版社，2004年），頁83。

的敘述串起來，而敘述的目的，不是要結撰一個情節完整、矛盾衝突
具體的戲劇性故事，而只是串起一個個的故事。敘述的指向性幾近
於無，要說有，那也是指向下一個與正在被敘述的故事幾乎不相干的
故事，故事與故事在人物關係、情節設置等敘事要素上幾乎沒有相關
性。表面看來，小說是以第一人稱「我」講述「我」與小學同學馬可
在街頭相遇、被他訛、帶他去吃餃子、席間他天南海北地說個不停，
而「我」則充當了敘述傳聲筒：「我」在通過自己的敘述轉述馬可講
給「我」聽的一個個異聞趣事，在每個故事的開頭，「我」都要加上
一個「他說」，「他」口若懸河、滔滔不絕，而作為第一人稱敘述
者，「我」是在敘述「我們」的相遇和「他」講述的故事，「他」既
是敘述對象又是「隱在敘述者」。這樣，作者就把「信口雌黃」的
「惡名」推給了「他」，而不必承擔讀者在閱讀時可能會因為混淆作
者和第一人稱敘述者「我」而對作者產生的偏見和拒斥。「因為無論
在現實生活裡還是在虛構世界中，人們本能地厭惡自我中心者，對於
那些大言不慚、盛氣凌人的傢伙總是退避三舍。」[21]而當「我」作為
一個聽眾式的人物在轉述「他」信口開河、自吹自擂地講述的故事
時，「我」與讀者在情感上對「他」一致的貶抑、諷刺卻可以贏得讀
者的情感認同。

參、「煞有介事」：莫言小說敘事藝術的重要美學風格

在莫言這類「我向思維敘事」小說中，敘述者「我」多是口若懸
河、信口雌黃的故事參與者和講述人，「我」的敘述東拉西扯、枝蔓
不清，有時甚至故意以玄虛的方式結束故事，通過這樣一群敘述者，
莫言把一個個連接現實與過去、真實與虛構、陰間與陽界的故事敘述
地妙趣橫生、驚異動人，這也就造成了莫言小說敘事的一個重要美學

---

[21] 徐岱，《小說敘事學》（北京：中國社會科學出版社，1992年），頁278。

風格：煞有介事。莫言小說裡的故事，有些有其生活原型，但大多數
都是純粹的虛構和大膽的想像，在他「煞有介事」的敘述腔調中，他
將一個個亦真亦幻的故事敘述得真實可信，達到了藝術真實和「敘事
移情」的美學效果；這種敘述腔調還表現在，他在敘述荒誕的和醜的
故事（或細節）時的那種認真勁和幽默、詼諧、誇大其詞時的一本正
經，正是這種「煞有介事」的敘述腔調成就了莫言獨具魅力的「滾珠
落玉」的小說敘事風格和「泥沙俱下」的語言濁流。

　　以第一人稱「我」、「我們」擔任敘述者的小說往往真實可感，
具有「鮮明的主題性與濃郁的抒情性」，「在結構上的開合自如，能
給敘述者在敘述時間上的轉換提供更大的方便，和對敘述手段的更自
由的調度。」[22]然而，在這類小說中，作為故事次要人物和第一人稱
敘述者的「我」，形象都較單薄，性格特點不夠鮮明，甚至敘述的聲
音和腔調也很接近，有模式化的感覺。作為作品中的一個人物，第一
人稱敘述者「我」受到這一人稱所規定的知域和視域的限制：一方
面，「我」不能深入敘述對象的內心，也不能有過多的自我表現，以
免給讀者留下自我中心的壞印象；另一方面，第一人稱「我」的「鮮
明的主體性」使「我」總是在故事中「在場」，一切都是被「我」主
觀地敘述著，從而很難營造出一種自然客觀的故事場面。對於第一人
稱敘述視角的這些缺點，莫言還是儘量想方設法避免的，如《戰友重
逢》、《藏寶圖》等小說敘述視角的巧妙轉換就是比較成功的嘗試。

　　為了進一步提高「我向思維敘事」敘述者的敘述能限、擴大敘事
空間和情感自由度，莫言又在其小說中創造性地使用了「我爺爺」、
「我奶奶」等「類我」複合人稱視角，並以此結構起了他敘事風格獨
特的虛構家族傳奇小說譜系。

---

[22] 徐岱，《小說敘事學》（北京：中國社會科學出版社，1992年），頁276。

第三節 「想像的過往」之二：虛構家族傳奇小說中的「類我」敘事

在《秋水》中，最早出現了「我爺爺」、「我奶奶」等「類我」複合人稱視角，在《白狗秋千架》中，莫言首次使用了「高密東北鄉」這一文學地理概念。「類我」複合人稱和「高密東北鄉」的創造性使用為莫言「新歷史主義」意義上的「精神還鄉」和「想像過往」——虛構家族傳奇和故鄉歷史敘事做好了人稱視角和敘事空間準備。1986年的《紅高粱家族》（含《紅高粱》、《高粱酒》、《狗道》、《高粱殯》、《奇死》等5部中篇），1987年、1988年的《生蹼的祖先們》（又名《食草家族》，含《紅蝗》、《玫瑰玫瑰香氣撲鼻》、《生蹼的祖先們》、《復仇記》、《二姑隨後就到》、《馬駒橫穿沼澤》等6部中短篇小說），以及《野種》（又名《父親在民夫連裡》）、《人與獸》、《我們的七叔》、《蝗蟲奇談》和《祖母的門牙》等共計16部中短篇小說，共同構成了莫言的虛構家族傳奇小說譜系。

壹、「我爺爺」、「我奶奶」等「類我」複合人稱的語法界定

《紅高粱家族》小說是以系列中篇的形式創作發表後結集成長篇出版的，小說的故事之間有一定的承接性，在敘述的視角和人稱上也呈現出連續性和變化性兼有的特點，小說的敘述對象即故事的主要人物和事件也是不斷變化的。「我爺爺」、「我奶奶」等敘述人稱一方面因為「爺爺」、「奶奶」等第三人稱的中心位置而被認為是第三人稱，又可以因為其前置形容詞性物主代詞「我」的存在而被視為第一人稱。那麼，《紅高粱家族》小說的敘述者究竟是誰？是「我」，一個具有了全知視角知域能力的第一人稱敘述者。莫言這類家族小說多是以後人崇敬的語調在「想像過往」——追述虛構的家族傳奇和先輩

的奇行偉績，敘述者「我」是先輩故事的局外人，試圖依據傳說和自己的想像，再現經過自己的經驗世界和審美理想加工過的「過去」，以「我」的文化價值取向複述歷史。「我」，作為先輩故事的局外人和敘述者，本不能參與到故事行為中，但在小說文本中，「我」總是試圖顯示自己的故事存在和敘述者身分：「為了為我的家族樹碑立傳，我曾經跑回高密東北鄉，進行了大量的調查，……我查閱過縣誌，縣誌載……」。[23]經過這樣的查訪，「父親不知道我的奶奶在這條土路上主演過多少風流悲喜劇，我知道。父親不知道在高粱陰影遮掩著的黑土上，曾經躺過奶奶潔白如玉的光滑肉體，我也知道。」[24]「我」獲得了全知的視域和知域能力，這是因為，對故事細節和人物心理感受的藝術再現（敘述），大大超出了「我」的知域範圍，要求「我」進入「爺爺」、「奶奶」等的第三人稱全知視角知域範圍。正是藉助這一複合人稱，敘述者「我」獲得了第一人稱敘述視角所天然具有的主體性和第三人稱敘述視角自由調度敘述結構的能力。「絕大多數時候，敘述好像是由一位超全能的第三人稱敘述者在執行，他對自己敘述的人物的瞭解非常細緻，甚至連『奶奶』大牙縫裡夾著一顆穀粒大小的鐵砂都知道。」（引者譯）[25]

　　當莫言在《紅高粱家族》的最後一個中篇《奇死》的最後一節寫下這樣的文字時：「我逃離家鄉十年，帶著機智的上流社會傳染給我的虛情假意，帶著被骯髒的都市生活臭水浸泡得每個毛孔都發著撲

[23] 莫言，《紅高粱家族》（海口：南海出版公司，2000年），頁10-11。

[24] 莫言，《紅高粱家族》（海口：南海出版公司，2000年），頁4。

[25] 原文如下："For the most part the narrative is presented as if by a super-omniscient third-person narrator whose knowledge of his characters is so detailed that it even extends to the grain-size piece of steel pellet firmly lodged between two of Grandma's back molars." 見Yi-tsi Mei Feuerwerker（梅儀慈），"The Post-Modern 'Search for Roots' in Han Shaogong, Mo Yan, and Wang Anyi." *Ideology, Power, Text: Self-Representation and the Peasant "Other" in Modern Chinese Literature*. Stanford, California: Stanford University Press, 1998, p. 218。

鼻惡臭的肉體，又一次站在二奶奶的墳頭前。」[26]他無疑是在暗示讀者，《紅高粱家族》的故事是「我」在回鄉祭祖時追憶起的先輩傳奇故事，這樣，自然是「我」在講述他們的故事。從敘事功能上看，「我爺爺」、「我奶奶」等複合人稱綜合了第一人稱的親切真實和第三人稱的全知全能，而「我」是敘述者存在的表徵，「我」出現在「爺爺」、「奶奶」等親緣稱謂的前面，一方面，暗示故事時間是過去時，給敘述者在結構故事時很大的自由；另一方面，也拉近了敘述者和讀者間的距離，造成藝術上的真實感和閱讀接受上的親切感，使讀者不能自辨真假，實現了更深層次的「敘事移情」：「這幾年來，一些舊日的同學朋友和不相識的人來信詢問我們家庭的情況，國內外一些文學界的朋友甚至不遠萬里來我們家鄉考察。」[27]但從語法上講，「我爺爺」、「我奶奶」這些「類我」人稱是偏正結構，短語中心詞是後面的第三人稱稱謂「爺爺」、「奶奶」，屬於第三人稱「他」的範疇，這就使得「我」對「爺爺」、「奶奶」的過去時態故事的追憶和全知全能的敘述顯得自然，同時又可避免敘述外在於故事、與情節相脫節的間離感。

貳、「我爺爺」、「我奶奶」等「類我」複合人稱的敘事功能及其美學效果

在《紅高粱家族》中，「我」是故事的導演，任意穿行在「我爺爺」、「我奶奶」等的過去、「我父親」和「我母親」的過去、「我家」的三條狗的過去和「我」的現實之間，敘述者有意將上述時序的故事打亂、重新剪輯，以造成敘述的內在張力，這與莫言早期小說的敘事努力是一致的。當然，這也與作者創作時的體裁選擇有關，《紅高粱家族》是一個系列中篇小說集，而不是從一開始就以長篇的體制

---

[26] 莫言，《紅高粱家族》（海口：南海出版公司，2000年），頁370-371。

[27] 管謨賢，〈莫言小說中的人和事〉，《青年思想家》（濟南：1992年，第1期）。

來進行結構安排和情節矛盾的預設的。因此，當莫言試圖把他們集合成一個長篇的時候，其在內部結構和內在故事衝突處理上存在的某些問題，就給讀者造成了敘述者強行干預故事進程的閱讀感受，但「我爺爺」、「我奶奶」等（對象性）敘述人稱所具有的第一人稱的親切感和讀者對家族故事敘述者「我」的認同感，卻也多少抵消了敘述干預故事連貫性的突兀。在作者有意通過敘述割裂故事時空完整性以造成新的敘事秩序的情況下，這部由五個中篇組成的長篇能相對完整地保持故事的可讀性，而沒有讓讀者過多地感覺到閱讀接受的困難，無疑要歸功於第一人稱「我」對結構自由調度的人稱優勢。

同時，「我」（異故事人物）、「我父親」、「我母親」（故事人物）、「我爺爺」、「我奶奶」（故事人物）等敘述人稱的使用，使故事時態呈現出多維性：「我」的現在時、「我父親」和「我母親」的過去時、「我爺爺」和「我奶奶」的過去完成時和相對於「我爺爺」和「我奶奶」的時態的「我父親」和「我母親」的過去將來時。敘述者「我」有意將四種故事時態交錯雜陳在敘述之中，從而造成一種「敘述纏繞著故事，敘述時間纏繞著故事時間，敘述者的活生生的感覺纏繞著人物的死去的經驗」[28]的敘事美學效果。

莫言利用「我爺爺」、「我奶奶」等「類我」又「類他」的複合人稱視角來造成敘述時態和故事時態之間的交錯與間離，通過現實與歷史的穿插對比，來同時造成近乎矛盾的歷史的滄桑感和親切感，同時，又因為這種新穎的敘述人稱的使用，讓我們看到了被莫言從權力話語霸權下解構並重構的歷史的嶄新姿態：「我」在滿懷崇敬地追述土匪先輩們殺人越貨、精忠報國的家族傳奇故事。莫言通過讚美土匪抗日、高粱地野合，大寫特寫人狗大戰、狐仙救人、奇死等故事來顛覆傳統的非善即惡、非美即醜的兩分法話語模式，創造了「最美麗最

---

[28] 孟悅，《歷史與敘述》（西安：陝西人民教育出版社，1998年），頁95。

醜陋、最超脫最世俗、最聖潔最齷齪、最英雄好漢最王八蛋、最能喝酒最能愛」[29]的內部二元對立的敘述話語模式，並以此作為其小說敘事的理論指導，塑造了一系列新穎獨特、豐滿生動的人物形象和故事性格。莫言也從此開始以民間的──與廟堂相對立的──敘述視角來反思其舊的歷史觀，並試圖重塑歷史，而他的這種敘事努力恰恰合上了「新歷史主義思潮」的敘事節拍。莫言在《紅高粱家族》中的人稱視角選擇所達到的敘事美學效果可以用下面的公式來表示：

「我爺爺」、「我奶奶」等複合人稱＝第一人稱「我」＋第三人稱「爺爺」、「奶奶」＝第一人稱限知視角的親切、鮮明的主體性與強烈的抒情性和結構的開合自由＋第三人稱全知視角出入不同人物內心和穿越時空的自由＝抒情自由＋結構自由＋敘述自由＋廣泛移情

在這種敘事視角模式的幫助下，莫言為讀者「提供了我們在以往的文學文本和當代的歷史文本中都無法看到的歷史場景，歷史的豐富性在這裡得到了前所未有的復活。……把當代中國歷史空間的文學敘事，引向了一個以民間敘事為基本框架與價值標尺的時代。」[30]

與《紅高粱家族》五個中篇之間在故事人物和情節上的緊密聯繫不同，《生蹼的祖先們》中的六個中短篇之間的故事連續性不大，幾乎沒有貫穿始終的人物和中心情節，但這幾個中短篇在創作心理和審美氣質上卻具有較強的一致性：「在形式上它們各自獨立，但在思想上卻是統一的」[31]。此外，莫言還讓第一人稱「我」參與故事，讓「我」穿行在五十年前和現在的時空之間，來敘述一個「食草家族」充滿傳奇的歷史。但是，那些試圖在《生蹼的祖先們》中找到生活的影子的讀者卻難免大失所望，作者在敘述中加入大量的荒誕和魔幻書

---

[29] 莫言，《紅高粱家族》（海口：南海出版公司，2000年），頁2。

[30] 張清華，《境外談文》（石家莊：花山文藝出版社，2003年），頁55。

[31] 莫言，〈圓夢──《食草家族》跋〉，《食草家族》（石家莊：花山文藝出版社，1992年），跋。

寫，發展了其「煞有介事」的敘述風格，把一個個離奇、虛幻的故事講述得熠熠生輝。此外，《生蹼的祖先們》系列小說中出現了大量的、近乎無節制的「醜」和「怪誕」描寫，這給莫言的小說創作甚至作家本人帶來了很多負面的評論。可以肯定地說，莫言這一時期的「審醜」書寫是一種對傳統審美範式較為極端的顛覆努力，但他使用的第一人稱全能敘述視角和第一人稱敘述所獨有的鮮明的主體性和所能達到的強烈的「敘事移情」效果，讓讀者很容易就把作為故事人物和敘述者的「我」與小說作者等同起來，在過於苛求又囿於現實主義閱讀思維定式的讀者和部分評論家那裡，作品中「醜」的「我」就成了現實中「醜」的作者的化身。這樣的誤讀，顯然要歸咎於誤讀者自身對形式主義敘事學理論和藝術真實與生活真實的差異性的認知的不足。

　　莫言是唯一一位被《今日世界文學》*World Literature Today*雜誌（1927年創刊）以兩期次（2000年第3期、2009年第4期）專題報導（評論）的形式向英語世界讀者推薦的中國現當代作家，這在該雜誌辦刊91年、世界各語種作家的「英語世界」（English Speaking World）推介史上也是少見的[32]。就筆者搜集到的英語世界學術期刊和專著上

---

[32]　登載在《今日世界文學》2000年第3期上的文章有：Mo Yan, "My Three American Books", trans. by Sylvia Li-chun Lin莫言的《我在美國出版的三本書》（林麗君譯）；Howard Goldblatt, "Forbidden Food: 'The Saturnicon'of Mo Yan"葛浩文的《禁饗》；David Der-wei Wang, "The Literary World of Mo Yan"王德威的《莫言的文學世界》；Shelley W. Chan, "From Fatherland to Motherland: On Mo Yan's *Red Sorghum* and *Big Breasts and Full Hips*"陳雪麗的《從父地到母地：莫言的〈紅高粱〉和〈豐乳肥臀〉論》；M. Thomas Inge, "Mo Yan Through Western Eyes"英奇的《西方人眼中的莫言》等5篇論文。登載在該刊2009年第4期上的介紹文章有：Alexander C. Y. Huang, "Mo Yan as Humorist"黃承元的《幽默大師莫言》；Howard Goldblatt, "Mo Yan's Novels Are Wearing Me Out: Nominating Statement for the 2009 Newman Prize"葛浩文的《莫言的小說讓我生死疲勞：2009年紐曼文學獎提名發言》；Liu Hongtao, "Mo Yan's Fiction and the Chinese Nativist Literary Tradition"劉洪濤的《莫言小說與中國鄉土文學傳統》；Lee Haiyan, "Mo Yan: Laureate of the 2009 Newman Prize for Chinese Literature"李海岩（音）的《2009年紐曼中國文學獎得主莫言》等4篇和Mo Yan, "Six Lives in Search of a Character: The 2009 Newman Prize

對莫言的評論來看，莫言在英語世界閱讀和評論界獲得聲響的主要原因在於他在小說敘事藝術探索上所取得的成就，以及這種探索所實現的接受美學效果。當然，這與西方文藝界對於形式主義文論的重視和偏愛有關。中國當代作家的小說創作在敘事上的創新求變，是以當代西方小說的敘事模式為藍本的，是一種向西方看齊的「形式主義現代性」追求，至於其效果如何，評論界尚無定論。但就莫言個人而言，卻實現了模仿基礎上的中西融合和自我創新。

中短篇小說是莫言小說創作的起點，而他在1985年以後的中短篇小說創作中有意識地進行的敘事探索與實驗，他使用「我向思維敘事」策略進行的「精神還鄉」書寫和解構歷史的「想像過往」敘述，無疑又是他為此後的長篇寫作在敘事方式、精神、空間和情感維度等層面所進行的文本實驗與準備。正是在本文論及的諸中短篇小說中，莫言展現出了卓越的敘事天分，獲得了文壇聲響，並在此後的長篇創作中充分發揮，甚至將某一種敘事策略用到極致。與西方先鋒小說的追求怪異、模糊多解以反映人的異化等主題指涉不同，莫言這一階段的小說，在追求「想像的過往」的新與奇、巧與炫等「新歷史主義」陌生化審美效果的同時，仍在追求讀者的認同和讀者群的擴大，這與真正成名之後莫言發表的一些長篇小說如《十三步》的難解、《酒國》和《豐乳肥臀》的性描寫與語言的誇飾帶來的讀者流失又有不同。

縱觀莫言所有的短中長篇小說，使用最多的敘述方式，還是第一人稱和「類第一人稱」視角即「我向思維敘事」。莫言的「鄉愁」、「精神還鄉」與強烈的創新欲望，促使他對可以喚醒其早年記憶的「第一人稱」敘事視角進行了改造，將其發展成為建立在「類我」複

Lecture", trans. by Sylvia Li-chun Lin莫言的《影響的焦慮》（《六道輪回尋一人：2009年紐曼文學獎獲獎感言》）（林麗君譯）1篇，以及Mo Yan, "Inside Out", trans. by Howard Goldblatt莫言小說《翻》（葛浩文譯），Mo Yan, "Wolf", trans. by Howard Goldblatt莫言小說《狼》（葛浩文譯）等2篇。

合人稱視角基礎上的「我向思維敘事」，將第一人稱敘述視角所天然具有的敘事便利、暢快、真切等優點強化，又有效避開其缺點，增加了莫言小說「形式推動審美」的美學運作機制，使形式（敘述）大大增強了審美衝擊力和敘事移情能力，從而使讀者能夠更多地接受作者的主觀影響，並使讀者在更大程度上在作者營造的文化場域中按照作者的意圖去完成閱讀審美接受，這無疑是對羅蘭・巴特的「讀者的誕生要求作者的『死去』」[33]這一「創作——閱讀、作者——讀者」之間對立關係理論的一種衝擊和解構，實際上，這也是莫言在充分瞭解東西方敘事文化差異的基礎上，對西方文學理論的一次解構與重構，具有深刻的文學審美價值和文化史意義。

　　總而言之，莫言在其1985年以後的中短篇小說敘事中使用的多種人稱變化和多重視角疊加，造成了故事與故事的疊加、故事與敘述的疊加、人物情感與敘述者情感的疊加，從而使敘述與故事充滿內在的情感互動與張力，使故事枝節橫漫、充滿多解性，使故事的懸疑與解疑多向，使作者所支配的敘述者的敘事能力被放大，使敘事所能實現的審美張力與審美空間被放大，這無疑是莫言小說對當代敘事藝術發展的重大貢獻。

---

[33] 參見羅蘭・巴特發表於1967年美國Aspen雜誌的名作 *The Death of the Author*《作家之死》，文中他反對結合作家的創作目的和傳記文本來解讀作品，認為作品與作者不相下，「讀者的誕生需要作家的『死去』」，即主張作家不干預閱讀、讀者不考慮作家因素。本文認為莫言的敘事探索包含了作家干預、引導讀者閱讀審美接受的努力和嘗試。

第三章　《豐乳肥臀》： 新歷史主義敘事的模範文本

　　莫言有著濃厚的人文關懷意識和底層民間文化情結，對故鄉的魂牽夢繞和與故鄉生活緊密相連的生存記憶，使莫言無論在創作心理還是在文化皈依上都選擇青少年視角（有少數成人視角），以第一人稱「我」作為其數量驚人的小說創作的敘述切入點，在「我向思維敘事」語境中，他感到了敘述情感上的親近和飛揚想像的便利。莫言曾說：「我創造了『高密東北鄉』，是為了進入與自己的童年經驗緊密相連的人文地理環境。我曾說過，如果說『高密東北鄉』是一個文學的王國，那麼我這個開國君王就應該不斷地擴展它的疆域。」[1]正是為了不斷擴展自己文學王國的疆域，莫言寫出了大量反映故鄉風物人情的「高密東北鄉」故事和深深植根於故鄉往事和農村生活體驗之中的家族傳奇故事，以及被張清華先生譽為「新歷史主義敘事的典範的長篇小說《豐乳肥臀》」[2]。張清華所謂的「『新歷史主義時期』，指1987年至1992年前後的一段比較集中的、由先鋒小說家推動的、一個特別具有『實驗』傾向的歷史敘述。」[3]他歸納了「新歷史主義敘事」的幾個傾向：「它有傾向於『民間』歷史觀念的一面，……它常常是以與民間歷史敘事相近的面目出現的，體現了『邊緣化』的或者『曖昧的』立場與趣味……它體現了知識分子的歷史情懷，體現了把歷史『交還於人民』的意志，……它甚至體現了『消極』的歷史懷疑論、宿命論以及歷史的不可知論等傾向，它不相信所謂終極的

---

[1]　莫言．王堯，《莫言王堯對話錄》（蘇州：蘇州大學出版社，2003年），頁201-202。
[2]　張清華，《境外談文》（石家莊：花山文藝出版社，2003年），頁150。
[3]　張清華，《境外談文》（石家莊：花山文藝出版社，2003年），頁59。

『真實』意義上的歷史，也不相信形而上學意義上的歷史價值。」[4]
那麼，莫言帶有上述傾向的、「作為新歷史主義敘事的典範」的《豐
乳肥臀》又是如何處理我們前面提到的「小說技巧的關鍵」，即敘事
的「角度問題──敘述者所站位置對故事的關係問題」[5]的呢？

第一節　小說的敘事視角探索

　　《豐乳肥臀》共八卷（含卷外卷：拾遺補闕）。作為一部史詩性
長篇巨制，小說繼承和發展了《紅高粱家族》的敘事策略，使用複合
人稱視角，交錯使用第三人稱全知視角、第一人稱非限知視角和人物
內視角。但不同於《紅高粱家族》的「家族傳奇敘事」中「我」的後
輩人追憶性敘述視角，《豐乳肥臀》中的第一人稱敘述者「我」──
上官金童──兼有故事人物和故事敘述者的身分。小說用整個第一卷
（前九章）的篇幅寫上官魯氏生孩子（上官金童和上官玉女），在故
事時間中，金童還沒有出生，小說採用全能視角敘述故事。從第二卷
（第十章）起至第六卷結束（第五十四章），是小說的主體部分，這
六卷中始終有上官金童的敘述聲音。我們知道，第一人稱敘述往往存
在無法表現敘述者「自我」的問題，上官金童作為敘述者兼故事人
物，並且是主要故事人物，又是如何表現自己的呢？莫言採用了三個
辦法來解決這個問題。

　　一、讓上官金童使用相對客觀的敘述語言，如在提到自己的或家
　　　　人的故事行為時，故意採用人物全名而非親緣性稱謂，這
　　　　乍一看是全知視角第三人稱敘事，但實際上仍是第一人稱
　　　　人物視角敘事，但因為「母親」這一類複合型敘事人稱的
　　　　使用，而具有了更寬廣的視域。或讓上官金童借外物「照

---

[4]　張清華，《境外談文》（石家莊：花山文藝出版社，2003年），頁69-70。
[5]　羅鋼，《敘事學導論》（昆明：雲南人民出版社，1994年），頁159。

見」自我，如「從沙棗花送我的小鏡子裡，我第一次詳細瞭
解了自己的模樣。十八歲的上官金童滿頭金髮，耳朵肥厚白
嫩，眉毛是成熟小麥的顏色，焦黃的睫毛，把陰影倒映在湛
藍的眼睛裡。鼻子是高挺的，嘴唇是粉紅的，皮膚上汗毛很
重。」[6]

二、交錯使用第三人稱全知敘述視角，讓全知敘述者在上官金童
　　不方便出面自我表現的時候，來行使敘述權；

三、採用人物內視角來展現上官金童的故事行為和思維活動，如
　　第三十八章中敘述者對上官金童對娜塔莎的癡迷和暗戀的描
　　寫。人物內視角敘事很容易被混同於全知視角敘事，區別這
　　二者的關鍵，是看在一個敘事單位中，敘述的焦點是否始終
　　聚集在同一人物的言語行動和思維活動等方面，以及外在的
　　敘述者的聲音是否強烈地、人為地干預故事。

　　上官金童以第一人稱「我」敘述上官家在社會劇變、歷史動盪
中所經歷的風風雨雨，小說的故事空間仍是「高密東北鄉」，小說主
體部分的第一人稱敘述使得小說具有了家族史的味道。上官魯氏和她
的九個子女的命運與近現代中國社會的政治風雲緊緊糾纏在一起，與
每種在中國近現代史上發生過影響的政治勢力都有瓜葛，但小說敘述
的核心人物卻只有兩個：「地母」般堅忍、偉岸、飽經苦難的「母
親」上官魯氏和「雜種」、「戀乳癖」患者、精神病人上官金童。這
兩個人物的形象意義，對中國當代文學史的人物塑造來說無疑是革命
性的。上官魯氏的一生經歷了近現代中國歷史上幾乎所有的重大事
件：德占山東、民國成立、抗日戰爭、解放戰爭、新中國成立後的政
治運動直至改革開放，與種種政治、文化勢力發生過被動的聯繫，經
歷了幼年失怙、婚後受虐和多次帶有反叛和復仇意味的借種野合，經

[6] 莫言，《豐乳肥臀》（北京：當代世界出版社，2004年），頁342。

歷了戰亂、兵燹、飢餓，看著自己的八個女兒一個個因與各種勢力的糾葛而悲慘離世，她小心護佑的「雜種」兒子上官金童卻是個吊在女人乳頭上長不大的戀乳癖患者。「母親」上官魯氏是整部小說的敘事核心，她的受難是貫穿故事始終的，而她所具有的象徵意味也是顯見的：她的近一個世紀的多災多難，她在苦難面前的堅忍頑強，她的強大的生殖能力，她在各種強力面前的鎮定自若等，這樣一位「母親」無疑是在百年苦難中苦苦掙扎的中國基層人民的群體象喻。「母親」這一稱謂在小說的敘述中是沒有定語的，這一人物時而以其本體「上官魯氏」的身分出現在文本中，時而以「母親」這一溫暖偉大的稱謂出現，考察作者的創作意圖，除了因敘述視角變換的原因外，還暗含了作者對讀者閱讀接受的一種心理暗示：「母親」是誰？是經歷過和正在經歷苦難的底層人民，是每一個現實生活中的偉大「母親」的集合。這樣的意圖無疑是符合莫言的「民間文化代言人」的自我文化身分體認的。

相形之下，上官金童在小說敘述中的故事性存在時間要短於「母親」，他身上的文化象徵意味也是很強的。上官金童這個「雜種」是「母親」到處借種生了七個女兒之後，與牧師馬洛亞野合後產下的龍鳳胎中的男嬰。在「母親」「辛苦遭逢」的歷史性象徵語境中，他無疑是中國近百年來在東方古老文明和西方現代文明碰撞、衝突而變異而痛苦生成的半殖民地文化和後殖民主義文化，以及在這種「雜種」文化生態中浮沉掙扎的知識分子的文化象徵，他的戀乳、懦弱、性無能和精神幼稚，又何嘗不是受盡西風薰染卻生長在東方文化土壤中、找不到文化歸屬的中國現當代知識分子的文化心理的藝術再現和形象隱喻呢？在小說中，他一直矛盾地存在著：身體成長而精神幼稚，高大漂亮卻懦弱無能，戀乳成癖卻又被當作精神病人，盼望能成就一番事業卻總被利用、愚弄、拋棄。與他的矛盾性格相對應的是他多舛的命運：在榮辱之間忽起忽落，在悲喜之間悠來蕩去。這與在20世紀中

國政治、歷史的動盪不居、風雲變幻的社會氣候中漂如浮萍的知識分子的命運何其相似！

　　在此前（第一卷）、此後（第七卷和卷外卷）兩部分的敘述中，上官金童是異故事人物，在第一卷中金童尚未出世，一個全能的敘述者在講述「母親」艱難的生育過程，第七卷在故事時間上是最早的，講述了「母親」嫁入上官家之前的故事，但在敘述時間上是最後的，敘述使用的是上官金童的第一人稱全能視角（下文詳述之）。在第二到第六卷的故事主體部分，敘述圍繞著「母親」上官魯氏和上官金童這兩個核心敘述對象展開：「母親」見證了每個兒女的命運，上官金童沉浸在自我的故事裡，他的敘述以變態的視角見證了家族的歷史和社會的變遷。在這五卷中，莫言比較自如地結合使用全知視角和第一人稱「我」（這一敘述人稱自身的限知性被取消，且被賦予全能性）來展開敘述，在敘述的調度和人稱、視角的交錯使用上更加自如，一個外在於故事的全能敘述者和上官金童共同操控敘述的進程。上官金童時而是全能敘述者敘述話語裡的敘述對象，時而又變成第一人稱全能敘述者和故事的經驗者和旁觀者。這種說與被說、看與被看之間的轉換，給讀者造成一種歷史「真實」的可塑性感覺，而小說中的解構主義敘述，如上官家生與死的同時降臨、「母親」的野合借種與生殖力的強大、金童的外在高大與內在幼稚、馬瑞蓮讓豬馬牛羊兔之間「雜交」的「科學試驗」、紀瓊枝（代表權力話語）與郭馬氏（代表民間個人話語）對司馬庫截然相反的評價等，更讓我們看到莫言在「新歷史主義敘事」思潮中為解構權力話語霸權的歷史敘述所作的努力和他堅定的民間文化立場。就此，莫言曾撰文作過解釋：「通過對這個家族的命運和對高密東北鄉這個我虛構的地方的描寫，我表達了我的歷史觀。我認為小說家筆下的歷史是來自民間的傳奇化了的歷史，這是象徵的歷史而不是真實的歷史，這是打上了我的個性烙印的歷史而不是教科書中的歷史。但我認為這樣的歷史才更加逼近歷史的

真實。因為我站在了超越階級的高度，用同情和悲憫的眼光來關注歷史進程中的人和人的命運。」[7]

在小說第二卷開首（第十章），初生的上官金童以第一人稱敘述其出生之後的故事，這時「我」的視角無疑是全知全能的，莫言發展了《紅高粱家族》的「『我』＋『爺爺』＝第一人稱的親切真實＋第三人稱的全知全能」的敘事模式。在《紅高粱家族》中，「我」是異故事人物，是追憶性敘述視角；在《豐乳肥臀》中，「我」是故事人物，是現在性視角，同時，兼用追憶性視角。

在小說的第七卷，敘述者「我」回到了家族故事的最初：「大清朝光緒二十六年，是西元一九〇〇年。農曆八月初七的早晨，德國軍隊在縣知事季桂玢的引領下，趁著彌漫的大霧，包圍了高密東北鄉最西南邊的沙窩村。這一天，我母親剛滿六個月，她的乳名叫璇兒。」[8]整個第七卷敘述了「母親」幼年失怙、嫁入上官家、受虐、與姑父亂倫、帶有報復性地借種野合、被敗兵輪姦、前後生下七個女孩，最後與牧師馬洛亞「在人跡罕至的沙梁子上稠密的槐樹林裡」[9]野合。從小說敘述使用的人稱來看，敘述者使用了「我」、「母親」、「外祖父」、「姐姐」等敘述（對象性）稱謂，屬於複合型人稱，即第一人稱全知視角敘述。這時的上官金童就和《紅高粱家族》中的敘述者「我」一樣，是異故事第一人稱全能敘述者。在第一人稱全知視角的敘述中，上官魯氏的故事就和第一卷中上官魯氏生產的故事連成一體。莫言讓敘述者在結束了關於「母親」的苦難一生的敘述之後，又以追憶性視角「倒敘」她年輕時的故事，使其一生完整起來。在第七卷的結尾，寫到「母親」與馬洛亞牧師野合時，莫言又一次使用了他在《紅高粱家族》中寫到「我爺爺」、

---

7 莫言，〈我的《豐乳肥臀》〉，《什麼氣味最美好》（海口：南海出版公司，2002年），頁231。

8 莫言，《豐乳肥臀》（北京：當代世界出版社，2004年），頁527。

9 莫言，《豐乳肥臀》（北京：當代世界出版社，2004年），頁565。

「我奶奶」高粱地野合時用到的讚美的筆調。然而，在這短暫的優美與聖潔之後，卻是「母親」苦難的一生。這樣的敘述安排，讓讀者更深刻地洞見「母親」苦難的深重。

在小說的最後一部分（卷外卷：拾遺補闕）中，莫言以第一人稱和第三人稱混合使用的「散點透視」視角，補敘了上官家幾位家庭成員最終的命運，透溢出徹骨的悲涼。最後，敘述在上官金童關於乳房的幻想中落幕。

第二節　小說敘事視角探索的典範性意義

《豐乳肥臀》的敘事圍繞著兩個核心人物展開，小說具有強烈的解構主義戲劇性特徵。「母親」的野性、堅強與上官金童的懦弱、戀乳形成相反相襯的性格矛盾。圍繞著「母親」的野性、堅強與深重苦難展開的敘述，圍繞著上官金童的懦弱無能、戀乳幼稚展開的敘述和圍繞著上官家的八個女兒與各種政治、文化勢力相糾纏的命運展開的敘述構成了一個多聲部的合奏。同時，作者兼用全知視角、第一人稱敘述視角和人物內視角，使小說具有了複調敘事的典型特徵，這樣的敘事安排無疑大大強化了小說的史詩性美學追求，使讀者在閱讀故事、沉入情節的同時，也被小說厚重的歷史氣息和強烈的社會脈動所感動。「在敘述的過程中，作家將民間的和官方的、東方的與西方的、古老的與現代的種種不同的文化情境與符碼有意拼接在一起，打破了單線條的歷時性敘述本身的局限，而產生出極為豐富的歷史意蘊和鮮活生動的感性情境，從而生動地實現了中國近現代歷史煙雲動盪、滄桑變遷和五光十色的斑斕景象的隱喻性敘述。……從一定意義上來說，《豐乳肥臀》是一個具有總括和典範意義的新歷史主義小說文本。」[10]

---

[10] 張清華，〈十年新歷史主義思潮回顧〉，《鐘山》（南京：1998年，第4期）。

第四章　敘事語境轉換中的現實關懷言說：從《紅高粱家族》到《天堂蒜薹之歌》

　　盡管在其早期的小說中莫言就開始有意識地使用複合型視角或視角交錯來打破「單線條的歷時性敘述」，打破傳統的全能敘述或單一視角敘述，以營造多維的敘述空間和多義的文本解讀的可能。但莫言真正有意識地採用複調敘事結構，是從1987年發表的、其真正意義上的第一部長篇小說《天堂蒜薹之歌》開始的。這是莫言小說創作的第一次重大轉變，是在向福克納《喧嘩與騷動》學習借鑒的基礎上，從傳統敘事模式向多重話語敘事模式的轉變，而此次轉變的標誌性文本即是與《紅高粱家族》同期誕生的《天堂蒜薹之歌》。同時，莫言又是一位出身農村的作家，在對農村農民的現實關懷情緒上，《天堂蒜薹之歌》是《紅高粱家族》第五部《奇死》第七節的繼續和發展。

　　2000年12月29日夜，莫言為其十四年前創作的長篇小說《天堂蒜薹之歌》作再版《自序》時寫道：「長期以來，社會主義陣營裡的文學，總是在政治的旋渦裡掙扎。」[1]因此，「進入80年代以來，文學漸漸地擺脫了沉重的政治枷鎖的束縛，贏得了自己相對獨立的地位。但也許是基於對沉重的歷史的恐懼和反感，當時年輕的作家，大都不屑於近距離地反映現實生活，而把筆觸伸向遙遠的過去，儘量淡化作品的時代背景。」[2]身在「尋根」潮中的莫言和《紅高粱家族》也同樣在講述遙遠的「我爺爺」「我奶奶」的傳奇故事，而非現時的社會

---

[1]　莫言，〈自序〉，《天堂蒜薹之歌》（太原：北嶽文藝出版社，2001年），頁3。
[2]　莫言，〈自序〉，《天堂蒜薹之歌》（太原：北嶽文藝出版社，2001年），頁4。

弊病和民生疾苦。當然，在《紅高粱家族》中，莫言對高高在上的話語霸權還是發起了卓有成效的衝擊，相當程度地解構了傳統的敘事範式，給當代文壇帶來了新的審美愉悅。然而，現實中一個踐踏農民利益事件的發生，以及莫言的民間立場和現實關懷情緒還是讓他忍不住向前邁了一步，1987年8月10日至9月15日間，他中斷了《紅高粱》續篇的創作，試圖「以瘦弱的肩膀」「擔當『人民群眾代言人』的重擔」，「妄圖用作家的身分干預政治、用文學作品療治社會弊病」，用僅35天的時間寫就了一部「為農民鳴不平的急就章」[3]，即《天堂蒜薹之歌》（又名《憤怒的蒜薹》）。

值得注意的是，包含了深刻政治批判意識的《天堂蒜薹之歌》儘管創作時間較短，作者也自稱是「急就章」，但其在敘事技巧和現實關懷意義上的創造性和獨特性卻是可圈可點的。《天堂蒜薹之歌》和《紅高粱家族》在創作時間上具有共時性，然而，這兩部由同一位作家在同一時期創作的關於同一社會群體（農民）的不同反抗經歷的作品在國內評論界受到的關注卻大不相同。《紅高粱家族》紅極一時，引發文壇大地震，而《天堂蒜薹之歌》引起的更多是政治層面上的討論和震動，在藝術層面上受到的關注較少，只有少數評論家在對莫言作全面評價時作一筆帶過式的提及，倒是有些外國作家（如大江健三郎）[4]對其藝術特色有較高的評價。這是一個有趣卻又值得深入思考的問題。

第一節　複調敘事：多重話語

《天堂蒜薹之歌》是莫言文本世界裡的第一個敘事多面體。小說所圍繞展開的是一個發生在20世紀80年代後期的官吏欺農坑農、農民

---

[3]　莫言，〈自序〉，《天堂蒜薹之歌》（太原：北嶽文藝出版社，2001年），頁4。
[4]　莫言，《什麼氣味最美好》（海口：南海出版公司，2002年），頁117。

憤而反抗的爆炸性事件。憤怒中的莫言並沒有忘記自己作家的身分，藝術創作的內在要求和莫言強烈的求新意識使小說的敘事話語具多重性：天堂縣瞎子張扣演唱的歌謠（民間話語敘事）、全能故事敘述者的敘述（知識分子話語敘事）、官方報紙的報導評論（權力話語敘事）。[5]同一故事被從不同的立場、以不同的視角講述，敘事呈現出複調形態，而其各各不同的敘事側重點、敘事語言、敘事情感造就了上述三種敘事秩序，這一方面豐富了故事，為滿足讀者的多重閱讀期待提供了可能；另一方面，每一敘事秩序內部都有其立場不同的戲劇衝突，而不同敘事立場的對立、不同敘事語言間的衝撞又必然會引發敘事與敘事之間的矛盾與對抗，造成三種敘事秩序間的外部衝突，從而使整個文本在敘事上具有魅力獨特的藝術張力。

壹、民間話語敘事

首先，莫言對民間藝術形式的關注與他長達二十年的農村生活經歷有關。當時，電視還沒有進入農村地區，還沒有對傳統的農村精神文化生活構成衝擊，農民的文化生活主要由農閒時的自編自演自娛自樂和鄉村藝人走村串巷的評書、鼓詞、地方戲曲表演構成，莫言還經歷了「全民作詩」的時代，凡此種種都對莫言日後的小說創作在敘事結構、情節結撰、語言創新等方面產生了重要影響。其次，莫言對民間藝術形式的借鑒還與他的藝術表達和現實關懷需求有關。莫言是反對「為老百姓寫作」而主張「作為老百姓寫作」的，這就必須也必然要使用屬於老百姓的（即民間的而非知識分子或權力的）話語形式和思維方式，而這也使得藝術真實在莫言的創作中得以實現。此外，要真切地表達作家對民間生存狀態的現實關懷，民間的藝術形式無疑具有先天性的曉暢、自然、易於被接受等優點。

---

[5] 陳思和，〈莫言近年小說的民間敘述〉，《中國當代文學關鍵字十講》（上海：復旦大學出版社，2002年），頁171。

　　在《天堂蒜薹之歌》中，民間藝人瞎子張扣的出場帶有典型的戲劇性特徵：作為一個人物，他，確切地說是他的唱段，以民間話語敘事的形式，出現在小說前十九章每章之首，唱段後附有作者的說明（旁白）。在有些章節，張扣的唱段給知識分子敘事話語部分中的腐敗官吏們造成巨大的心理壓力，構成了激烈的戲劇衝突，其文本格式恰如劇本。值得注意的是，唱段置於各章開首，卻並不意味著與該章的內容有直接對應的關係。而當我們把這些唱段抽出放到一起時，就可以讀到一個說書藝人的唱本——一個從民間視角敘述的官逼民反的故事，而唱段後的說明（旁白）則旗幟鮮明地將腐敗官吏們推上了被告席。瞎子張扣的唱詞著意點染農民對帶來財富的蒜薹的感情，為蒜薹事件的爆發做足了鋪墊。通過張扣之口，作者刻畫出了腐敗官吏們的醜態和他們對作為民眾心聲的唱詞的反應，而其反應的強烈（具體為第十九章唱詞後的旁白裡員警拘捕毆打張扣、「用透明膠帶牢牢地封住了他的嘴巴」的情節）[6]則將官吏們對民眾心聲的恐懼心理暴露無遺。唱段最突出的特點是洋溢著莫言激賞的「褻瀆意識」——對官僚的批判，如第六章開首，張扣在仲縣長家門前唱道：「滅族的知府滅門的知縣」[7]，十四章開首，在公安局收審鬧事群眾後唱道：「舍出一身剮／把什麼書記縣長拉下馬／聚眾鬧事犯國法／他們閉門不出理政事縱容手下人／盤剝農民犯法不犯法」[8]，這就把腐敗的書記縣長放在了被控訴者的位置上，祭起了法律武器，敢於對其「在其位不謀其政」和肆意增加農民負擔的行為提出質疑和批判，唱出了廣大農民憤怒的心聲。唱段的民間形式和充溢其中的樸素的平等意識、自我意識大大強化了莫言的民間立場和現實關懷情緒。

6　莫言，《天堂蒜薹之歌》（太原：北嶽文藝出版社，2001年），頁284。
7　莫言，《天堂蒜薹之歌》（太原：北嶽文藝出版社，2001年），頁71。
8　莫言，《天堂蒜薹之歌》（太原：北嶽文藝出版社，2001年），頁180。

貳、知識分子話語敘事

　　創作《天堂蒜薹之歌》時的莫言身分是雙重的：農民和作家。說他是農民，是指在精神指向上，他同情自己出身其中的這個累累重負下苦苦掙扎的弱勢群體的悽楚遭際，他承受過農村的苦難，對農民的痛苦和無奈感同身受，「其實也沒有想到要替農民說話，因為我本身就是農民」[9]；說他是作家，是指在社會責任上，莫言從不認為自己是高於普通民眾的所謂「靈魂工程師」，而是把自己看作普通民眾中的一員。對農民的同情和對腐敗官僚的不滿使得深具社會責任感的莫言舉起了批判現實的大旗，「用作家的身分干預政治、用文學作品療治社會弊病」[10]。有必要指出，作家本身與全能的故事敘述者並不是一回事，作家創造了全知全能的故事敘述者，使其可以在同一時間出現在不同的地點，可以進入任何一個人物的心靈深處挖掘、捕捉其最隱祕的思維動向和意識流動，而全能的故事敘述者使作家獲得了充分發揮的自由，這種無焦點敘述視角的選擇是試圖干預政治、批判現實的作家所需要的。應該說，儘管憤怒，作為小說家的莫言還是試圖冷靜客觀地敘述故事，而不是客觀地報導現實事件，「我所依據的素材就是一張粗略地報導了蒜薹事件的地方報紙」，而「小說中的事件，只不過是懸掛小說中人物的釘子。」[11]

　　在《紅高粱家族》中，莫言將「爺爺的歷史」、「父親的歷史」與「我的現實」剪碎，重新拼貼，取第一人稱敘述視角，「我」講述「父親」和「我爺爺」「我奶奶」的家族故事，「《紅高粱家族》以敘事形式對埋藏在現實中深不可測的歷史斷裂進行著艱苦的重建，它使這斷裂以象徵形式敞露並彌合於敘事中，敞露並彌合在故事時間與

[9]　莫言，〈自序〉，《天堂蒜薹之歌》（太原：北嶽文藝出版社，2001年），頁4。
[10]　莫言，〈自序〉，《天堂蒜薹之歌》（太原：北嶽文藝出版社，2001年），頁4。
[11]　莫言，〈自序〉，《天堂蒜薹之歌》（太原：北嶽文藝出版社，2001年），頁4。

敘述時間、人物已逝經驗與敘述者現今的感覺之間。」[12]《天堂蒜薹之歌》部分沿用了《紅高粱家族》的敘事模式：敘事拼貼——故事時間被敘述者打亂，依據敘事時間和敘事需要重新拼貼，造成故事與敘事的矛盾，在文本中具體表現為：幾個與蒜薹事件相關的人物、事件相互穿插，互為因果，造成了張弛有序的矛盾衝突。銳意求新的莫言不滿足於此，又進行了大膽的學習與創新：學習並引入民間說唱藝術，創造性地借鑒福克納《喧嘩與騷動》的敘事模式。筆者使用「創造性地借鑒」一詞是為了強調莫言對福克納不是簡單的模仿，而是借鑒基礎上的創新：「福克納……分別用幾個人甚至十幾個人的角度，讓每一個人講他這方面的故事。」「在《喧嘩與騷動》中，福克納讓三兄弟，班基、昆丁與傑生各自講一遍自己的故事，隨後自己又用『全能角度』，以迪爾西為主線，講剩下的故事，小說出版十五年之後，福克納又為馬爾科姆・考利編的《袖珍本福克納文集》寫了一個附錄，把康普生家的故事又作了一些補充。因此，福克納常對人說，他把這個故事寫了五遍。」[13]《天堂蒜薹之歌》則是讓不同身分和不同立場的人用不同的話語形式完整地講述同一故事，以凸顯觀念的差異和利益的衝突，從而造就文本內部的戲劇衝突和審美張力。

如果說瞎子張扣的唱詞講述了一個純粹的關於蒜薹的故事，那麼這個「蒜薹事件」只是一根釘子，懸掛起了高馬、金菊、高羊、方四叔、方四嬸等幾個人物和他們與蒜薹有關的悲歡苦樂。莫言並沒有簡單地就事論事，發於蒜薹止於蒜薹，而是讓全能的敘述者圍繞蒜薹事件，對相關的不相關的人和事進行了全方位的敘說，全面展示、深刻剖析了當時農村存在的諸種問題：部分基層官員素質低下、腐敗墮落、對民生疾苦漠不關心、隨意增加農民負擔，農村文化事業發展落

---

[12] 孟悅，《歷史與敘述》（西安：陝西人民教育出版社，1998年），頁96。

[13] 李文俊，〈關於《喧嘩與騷動》〉，[美]威廉・福克納著，李文俊譯，《喧嘩與騷動》（杭州：浙江文藝出版社，1992年），頁473。

後，以及由此導致的農民精神匱乏、思想落後、生存困窘，進而導致基層官員和普通民眾之間的心理對抗等。從某種意義上說，小說中的蒜薹成了一種象徵，一根根賣不出去的蒜薹就像當時被漠視的掙扎在溫飽線下的農民，這也許就是莫言後來曾將小說更名為《憤怒的蒜薹》的原因吧。

參、權力話語敘事

　　小說凡二十章。前十九章開首的唱詞均由瞎子張扣演唱。第十九章唱詞後的旁白長約200字，交代了張扣被抓、被定性為「天堂蒜薹案」的頭號罪犯。此時，面對一位對他大打出手的「虎背熊腰」的員警，張扣仍沒有停住譴責的嘴巴，最後，他的嘴巴被「用透明膠帶牢牢地封住了」。莫言是善於結構情節、抓住讀者的，十九章開首這一旁白的設置，讓讀者的閱讀心理達到了空前的緊張，急切地希望能夠在全能敘述者的講述裡瞭解故事的進程。同時，莫言也成功地把敘事情緒——作家對自己結撰的故事的心理感受——帶給了讀者，讀者和作家一起憤怒了：一個說書瞎子成了頭號罪犯，真正的罪犯卻逍遙法外。憤怒的讀者在作家的引導下進入了對第十九章全能敘事部分（知識分子話語敘事）的閱讀。本章矛盾衝突的高潮是法庭審判，青年軍官為其父義正言辭的辯護詞道出了深深陷入故事的讀者的心聲，閱讀的快感和宣洩心中不平的暢快淋漓交織在一起，讀者與小說中的人物一起焦急地等待審判的結果，可敘述卻就此打住，人物的命運成了懸念。接著，敘述進入最後一章，張扣的徒弟接替他出場，只告訴讀者：「唱的是八七年五月間／天堂縣發了大案件／十路員警齊出動／抓了群眾一百零三」[14]，卻並沒有告訴我們張扣的下落、方四嬸等人的未來，民間話語停止了說唱，把揭開懸念的任務留給了權力話語，

---

[14] 莫言，《天堂蒜薹之歌》（太原：北嶽文藝出版社，2001年），頁262。

第三種敘事秩序開始在前兩種敘事秩序的基礎上發出第三種聲音。

確切地說，第三種敘事秩序本身就是一種聲音，是權力通過其喉舌——官方報紙——發出的聲音，是上層建築發出的高高在上的權威的聲音，它帶領一味追求結局、沉溺於情節的讀者擺脫故事的糾纏，站到一個高高的講壇跟前，用充滿高度理性色彩的語言，以不容置疑的權威口吻對讀者發表講演，分析事件的前因後果，辯明是是非非，總結經驗教訓。權力話語完全按照自己的思維秩序和邏輯規律，把故事講成一個政治事件，在故事中有情緒波動、言語動作、心理活動的人物，到了政治事件中就成了以法律或者說以權力意志為參照的符號，負載一定的政治的而不是藝術的涵義。權力話語的高度理性色彩，摒擋住了民間話語的樸素生動和知識分子話語的感性光芒，把讀者帶入一個不需要參與思考的閱讀階段，簡單的聆聽讓這第三種敘事秩序在結束故事的同時，取消了前兩種敘事秩序給讀者帶來的審美愉悅，三種敘事秩序之間的矛盾和對抗再次以言語衝撞的形式凸顯出來。

很明顯，作家是不希望民間的和全能故事敘述者的聲音被淹沒的，所以，在小說文本的最後作家讓二者展開了一段旨在對權力話語進行反諷的對話。來自民間的小道消息告訴讀者：被民間話語（具體為瞎子張扣）譴責、被高高在上的權力話語宣布為對蒜薹事件負主要責任的兩名官員又被委以重任，這兩個在故事中始終沒有出場的人物的結局，重又勾起了讀者被權力話語的高度理性壓抑了的想瞭解其他人物命運的欲望，作家卻又一次戛然而止。似乎是小人物的命運不值一提，或是不忍不堪一提，作家給我們留下了各種理解的可能。

第二節　現實關懷言說

壹、精神受難

細心的讀者在閱讀《紅高粱家族》系列小說的第五部《奇死》

第七節時會驚訝地發現，這部試圖重構抗戰歷史記憶的小說裡非常突兀地寫到了文革中的「一九七三年臘月二十三，耿十八刀八十歲了」[15]，當年沒有被殘暴的日本鬼子的十八刺刀捅死的耿十八刀，卻在臘月二十三、農曆小年的夜裡，赤身裸體地凍餓死在人民公社大門前。在對這一章的閱讀中，讀者還會驚訝地發現莫言幾乎是在以旁觀者甚至欣賞者的略帶調侃幽默的調子寫這位老孤獨人的飢寒交迫和憤怒的，從字面上看，作者的敘述冷靜客觀，他沒有直接譴責誰，但他的憤怒與譴責卻力透紙背。這一節與此前此後的章節在情節、敘事上的關係不大，刪掉此節幾乎不會影響小說情節的完整性。那麼，莫言為什麼要插上這樣一節呢？聯繫《奇死》和《天堂蒜薹之歌》在創作上的共時性，我們不難找出原因：莫言憤怒了，怒不可遏！

　　莫言在農村生活了二十年，經歷了大躍進、人民公社、大煉鋼鐵等左傾運動，以及與之相伴而生的飢餓和精神荒蕪，直到1976年「文化大革命」結束前才通過當時農村流行的參軍離開故鄉貧瘠的土地。莫言對農村的瞭解、關於農村的記憶、對農村農民的感情不同於那些響應號召上山下鄉的城市知識青年，是直接的、切膚的、深入血脈刻骨銘心的，他與農村在情感上、物質上有著不可隔絕的天然聯繫，農村生活是他創作的源泉。城市生活抹不去他的農村記憶，他在本質上是一個生活在城市裡的鄉下人。在城市文明光輝的燭照下，莫言洞見了農村的快樂與無奈、素樸與愚昧，因而也就更加執著地書寫農村農民生活。他對於欺農、坑農、騙農的惡性事件的反應是極其敏感且深惡痛絕的，莫言關注農村越多，聽到見到的不平事也就越多，內心也就越痛苦，越痛苦也就越想通過自己的創作來發洩這種痛苦。發洩痛苦的過程其實就是作家對生活事件進行精神發酵、藝術加工的過程，對莫言這位農民作家而言，一遍遍地咀嚼回味自己所屬的精神族群的

---

[15]　莫言，《紅高粱家族‧奇死》（海口：南海出版公司，2000年），頁352。

痛苦無疑會大大加深他內心的苦悶，而作為一位有很高的藝術追求的作家，他要藝術客觀地反映生活，不能過多地羼雜自我的情緒，他要把評判是非曲直的權力留給讀者。這樣，作家迫切發洩自己內心痛苦的精神需要和文學創作隱藏自我的藝術需要之間構成了矛盾。通過小說，作家對作威作福者的批判和對弱小者的同情通過獨特的文本形式展現出來，而服從藝術表達需要而隱藏自我的作家本人則陷入了更深的精神困厄，成為精神受難者。《透明的紅蘿蔔》、《紅高粱家族‧奇死》不是以批判政治腐敗為主要創作目的的，但都不同程度地表達了作者的現實關懷情緒。而《酒國》和《天堂蒜薹之歌》則都是獨特、典型的小說反腐文本。

貳、小說反腐

莫言在其文論短文《我痛恨所有的神靈》中寫道：「我的文學觀點：當代文學是一顆雙黃的雞蛋，一個黃是褻瀆精神，一個黃是自我意識。褻瀆精神與自我意識好像互不相干，實際上緊密相連，它們共存於文學這個蛋裡。現在，對神的批判實際上就是對官僚的批判，對官僚的批判實際上就是對政治的批判，而對政治的批判實際上是喚起自我意識的響亮號角，於是，對神的批判也就變成了民主政治的催化劑。」[16]

莫言文學觀裡所謂的「褻瀆精神」在其《紅高粱家族》系列小說中有了再明確不過的體現：作為作家代言人的小說人物對神祇、封建統治秩序、傳統禮教和外來壓迫等都取了大膽挑戰——褻瀆的態度；而作家本人則隱藏在全能故事敘述者的背後，通過建構新穎獨特的文本世界，對傳統的創作範式、敘事模式、權力話語、既定歷史記憶進行了強有力的挑戰和顛覆，它「有力地解構了傳統的審美精神和審美

---

[16] 莫言，〈我痛恨所有的神靈〉，張志忠，《莫言論》（北京：中國社會科學出版社，1990年），頁291。

方式」[17]。可以說，莫言在創作實績和創作思想上都將「褻瀆精神」貫穿始終。褻瀆的目的是顛覆，是解構，是重建，重建自我意識，而自我意識在《天堂蒜薹之歌》中與褻瀆精神相結合，具體表現為莫言為自己出身其中的社會弱勢群體——農民辯護，為他們的不畏強權、敢於抵制盤剝、反抗壓榨的自我保護意識而歌唱，為他們的生之艱辛而痛心疾首；同時，他把腐化墮落、欺農坑農的官吏們放到了被審判者的位置上，用自然主義的態狀描摹讓他們自畫自像，甚至在作品中不給他們說話的機會。莫言對現實政治的批判是極其尖銳的，對現實苦難的關懷也是極其真切的。

　　如前所述，莫言是在眾多作家疏離現實政治的時候走近它的，可以說莫言首先扛起了新時期小說干預政治的大旗，擔當了小說反腐的急先鋒。值得一提的是，時下（距莫言1987年創作《天堂蒜薹之歌》三十年後）流行的反腐小說主要反映高層權力正邪爭鬥、高唱主旋律，故事往往圍繞生活在城市裡的中上層官員和他們家屬子女的活動展開，可稱之為城市（或高層）反腐小說，如周梅森的系列反腐小說；莫言的反腐小說主要反映（農村）部分下層官員素質低下、「居官不治」、漠視民眾需求、任意增加農民負擔以及底層民眾的生存狀態等，故事往往圍繞（農村）中下層官員和普通民眾（主要是農民）之間的利益衝突和心理對抗甚至暴力衝突展開，可稱之為農村（或下層）反腐小說，如《天堂蒜薹之歌》、《酒國》等。莫言的現實關懷情緒讓他始終牢記自己是農民的兒子，牢記作家是社會的良心，讓他在看見不平時挺身而出、仗義執言，讓他成長為一個敢於面對生活、直面人生的作家。反腐小說的目的自然是反對官員腐敗、清明政治、淨化社會空氣、拓寬民眾的自由生存空間，具體到莫言的農村反腐小說，其目的應該是讓農民物質生活更富裕、政治生活更自由、精神生

---

[17]　陳思和，〈莫言近年小說的民間敘述〉，《中國當代文學關鍵字十講》（上海：復旦大學出版社2002年），頁171。

活更豐富。莫言以手中的筆為武器，將討伐腐敗的聲音寫到紙上，將對農民的同情、關懷和愛傾瀉出來，把精神的受難留給自己。小說是莫言表達其現實關懷情緒鋒利而無奈的反腐武器。莫言是不願寫反腐小說的，他說：「在新的世紀裡，但願再也沒有這樣的事情刺激著我寫出這樣的小說。」[18]

如上所述，莫言對農村的強烈感情，加上在工作生活中接觸到的大量不平事作為其創作的豐厚材料儲備，此可謂「厚積」；而1987年發生在山東某縣的「蒜薹事件」則是其情感爆發和創作酣暢淋漓、一瀉千里的導火索，此可謂「薄發」。《天堂蒜薹之歌》的創作時間雖只有35天，卻是莫言厚積薄發、即興創作的碩果。即興的另一面是推敲，小說文本體現出了這一點：莫言創造性地引入多重話語（複調）敘事，從不同視角講述同一故事，使敘事充滿張力，從而滿足了讀者的多重閱讀期待；莫言在小說中袒露出強烈的現實關懷情緒，猛烈抨擊、批判現實黑暗，直面人生，愛恨分明。對於不斷求新上進的作家來說，過往的成就就是束縛其前進的繭子，突破是痛苦而困難的，《紅高粱家族》就是莫言自己織就的美麗絲繭，《天堂蒜薹之歌》的出現讓他的文學生命破繭而出，讓他這位大地赤子、這位精神受難者，可以酣暢淋漓地表達他的現實關懷情緒。

---

[18] 莫言，〈自序〉，《天堂蒜薹之歌》（太原：北嶽文藝出版社，2001年），頁5。

第五章　多重話語和複調敘事：
《檀香刑》和《四十一炮》

　　在《天堂蒜薹之歌》之後的諸長篇中，無論小說的體裁、主旨、形式追求如何變化，莫言都著意追求敘事的複調合奏，以多種敘述視角和多樣的話語形態營造出狂歡化的敘事美學風格。莫言的民間文化立場和天然的先鋒小說家的創新、解構意識，使莫言在創作中給予故事人物以平等的話語權，從而使其小說的敘事呈現出話語合奏和狂歡化的複調形態。同時，他還積極向民族傳統敘事模式和西方敘事新勢力學習借鑒，著意追求敘事創新，他的每一部小說都試圖在敘事上有所突破，並且確有令人訝異和驚喜的創新之處。

　　出版於2001年的《檀香刑》和出版於2003年的《四十一炮》是莫言這一敘事努力的兩個里程碑式的收穫。儘管兩部作品之間的時間間隔較短，但它們在敘事風格上卻各有新意。站在民間的立場上，莫言從《天堂蒜薹之歌》的三重話語在一個全能敘述者的統馭下敘述一個現實生活中官逼民反的「爆炸性」事件，到《檀香刑》以多聲部合奏、多元文化因子雜糅的立體敘事效果再現「高密東北鄉」的血性男兒英勇抗暴的歷史風雲，再到《四十一炮》中「炮孩子」羅小通端坐在「五通神廟」前，滔滔不絕、信口開河地講述他亦真亦幻的屠宰村故事，敘述者羅小通坐在現實中，思維卻沉浸在對過去的追憶中，而他的現實中「他者」的熱鬧與他的記憶與想像中自己過去的輝煌在敘述上呈平行推進的態勢，儼然一曲嚴整的敘事二重奏。無論是話語的對立、交織與重疊，還是記憶、想像與現實的相反相襯，都在敘述者的操控下呈現出狂歡化複調敘事的特徵。

第一節　眾語喧嘩的狂歡化敘事範本：《檀香刑》

　　1996年秋，因為「有兩種聲音在我的意識裡不時地出現，像兩個迷人的狐狸精一樣糾纏著我，使我經常地激動不安。」[1]，莫言開始了《檀香刑》的創作，但直到五年後的2001年，他才完成這部長篇。是什麼讓向來高產的莫言（莫言寫《天堂蒜薹之歌》只用了35天時間[2]，寫長達五十萬言的《豐乳肥臀》也只用了不到90天時間[3]）用長達五年的時間來寫《檀香刑》呢？筆者認為，原因有二：其一是，莫言認為小說初稿的開頭「明顯地帶著魔幻現實主義的味道，於是推倒重來，許多精彩的細節，因為很容易有魔幻氣，也就捨棄不用。」[4]我們看到，在藝術上求新求變的莫言此時試圖與拿來的魔幻現實主義拉開距離，他在小說開篇第一句寫道：「那天早晨，俺公爹趙甲做夢也想不到再過七天他就要死在俺的手裡；死得勝過一條忠於職守的老狗。」[5]此後，小說的敘述力避魔幻氣，他在「有意識地大踏步撤退」，對傳統敘事模式的借鑑讓他暫時地揮別了馬爾克斯這座「灼熱的高爐」。

　　筆者認為，《檀香刑》費時頗久的第二個原因是，莫言要找到合適的「撤退」路線──嶄新的小說敘事策略。莫言此時強烈的民間文化立場和他投向民族傳統文化遺產的熱切目光，讓他找到了傳統小說「鳳頭──豬肚──豹尾」的敘事模式。這是一隻「舊瓶」，向來求新求變的莫言當然要在裡面裝上「新酒」。這一敘事模式主要是指中國傳統小說的創作規律，指小說的開頭要像鳳頭一樣簡潔清麗，中間

---

[1] 莫言，《檀香刑》（北京：作家出版社，2001年），頁513。
[2] 莫言，《天堂蒜薹之歌》（太原：北嶽文藝出版社，2001年），頁272。
[3] 莫言，《什麼氣味最美好》（海口：南海出版公司，2002年），頁232。
[4] 莫言，《檀香刑》（北京：作家出版社，2001年），頁517。
[5] 莫言，《檀香刑》（北京：作家出版社，2001年），頁5。

部分要像豬肚一樣豐滿肥實，結尾要像豹尾一樣剛勁有力，小說各部分並不以之命名。莫言對這一敘事模式加以改造，主題鮮明地以「鳳頭部」、「豬肚部」、「豹尾部」命名小說的三個部分。在「鳳頭部」和「豹尾部」採用人物視角，賦予人物充分自由的話語權，讓人物充當自己所在故事部分的敘述者，敘述的行止限於人物兼敘述者的所思所感、所作所為，讓他們通過言語的形式（內心獨白）自覺展示自己的思維活動和性格特點，屬於典型的內視角敘事。「鳳頭部」共四章，依次是「眉娘浪語」、「趙甲狂言」、「小甲傻話」、「錢丁恨聲」，人物依旦、生、丑、淨的次序出場。「眉娘浪語」道出這位懷春少婦與縣太爺錢丁的風流韻事，她親爹孫丙因參加義和團抗德被捕，要受「檀香刑」，而將孫丙抓捕歸案的正是自己的情人「乾爹」——知縣錢丁，執刑的卻又恰恰是自己的公爹——大清朝首席劊子手趙甲和自己的丈夫趙小甲，激烈的戲劇性矛盾衝突集中在一個敢愛敢恨的風流女子身上，她的嬉笑怒罵、哀樂悲歡拉扯出了故事的主要矛盾和情節源頭，此後各人物視角的敘述對她的「浪語」不斷地進行補充和推進。「趙甲狂言」通過劊子手趙甲的道白，敘述了這個惡貫滿盈的殺人機器罪惡的一生和他對自己職業的變態的驕傲。「小甲傻話」以一個傻子的視角敘述了他在癡傻之中，手握「通靈虎鬚」看到了一個人獸難分的世界，唯其癡傻，才見出作家寓意的深刻，這個傻子趙小甲是莫言小說癡傻人物（非常態視角）系列的一個重要形象。「錢丁恨聲」通過高密縣父母官錢丁之口，講述了他眼中的官場倫理和他這個兩榜進士對朝廷腐敗的無奈，以及他作為一個儒家知識分子對自己的政治理想和「愛民」情緒無望實現的憤懣怨懟，同時對要對孫丙施「檀香刑」的原因作了一個交代。與前面的三個人物自道不同，「錢丁恨聲」的敘述始終有一個沉默不語的訴說對象——夫人。在「鳳頭部」的眾語喧嘩中，小說的主要人物依次粉墨登場，其在敘述上的主要目的是敷設敘述線索、張開戲劇性矛盾衝突的大網，同

時，人物道白之間也不完全是互為補充以使故事呈完整形態的關係，而基本是人物自說自話，各設懸疑，吊起讀者的胃口。同時，通過人物自身的言語、行為展示他們的性格特點和心理矛盾，也側面照出別人的影子，形成互相言說、述與被述的關係。本部各章均短而精，可謂簡潔清麗。

「豬肚部」共九章，使用第三人稱全能敘述視角，以舒緩勻稱的語調講述故事人物之間的矛盾（如「鬥鬚」、「比腳」分別講述錢丁與孫丙、知縣夫人與眉娘之間的矛盾衝突）、故事的歷史背景（如「悲歌」講德國人占山東，「神壇」講義和團運動）和作為「檀香刑」鋪墊的兩次刑罰（如「傑作」講趙甲凌遲錢雄飛，「踐約」講趙甲砍殺戊戌六君子），作為小說的中間部分，本部敘述的節奏明顯放慢，以全能的敘述填補了「鳳頭部」不同人物道白之間的故事縫隙，補敘人物之間的矛盾衝突，為故事的展開提供詳細的社會、政治、文化背景，以大容量的故事敘述為「豹尾部」「檀香刑」的施刑做足了鋪墊。本部舒緩飽滿，枝蔓橫逸，承上啟下卻無一處閒筆，可謂豐滿肥實。

「豹尾部」共五章，是小說故事和敘述的高潮部分。與「鳳頭部」眾語喧嘩、人物自說自話、不能構成相對完整的故事相比，「豹尾部」以五個人物的視角（依次是「趙甲道白」、「眉娘訴說」、「孫丙說戲」、「小甲放歌」、「知縣絕唱」），依據自己各各不同的視域和知域來共同完成對「檀香刑」施刑過程的敘述。每個人物都在敘述自己參與的故事部分，互為補充或相互重疊，人物之間不同的價值立場、不同的思維習慣、不同的情感方式，使得他們對「檀香刑」的敘述、對彼此的敘述呈矛盾和分裂甚至對立狀態，人物之間的矛盾通過其內視角第一人稱的敘述完全暴露在讀者面前，從而構成了小說敘述的內在張力。這種內在的敘述張力使「豹尾部」的敘述緊鑼

密鼓地向前推進，而故事本身的漸趨緊張和狂歡化傾向[6]（如孫丙登上升天臺受「檀香刑」，貓腔戲班和百姓甚至衙役們眾聲齊唱貓腔，呈現出眾人狂歡的故事情境），也推動了敘述的狂歡化，本部各章緊湊整飭，可謂剛勁有力。

「鳳頭部」和「豹尾部」的每章之前，均引用貓腔戲文，這些貓腔戲文構成小說敘述的另一個聲部，其作用和《天堂蒜薹之歌》中每章之前所引的瞎子張扣的唱詞一樣，意在點題。值得注意的是，在整個「豹尾部」，隨著故事情節的漸趨緊張，輪番登場的故事人物均在其敘述中插入與其情其境十分相洽的貓腔唱詞，意加深其悲壯淒涼的氣氛。

通讀小說，我們發現小說中沒有核心故事人物，無論是在「鳳頭部」和「豹尾部」的人物內視角敘述中，還是在「豬肚部」全能視角的敘述中，每個人物所占的「戲份」基本相當，而對故事核心事件「檀香刑」的敘述在「鳳頭部」和「豹尾部」中呈現出「你方唱罷我登場」的「散點透視」（即無固定故事敘述者，主要故事人物以自己的立場參與敘述，共同組織故事）的視角特點，這就造成了一種眾語喧嘩的敘事態勢。而這種人物內視角敘述手法的運用，方便了作家更好地展示人物的內心世界和價值立場。如「趙甲狂言」中趙甲以第一人稱對「酷刑」的讚美和對自己劊子手職業的變態的自豪道白，因其符合這一變態人物的奴才心理和思維習慣而具有了「真實」的藝術效果；眉娘和錢丁的風流韻事和他們之間愛恨交織的矛盾心理，也自然

---

[6] 巴赫金在總結「狂歡化」理論時，首先使用了「狂歡式」的概念，「狂歡式」是「沒有舞臺，不分演員和觀眾的一種遊藝」，「狂歡式的生活，是脫離了常規的生活，在某種程度上是『翻了個的生活』是『反面的生活』。」（[蘇聯]巴赫金，白春仁、顧亞玲譯，《陀思妥耶夫斯基詩學問題》（北京：生活·讀書·新知三聯書店，1988年），第176頁。）而「狂歡式轉為文學的語言，這就是我們所謂的狂歡化。」（[蘇聯]巴赫金著，白春仁、顧亞玲譯，《陀思妥耶夫斯基詩學問題》（北京：生活·讀書·新知三聯書店，1988年），頁175。）

由他們親口說出才真實動人；小甲的癡傻視角是非常態的人物視角，「小甲傻話」非常到位地給我們展示了一個傻子的內心世界。通過人物內視角第一人稱道白，我們基本可以推斷出莫言在幾個主要人物身上預設的價值尺規和話語歸屬：眉娘和孫丙，從其生存樣態判斷無疑屬於民間話語立場；趙甲因其獨特的暴力統治工具的象徵性社會身分，當屬官方權力話語立場；錢丁因其受儒家文化思想規範的薰染而求忠君愛民，當處在介於民間和官方話語立場之間的尷尬境地；小甲的癡傻則使他站在頗具象徵意味的「愚眾」的話語立場上（限於篇幅和本書中心論題，此不展開）。這種眾語喧嘩的敘述態勢，加上「豬肚部」的第三人稱全能視角敘事，使《檀香刑》的敘述格調和價值評判呈現出狂歡化的複調敘事結構特點。

不同敘事視角的使用，人為地打亂了故事的時空順序，故事各部分不再以其自然的線性發展時序被敘述出來，而是由小說的敘述主體安排人物和事件在敘述中出場的順序，這就造成了小說敘述的「時空錯位」和故事事件的交錯重疊。同時，每個人物內視角敘述者都有自己的是非標準和時空座標，這就使得故事人物在敘述其他故事人物的同時，也成為其他人物內視角敘述者敘述的對象，從而造成一種說與被說、看與被看的「互述」性人物關係和敘述關係，使故事在不同的話語敘述中呈現出不定性和多義性。人物內心獨白的敘述方式和敘述造成的故事「時空錯位」，是現代小說的兩個重要特徵，這也是莫言向中國古典小說傳統敘事模式的「舊瓶」裡裝進的西方現代小說敘事技巧的「新酒」，他所謂的「有意識地大踏步撤退」實際上是他又一次新的小說敘事技巧的探索。正如邱華棟所言：「（《檀香刑》）從本土資源中獲得了創造性資源，在小說的結構和敘述上大踏步撤退，但卻真正抵達現代小說的終點。」[7]

---

[7] 邱華棟，〈一部現代的小說──《檀香刑》〉，《北京日報》（北京：2001年5月13日）。

第二節　穿行在現實與想像之間的二重敘事夢囈：《四十一炮》

在揮別了「魔幻現實主義」的《檀香刑》發表兩年之後的2003年，莫言拋出了一個充滿象徵和隱喻色彩的敘事文本——《四十一炮》，這部長篇小說具備了莫言小說的許多優秀特質。

其一，流淌的語言。莫言在其小說中一直追求語言的合轍押韻、自然流淌的感覺。這部以訴說為目的的小說充分發揮了莫言的語言優勢。「在本書中，訴說就是目的，訴說就是主題，訴說就是思想。訴說的目的就是訴說。」[8]而莫言此時也意識到了我們在上文提到的他小說敘述的一個重要美學風格——煞有介事：「訴說者煞有介事的腔調，能讓一切不真實都變得『真實』起來。一個寫小說的，只要找到了這種『煞有介事』的腔調，就等於找到了那把開啟小說聖殿之門的鑰匙。」[9]這也主要是就其語言風格而言的。

其二，極致化的魔幻現實主義手法。我們在上文提到，《檀香刑》的開篇首句是莫言向魔幻現實主義的告別，是依據《檀香刑》「後記」中作家的自道作出的判斷，當時的莫言是力爭「向民間大踏步地撤退」，「為了保持比較多的民間的氣息，為了比較純粹的中國風格，我毫不猶豫地作出了犧牲。」[10]現在看來，這種告別是暫時的，時隔兩年，莫言在《四十一炮》中重拾魔幻現實主義：肉有思想會飛會說話會唱歌；死去五十年的蘭大官人在「我」羅小通的「現實」中出現，在「我」親眼目睹的故事中，與十年前被「我」羅小通用炮彈炸成兩截、死而復生的老蘭交替出場，蘭老大還在肉食節的舞

---

[8] 莫言，《四十一炮》（瀋陽：春風文藝出版社，2003年），頁444。
[9] 莫言，《四十一炮》（瀋陽：春風文藝出版社，2003年），頁445。
[10] 莫言，《檀香刑》（北京：作家出版社，2001年），頁517。

臺上，創造了與四十一個洋女人交合的吉尼斯世界紀錄，隨即又被洋人用槍閹割；黃鼠狼們在羅小通家戀愛結婚；等等。這些離奇的故事在莫言「煞有介事」的敘述腔調中變得亦真亦幻，撲朔迷離。

其三，非常態兒童視角觀照下的成人世界。小說敘述者羅小通是個信口開河的「炮孩子」，他的年齡是20歲，思維能力和智商卻還停留在10歲孩子的水準上。他在故事中10歲時的早熟和在敘述中20歲時的幼稚，構成了一種對立，這是一個精神「癲狂」、滿口夢囈的「炮孩子」。他對自己的「食」欲和對成人世界的「色」欲的非理性化、想像性敘述，展露了一個孩子眼中成人世界的欲望陷阱。小說突破了「高密東北鄉」的文學王國的疆界和鄉村敘事，寫在資本原始積累階段、處於洶湧經濟大潮中的農業社會在向工業文明轉化的過程中，人被以「食」、「色」為象徵的物欲所異化的悲劇故事。

其四，穿行在現實與想像間的二重敘述夢囈。這是本節的中心論題，下文詳述之。

壹、敘述夢囈：穿行在現實與想像之間

小說名為《四十一炮》，共分41節，每節以「第×炮」名之，到「第四十一炮」，羅小通把他收破爛得來的四十一發炮彈全部打向仇人老蘭，全書結束。「四十一炮」在小說中應該有兩層含義：其一，在小說的開篇，作者在扉頁上以羅小通的語氣寫下了：「大和尚，我們那裡把喜歡吹牛撒謊的孩子叫做『炮孩子』，但我對您說的，句句都是實話。」而到了小說的最後一節，羅小通自認道：「『炮』，就是吹牛撒謊的意思，『炮孩子』，就是喜歡或是善於吹牛撒謊的孩子。『炮孩子』就『炮孩子』，我不以為恥，反以為榮。」[11]這樣，作者通過羅小通自己言語的前後矛盾暗示我們，是他虛構地敘述了整

---

[11] 莫言，《四十一炮》（瀋陽：春風文藝出版社，2003年），頁421。

個「四十一炮」的故事。其二，「四十一炮」是羅小通從南山裡的一對老夫婦那兒當破爛收購來的，在小說的最後一節，他把他們全部象徵性地打響。莫言說過：「當你在小說中寫到了獵槍的時候，讀者已經產生了期待，期待著你找個理由把它打響。」[12]在小說最後一節，「四十一炮」的打出，是小說的高潮，也把小說的兩條敘述線連接起來。小說的這兩條敘述線，在文本中體現為每一「炮」中兩種不同字體的文本，這兩種字體的敘述呈平行狀態向前推進，各自成一體，又相互補充照應：第一條敘述線是，20歲的羅小通「我」為了出家，坐在五通神廟裡向大和尚講述屠宰村的發展史和自己的家史、荒唐的成長史，這時的羅小通「我」沉浸在對十年前的往事的追憶中，敘述基本依故事的自然時序展開。在這裡，20歲的青年羅小通「我」是敘述者，他以追憶性視角敘述10歲的羅小通「我」（故事人物，被敘述者）的故事。此時，「我」的敘述的直接對象是大和尚，讀者是間接敘述對象，是旁聽者。第二條敘述線是，「我」在五通神廟前向大和尚講述「我」的往事的同時，也在敘述「現實」中發生在五通神廟前和雙城市的故事：場面熱鬧的肉食節、黑白兩道的火拼、各色人物粉墨登場，這時的「我」是以旁觀者的視角在敘述故事，同時，「我」還穿插講述「我」想像中的蘭大官人的性史與情史。敘述呈現出虛實、真假相交狀態，故事呈現出強烈的魔幻現實主義色彩，十年前被「我」打死的老蘭，在「我」的敘述中復活，並與死去五十年、與他從未謀面的蘭大官人交替出場。

　　兩條敘述平行線共有一個敘述者：20歲的青年羅小通。在第一條敘述線上，「我」滔滔不絕的訴說一開始是為了討好大和尚，出家，但到後來，當這個「炮孩子」「訴說的目的就是訴說」的時候，他開始不著邊際、煞有介事的順嘴虛構起自己的過去，敘述也漸漸變得張

---

[12] 莫言、楊揚，〈以低調寫作貼近生活——關於《四十一炮》的對話〉，《文學報》（上海：2003年總第1423期）。

揚起來。20歲的敘述者羅小通和10歲的故事人物羅小通，在精神氣質上幾乎沒有什麼差異：10歲的故事人物羅小通是個「肉孩子」，對吃充滿了強烈的欲望，並且具有和肉（「食」的具象化載體）對話交流的特異功能；20歲的羅小通雖已不再吃肉，但對出現在五通神廟裡的紅衣女人（「色」的具象化載體）充滿了欲望，「她距離我這樣近，身上那股跟剛煮熟的肉十分相似的氣味，熱烘烘的散發出來，直入我的內心，觸及我的靈魂。我實在渴望啊，我的手發癢，我的嘴巴饞，我克制著想撲到她的懷抱裡去撫摸她、去讓她撫摸我的強烈願望。我想吃她的奶，想讓她奶我，我想成為一個男人，但我更願意是一個孩子，還是那個五歲左右的孩子。」[13]這個20歲的羅小通和《豐乳肥臀》中的上官金童何其相似也！羅小通同時通過自己的想像窺視著蘭大官人超強的性能力。食和色都是物欲的象徵，20歲的青年羅小通拒絕長大，是因為他對童年無知狀態的依戀和對成人世界物欲橫流的恐懼，這鮮明地體現在他在兩條敘述線上對兩種生活狀態的不同敘述情感和語調上。

貳、花開兩朵：敘述交織與故事交織

對《四十一炮》的閱讀，可以依照字體的不同，把兩條敘述線上的故事分開來讀，這樣，我們就讀到了兩個相對獨立的故事：童年羅小通經歷的故事和青年羅小通看見的故事；而如果我們按照小說的自然順序進行閱讀，那麼，我們就讀到了以上兩種故事的交織和互補，從而見出羅小通對物欲的沉迷與恐懼的矛盾心理。在每一「炮」中，第二條敘述線上的敘述都會引起第一條敘述線上的故事，如「第一炮」中，第二條敘述線上20歲的羅小通的「為了有朝一日我的頭上也有這樣十二個戒疤，大和尚，請聽我繼續訴說──」，引出了第一

---

[13] 莫言，《四十一炮》（瀋陽：春風文藝出版社，2003年），頁57。

條敘述線上的10歲的羅小通的「我家高大的瓦房裡陰冷潮濕，牆壁上結了一層美麗的霜花……」[14]，在「第四十一炮」中，「大和尚，就讓我抓緊時間，把故事講完吧」引出了「四十一炮」的打響。乍一看，第二條敘述線存在的目的就是為了引出第一條敘述線上的故事，兩者在故事層面上並無直接聯繫，但在「第四十一炮」的第一條敘述線上，10歲的羅小通為了復仇，把四十一發炮彈全部打出，這一發又一發炮彈沿著老蘭逃跑的路線，擊中了在第一條敘述線上出現過的不同故事空間和不同故事人物，羅小通簡單回顧了他的真假難辨的童年時光、愛恨情仇，這實際上是對第一條敘述線上的故事的回顧，炮彈的打出就具有了想像和象徵意味，因為時光不會倒流。而在小說的最後、第二條敘述線的末尾，羅小通說：「我用炮火連天、彈痕遍地的訴說，迎來了又一個黎明。」[15]他用「炮火連天、彈痕遍地」作「訴說」的定語，結合前面第一條敘述線上羅小通的自認「『炮孩子』就『炮孩子』，我不以為恥，反以為榮」，[16]我們看到莫言讓羅小通在用敘述進行自我解構：「四十一炮」是一個復仇無望的孩子的想像復仇、言語復仇，「彈無實發」，這也就使得在第一條敘述線上（十年前）被「我」打死的老蘭得以出現在第二條敘述線（「現實」）虛實相生的敘述裡。在第一條敘述線上（十年前）關於過去的想像裡，膽大妄為的羅小通，在第二條敘述線上（「現實」中）變成了一個膽小鬼，看到裸女和公牛就嚇得「心膽俱裂，……我大喊一聲：娘，救救我吧……」，[17]然後，他又陷入幻覺，在他敘述的故事中出現的人物尾隨他死去的娘，相繼登場，敘述結束，這樣的結尾，是莫言早期小說開放式結尾方式的一個繼續和發展，在懸疑與模糊朦朧之中，讀者

---

[14] 莫言，《四十一炮》（瀋陽：春風文藝出版社，2003年），頁3。
[15] 莫言，《四十一炮》（瀋陽：春風文藝出版社，2003年），頁440。
[16] 莫言，《四十一炮》（瀋陽：春風文藝出版社，2003年），頁421。
[17] 莫言，《四十一炮》（瀋陽：春風文藝出版社，2003年），頁441。

會思考小說敘述的虛虛實實、真真假假。

　　「四十一炮」的打響，是青年羅小通記憶中想像的過去和眼前紛紛擾擾的「現實」的銜接，也是他的第一條敘述線上的故事和第二條敘述線上的故事的交匯點。兩條敘述線的最終交匯顯示出羅小通的兩種敘述形態之間的矛盾和對立，顯示出他的福柯所謂的「癲狂」式的囈語、讕語式敘述視域。同一個敘述者，同時給我們展開了兩條平行的敘述線，講述了三個穿行在過去與現實、真實與虛假、清醒與混沌、物欲與理想之間的亦真亦幻的故事，故事（如雙城市的肉食節、黑白兩道的火拼）與敘述（兩條敘述線平行推進）都呈現出狂歡化的複調敘事結構，而羅小通這個「兩棲」敘述者被莫言稱為：「他是我的諸多『兒童視角』小說中的兒童的一個首領，他用語言的濁流沖決了兒童和成人之間的堤壩，也使我的所有類型的小說，在這部小說之後，彼此貫通，成為一個整體。」[18]

---

[18] 莫言，《四十一炮》（瀋陽：春風文藝出版社，2003年），頁445。

第六章　頻繁的視角轉換造成的敘事迷宮：《十三步》和《酒國》

　　1989年出版的《十三步》和1993年出版的《酒國》是莫言長篇小說序列裡的第二部和第三部。這兩部長篇也是莫言小說裡受關注、評論較少的。

　　這兩部長篇是當代文學史上罕見的創新性敘事實驗文本。《十三步》通過極致化的人稱轉換、散點透視和元（小說）敘事，以高度敘事審美陌生化的視角實驗在敘事上實現了對傳統敘事模式和人稱機制的顛覆與解構，並創作性地賦予了內視角（限制視角）敘述者全知全能的敘述能力。《酒國》採用三線並進的複調敘事策略，使用多種文體參與故事的結撰，並進行了獨特的小說中套小說、人物參與敘事、作家進入故事成為人物的敘事文本實驗，營造了虛實相生的敘事美學效果。

第一節　極致化的人稱視角轉換構建的敘事迷宮：《十三步》

　　從文本表面看，《十三步》在敘述中不停地轉換人稱視角，把所有的人稱都用了個遍，實在令人眼花繚亂，讀者若以消遣的心理來讀這篇小說找樂子，肯定是要失望的，甚至瞪大眼睛也難免陷入敘述的迷宮，連人物「你」「我」「他」的人稱關係都分不清。莫言把他在早期小說中就熟練使用的敘述視角轉換發展到了極致（從某種程度上說，是到了極端），這樣一個有點故弄玄虛的、迷宮般的敘述視角實驗文本，對讀者的閱讀耐性是一個極大的考驗，而這也正是它遭遇冷

落的原因。

壹、極致化的人稱轉換

《十三步》開篇第一段就讓人如墜雲霧：

「『馬克思也不是上帝！』你坐在籠子裡的一根黃色橫杆上，耷拉著兩條瘦長的腿，低垂著兩條枯萎的長臂——模糊的煙霧裡時隱時現著你的赤裸的身體和赤裸的臉，鐵條的暗影像網一樣罩著你的身體，使你看上去像一隻雖然飢餓疲憊但依然精神矍鑠的老鷹——毫無顧忌地對我們說：『馬克思已經使我們吃了不少苦！』」

「他的話大逆不道，使我們感到恐怖。他抬了一下脖子，便有一道明亮的光影橫在喉結上，使我們懷疑他要在光明的利刃上把腦袋蹭下來——真理就像我一樣，赤條條一絲不掛。……」[1]

從小說的行文和標點符號的使用來分析，「你」坐在籠子裡對「我們」說「馬克思也不是上帝！」「馬克思已經使我們吃了不少苦！」「你」是說者，「我們」是聽眾，與「你」是對話關係，在故事中「你」說給「我們」聽，而從敘述人稱「我們」和「你」的指代距離的遠近來看，是「我們」說給「你」聽。可接著，人稱發生了變化，「他的話大逆不道，使我們感到恐怖。」上文故事中的說者「你」變成了被說者「他」了，「我們」是敘述中的說者（敘述者），現在「我們」轉而向讀者敘述故事，小說的敘述時空和故事時空就具有了同一性。敘述者「我們」在這一段短文裡沒有變化，敘述對象也是同一個人，但敘述對象的指代人稱發生了變化，由「你」而「他」，讀者由看／聽「我們」對「你」說的旁觀者變成「我們」對讀者說「他」的故事的面對面的對話者和傾聽者，讀者的閱讀接受位置在不知不覺中隨著敘述人稱的變化而發生了微妙的變化，讀者必須

---

[1]　莫言，《十三步》（瀋陽：春風文藝出版社，2003年），頁1。

緊緊跟隨敘述者的敘述，而不敢稍有懈怠。到這裡，我們可以窺見莫言小說敘述人稱視角頻繁變換的良苦用心之一斑：他試圖通過這種視角變換，來改變讀者被動的、處於一種固定的閱讀接受位置的閱讀習慣，使他們能主動地、聚精會神地跟隨敘述者參與到對小說文本閱讀的再創造中來，即通過敘述人稱的陌生化來改造讀者的閱讀習慣，促使他們積極參與到閱讀過程中，對文本進行「填空」和「對話」。當然，這樣的說法，難免有給作家臉上貼金的拔高之嫌，但積極的閱讀者，在對《十三步》的閱讀中是可以體察到這種微妙的變化給我們的閱讀思維定勢所帶來的衝擊的。

　　接著，小說用「你是關在籠子裡的敘述者。你慢慢地咀嚼著，然後，用煙頭般的紅瞳仁盯著我們，滔滔不絕地說：……」[2]引出了籠中敘述者圍繞著市第八中學高三物理教師方富貴猝死在講臺上的故事展開的敘述，小說對這個故事的展開頗具機巧：如上所述，「我們」是小說的敘述者，在「我們」講給讀者聽的故事裡，「你」在講故事給「我們」聽，「你」在「我們」針對讀者的敘述裡是故事人物（和敘述對象），同時，又是「你」講給「我們」聽的故事的敘述者，這時讀者又處於和「我們」一起聽「你」講故事的傾聽者的位置上。那麼，這個籠中敘述者又是誰呢？「我們」發出了疑問：「你是人還是獸？是人為什麼在籠子裡？是獸為什麼說人話？是人為什麼吃粉筆？」[3]帶著對籠中敘述者身分的疑問，我們讀到了「那時，他絲毫不鉗制我們的想像力，只管講你的故事：……」[4]，在同一個句子裡，對同一籠中敘述者的指稱用到了「他」和「你」兩個不同的人稱代詞，讓讀者如墜雲霧，緊接著，又出現了這樣的繞口令式的敘述句式：「他說你叫張赤球。你對我們說他叫張赤球。這些話都是他

---

[2]　莫言，《十三步》（瀋陽：春風文藝出版社，2003年），頁2。
[3]　莫言，《十三步》（瀋陽：春風文藝出版社，2003年），頁4。
[4]　莫言，《十三步》（瀋陽：春風文藝出版社，2003年），頁6。

掛在籠中橫杆上對我們說的。這些話都是你掛在籠中橫杆上對我們說的。」[5]這樣的人稱變換會帶來兩種結果：一是讀者感到迷惑、乏味，閱讀的障礙使他們失去繼續閱讀的耐心，作家作品失去讀者；二是讀者感到好奇，繼續閱讀，探索人稱變換的奧祕，恐怕前者占絕大多數，這也就是《十三步》不能暢銷、批評缺席的原因。好奇而細心的讀者在讀到第八章開首的「在一個模糊不清的時刻，整容師與籠中敘述者在殯儀館大門口撞了個滿懷。你對我們說：我慌忙鞠躬道歉……」[6]時，會發現這位神祕莫測的籠中敘述者正是死而復生又被整容師換上了張赤球的臉皮而易容的方富貴，這位敘述者有著方富貴的思想和張赤球的臉皮，連他自己也分不清自己到底是誰，還是誰都不是，所以，也就不難理解他在小說中對自己身分的表述：「我曾經是方富貴的親密戰友。我曾經是張赤球的親密戰友。我曾經是所有中學教師的親密戰友，你驕傲地挺起扁扁的肚皮，大言不慚地說。」[7]

貳、散點透視

小說卷首扉頁上引用的「馬克思《資本論》第一卷序言」，是幫助我們打開小說敘事迷宮的鑰匙：「不僅活人使我們受苦，而且死人也使我們受苦。死人抓住活人！」[8]「死人」方富貴死而復生，被易容，他要活回來的願望、想回家的願望得不到滿足，因為校長為了樹典型、爭撥款、提高老師們的待遇，讓他繼續「死」；而精神與面皮不一致的方富貴的歸來逼瘋了妻子屠小英，敘述者在第十章第七節中為她安排的若干種結局，暗示了她的精神錯亂；其他人等，如李玉蟬、張赤球、王副市長等也陷入了各自的痛苦，的確是「死人抓住活

---

[5]　莫言，《十三步》（瀋陽：春風文藝出版社，2003年），頁7。
[6]　莫言，《十三步》（瀋陽：春風文藝出版社，2003年），頁223。
[7]　莫言，《十三步》（瀋陽：春風文藝出版社，2003年），頁6。
[8]　莫言，《十三步》（瀋陽：春風文藝出版社，2003年），扉頁。

人！」。而這位兼有方富貴的思想和張赤球的面皮、沒有身分歸屬的「精神分裂症」敘述者的「癲狂」的敘述，也讓我們感到了閱讀的痛苦。對自己尷尬身分的無法界定也就導致了籠中敘述者頻繁地變換敘述人稱，小說的敘述者「我們」在敘述中亦步亦趨地跟隨他進行人稱變換，這種敘述人稱的變化屬於典型的「散點透視」。

　　除了敘述人稱視角的變化，莫言還採用其他方式來使故事的敘述豐滿起來，構成人稱變換之外的另類「散點」敘述模式，如將小說人物的心理活動剝離出來，讓其獨立漂浮在文本之中，小說中整容師李玉蟬和屠小英的心理活動會隨時以第一人稱「我」的自白夾雜出現在敘述者的敘述中。籠中敘述者用直白的顯露敘述行為的方法（下文詳述之）向讀者展露人物的心理活動，如第三部中「他讓我們觀看校長的心理活動：……」，「校長心理活動：……」，「校工甲心理活動：……」，「校工乙眼前出現的幻象：……」，「雙胞胎的內心獨白：……」[9]等，這種直接展示敘述行為的方法無疑會讓讀者感到一種間離、對故事和敘述者的疏離。筆者認為，這種直截了當甚至過於生硬的敘述方式並非是作家不善於穿插故事，而是有意為之，是為了表達對傳統敘事模式的一種反動。在小說第八部中，「我們看到敘述者躲在籠子陰暗的角落裡，窺探著物理教師和整容師的全息夢境，並聽著他把他看到的雜亂無章地轉述給我們。」[10]然後，就以「整容師之夢：……」、「物理教師之夢：……」、「整容師和物理教師同夢：……」來展示人物的夢境，這樣，籠中敘述者就成為一位全知全能的敘述者，而小說的敘述者「我們」面向讀者的敘述則一直被嚴格地限制在「我們」的知域範圍之內，是第一人稱內視角敘述，這樣的一種視角對接，就賦予了內視角（限知視角）敘述者以全知全能的敘述能力，這實在是莫言的獨創。

---

[9]　莫言，《十三步》（瀋陽：春風文藝出版社，2003年），頁58-63。
[10]　莫言，《十三步》（瀋陽：春風文藝出版社，2003年），頁251。

參、「元敘事」的運用

　　《十三步》在敘事上還進行了另一種大膽的嘗試：元（小說）敘事，即敘述者在小說敘述過程中自我暴露敘述行為的虛構性。元（小說）敘事是現代主義小說的標誌。「『元小說』則故意揭穿小說的虛構性，揭穿小說所描寫的生活與現實同構的假面，從而從根本上刺激意識的重新覺醒。」[11]馬原作為一位先鋒作家，是當代文壇上較早運用這一敘事方法的，「我就是那個叫馬原的漢人，我寫小說。我喜歡天馬行空，我的故事多多少少都有那麼點聳人聽聞。」[12]但真正把元小說敘事技巧運用到佳境的，是莫言這位當代文壇的「急先鋒」，他在其早期的小說中，就開始自覺使用這一敘事技巧，在《十三步》中達到了較圓熟的程度。元（小說）敘事的運用主要從兩個技術層面上展開：其一是，自覺暴露小說的來源，如魯迅先生的《狂人日記》，莫言的《幽默與趣味》、《球狀閃電》等；其二是，直接披露敘述行為，展示敘述技巧及其虛構性，如《十三步》中頻繁出現了敘述者的身影和聲音：「敘述者說：前邊告訴你們的如果不是屠小英的夢境，就是我的夢境。」[13]「我們看到敘述者躲在籠子陰暗的角落裡，窺探著物理教師和整容師的全息夢境，並聽著他把他看到的雜亂無章地轉述給我們。」[14]這樣的敘述就把讀者從對故事的沉迷中拉出來，暴露出小說的虛構性，從而在小說敘事的朦朧多義之外又披上一層亦真亦幻的外衣，使小說文本呈現出強烈的陌生化傾向。當然，《十三步》在因其高度的陌生化傾向而在敘事上實現了對傳統敘事模式和人稱機制的顛覆與解構的同時，也在很大程度上遭到了閱讀和批評的離棄。

[11] 付豔霞，〈莫言小說中「元小說」技巧的運用〉，《山東文學》（濟南：2004年第10期）。
[12] 馬原，〈虛構〉，《收穫》（北京：1986年第5期）。
[13] 莫言，《十三步》（瀋陽：春風文藝出版社，2003年），頁298。
[14] 莫言，《十三步》（瀋陽：春風文藝出版社，2003年），頁251。

小說的敘述中同時也被雜以其他文體形式來達到多種話語共振的敘述效果,如第八部第四節整節對「市日報新聞」和「市日報述評」的新聞體的援用,這種文體雜糅的話語敘述模式莫言曾在《天堂蒜薹之歌》中使用過,在此後的《酒國》裡,莫言把它發展到了極致。

肆、人稱/視角變換造成的美學效果

籠中敘述者身在籠中,卻全知全能。這位人獸難分的神祕敘述者還具備了藝術叛逆者莫言此時高揚的極端的叛逆精神和褻瀆意識:「我想搞文學不是搞政治,搞政治講究的是中庸之道,搞文學的最好搞點極端。」[15]「當代文學是一個雙黃的鴨蛋,一個黃子是瀆神的精神,一個黃子是自我意識。」[16]這種要「搞點極端」的想法和「瀆神的精神」,造就了莫言獨特個異、天馬行空的藝術風格,如《十三步》的籠中敘述者肆無忌憚的敘述語言和議論腔調,同時,莫言又賦予他似人似獸、赤身裸體、愛吃粉筆的外在「瘋癲」形象。這樣,藉助這位籠中敘述者,莫言可以盡情地褻瀆、無私地批判人性的醜惡、假面和社會的殘酷與虛偽以及愛情的不貞與性的迷亂。這位全能而「瘋癲」的敘述者為莫言抵擋了不少《紅蝗》曾中過的箭矢。

敘述人稱視角的頻繁變換同時也造成了小說敘述時空(與故事時空具有同一性)的錯亂與不確定性。如小說中反覆提到的方富貴家的敲門聲「響亮而有節奏,像鐘擺一樣準確」[17]的時間性象喻。「時間隨著思想者心境的改變,不斷變幻著顏色,改變著方向。」[18]時間居然有顏色,還可以改變方向。第二部第七節中,王副市長被抬到「美

[15] 莫言,〈我痛恨所有的神靈〉,《小說的氣味》(北京:當代世界出版社,2004年),頁120。
[16] 莫言,〈我痛恨所有的神靈〉,《小說的氣味》(北京:當代世界出版社,2004年),頁121。
[17] 莫言,《十三步》(瀋陽:春風文藝出版社,2003年),頁25。
[18] 莫言,《十三步》(瀋陽:春風文藝出版社,2003年),頁25。

麗世界」的「時間是早上八點，時間是晚上八點，兩種說法都是正確
的，因此可以並存」。[19]以及第八部第一節開首，「在一個模糊不清
的時刻，整容師與籠中敘述者在殯儀館大門口撞了一個滿懷。」[20]這
種在同一事件中有兩個時序或模糊時序的時間不確定性，打破了傳統
的敘事文本的時間確定性規律，從而賦予小說時間上的朦朧感。視角
的多變和籠中敘述者的「瘋癲」身分同樣也造成了空間的模糊性，如
第六部第六節中，「他始終沒給我們講清楚第八中學的方位。在你的
嘴裡，它一會兒坐落在藍色的小河邊，一會兒緊傍著『美麗世界』，
一會兒又好像是人民公園的近鄰……」[21]這種時空的不確定性是和小
說敘述人稱的頻繁變換與籠中敘述者的身分是一致的，是符合作家想
「搞點極端」的藝術心理訴求的，它是對傳統敘事文本時空確定性特
徵的一個反叛，是試圖尋求藝術新樣板的一個極致化（極端化）的努
力，雖然它導致了嚴重的閱讀接受障礙，但整部小說的內在敘事秩序
卻是整飭統一的。

　　《十三步》是當代文學史上罕見的創新性敘事實驗文本，在以其
強烈的藝術叛逆性和實驗性造成閱讀接受障礙和批評缺席的同時，也
為我們提供了一種極致（極端）化的敘述人稱視角頻繁轉換的標本性
敘事文本。

第二節　複調敘事和敘事解構：《酒國》裡的虛實

　　與《十三步》相比，對《酒國》的閱讀要相對容易一些，我們
至少還可以弄清小說的敘述結構和情節線索，小說共有三條敘述線：
其一，現實的小說家莫言筆下的高級偵察員丁鉤兒到酒國市去調查食

---

[19] 莫言，《十三步》（瀋陽：春風文藝出版社，2003年），頁46。
[20] 莫言，《十三步》（瀋陽：春風文藝出版社，2003年），頁223。
[21] 莫言，《十三步》（瀋陽：春風文藝出版社，2003年），頁183。

嬰案，精明的他一到酒國，儘管強打精神卻如墜雲霧，稀裡糊塗地陷入酒國一干人等設下的圈套，最後殺人、發瘋，跌入露天茅坑淹死。「酒國」是一個頗具深意的文化隱喻。其二，酒國市釀造學院的酒博士李一斗與故事人物、「作家莫言」通信，討論文學。其三，酒博士寄給故事人物、「作家莫言」的九篇小說，為上述兩條敘述線提供敘述補充和傳奇背景。小說的敘述頗具機巧，作家把自己的名字嵌入小說，成為小說人物，參與到故事行為中去，造成一種「虛實相生」的敘事效果。

《酒國》「虛實相生」的敘事策略具有典型的「元小說」、文體雜糅和狂歡化敘事的文本特徵，其敘事實驗的獨特價值及其巨大的文化隱喻所具有的文化、精神批判價值，尚未得到充分的認識和肯定。

《酒國》發表的1993年，鋪天蓋地的經濟浪潮和思想的大解放，在讓人民生活富裕起來的同時，也帶來了種種社會問題。其中，對物質的迷戀和對欲望的放縱，幾乎成了各種社會問題的一個重要根源。文人紛紛下海，知識分子和作家被邊緣化，文學的地位一落千丈，大眾消費文化漸趨主導。具有現實批判精神和關懷情緒、感覺敏銳、想在文學上「搞點極端」的莫言，向此時已見蕭條的文壇拋出了長篇小說《酒國》。此作一出，反應寥寥，究其原因有三：其一，文學被邊緣化，關注者少；其二，《酒國》所涉批判現實，與政治有關，而這與此時文學疏離政治的風氣背道而馳；其三，《酒國》在敘事上三線並行、文體雜糅、虛實相生，不適合大眾消費文化的消遣性閱讀需求，這是《酒國》受冷落的主要原因。現在看來，作為一位有追求的小說藝術家，莫言在當時文學被邊緣化的文化語境中，仍能堅持進行較高藝術層面的敘事探索，並有創新，實屬難能可貴。《酒國》的世俗故事及其文化象喻，在莫言狂歡化的複調敘事中呈現出迷人的藝術風采。

壹、三線並進：複調敘事策略

　　《酒國》的敘事呈三線並進的趨勢：一是現實中小說家莫言的「丁鉤兒偵察記」[22]，講述省人民檢察院的特級偵察員丁鉤兒奉命去酒國市調查食嬰案的一系列遭遇。他搭運煤車去羅山煤礦，與女司機調情，巧鬥惡門衛，被保衛祕書連灌三杯，幾經周折見到長得像孿生兄弟的煤礦黨委書記和礦長，不由分說就被拉入席，被灌得醉眼朦朧，而後食嬰案主犯金剛鑽到席，「麒麟送子」端上，丁鉤兒怒而開槍，卻又在金剛鑽的哄騙下，抵不住誘惑，「他夾起一片胳膊，閉閉眼，塞到嘴裡。哇，我的天。舌頭上的味蕾齊聲歡呼，腮上的咬肌抽搐不止，喉嚨裡伸出一隻小手，把那片東西搶走了」[23]。他成了食嬰的同犯，住進招待所，又被一個慣偷洗劫一空。丁鉤兒搭車回城時又「巧遇」與他調情的女司機，架不住她美色的誘惑，與之到其家中苟且，落入金剛鑽的陷阱，並被他再次灌醉。醒來經過一番思想鬥爭後，與女司機相攜去「一尺酒店」偵察，卻發現女司機是侏儒余一尺的情婦，氣憤之下，他開槍打死余一尺和女司機，陷於罪惡感的丁鉤兒在酒國四處遊蕩，狼狽不堪，最後在巨大的精神壓力之下，「跌進了一個露天的大茅坑……那裡是各種病毒、細菌、微生物生長的沃土，是蒼蠅的天國，蛆蟲的樂園……地球引力不可抗議地使他墮落，幾秒鐘後，理想、正義、尊嚴、榮譽、愛情等等諸多神聖的東西，伴隨著飽受苦難的特級偵察員，沉入了茅坑的最底層」[24]。至此，小說前九章中現實中的小說家莫言的「丁鉤兒偵察記」結束，莫言是這個偵察故事的全能敘述者，他對小說人物的命運瞭若指掌，同時，他又賦予人物丁鉤兒以敘述話語權，如在第三章中，讓他以第一人稱內視

[22] 莫言，《酒國》（北京：當代世界出版社，2003年），頁256。
[23] 莫言，《酒國》（北京：當代世界出版社，2003年），頁67。
[24] 莫言，《酒國》（北京：當代世界出版社，2003年），頁25。

角敘述「我」醉酒後的所感所思，這時丁鉤兒的意識與肉體分離：「她們把我的肉體扔在地毯上，讓我仰面朝天。我被我的臉嚇了一跳。我緊閉著眼，臉色如破舊的糊窗紙……我的肉體抽搐著。我的褲子濕了，慚愧。」[25]這種與肉身脫離的「我」的自我審視，更能顯出丁鉤兒的「一入酒國便墮落」的悲哀和「酒國」所象喻的物欲文化染缸的巨大魅惑力。在小說的前九章「丁鉤兒偵察記」中，小說家莫言是一個外在於故事的敘述者，他全知全能，操控著人物的命運和故事的進展。令人訝異的是，「莫言」卻與他小說故事空間中的酒國市釀造學院的酒博士李一斗有通信聯繫，並告訴他：「我的長篇《酒國》（暫名）已寫了幾章」，「我正創作的長篇小說已到了最艱苦的階段，那個鬼頭鬼腦的高級偵察員處處跟我作對，我不知是讓他開槍自殺好還是索性醉死好，在上一章裡，我又讓他喝醉了。」[26]這樣，作家就把小說的第一、二條敘述線連接起來了。

　　小說的第二條敘述線是「莫言」與酒博士的通信往來，他們討論文學問題，涉及文壇上似有似無的人事，這時的「莫言」似乎就是現實中的莫言，李一斗在信中談到「我看了根據老師原著改編、並由您參加了編劇的電影《紅高粱》」[27]，「提到『十八裡紅』……往酒缸裡撒尿，這一駭世驚俗、充滿想像力的勾兌法，開創了人類釀造史上的新紀元。」[28]而「莫言」也提到「我在保定軍校教書是十幾年前的事了」[29]，同時，他們又討論到了一些子虛烏有的事情，在虛虛實實之間，李一斗扯出了自己利用所謂「嚴酷現實主義」、「妖精現實主義」、「新寫實主義」等方法創作的九個短篇小說。第二條敘事線的主要作用是拉近了「莫言」與《酒國》故事人物的關係，儘管在「莫

---

[25] 莫言，《酒國》（北京：當代世界出版社，2003年），頁69。
[26] 莫言，《酒國》（北京：當代世界出版社，2003年），頁194。
[27] 莫言，《酒國》（北京：當代世界出版社，2003年），頁20。
[28] 莫言，《酒國》（北京：當代世界出版社，2003年），頁74。
[29] 莫言，《酒國》（北京：當代世界出版社，2003年），頁47。

言」的《酒國》故事中，他們是敘述與被敘述的關係，「莫言」與其故事空間中的人物李一斗的通信、「莫言」在其小說《酒國》中對他所虛構出來的余一尺和酒博士在其紀實小說《一尺英豪》中對「實在」的余一尺的不同評價和命運安排構成了一種虛實相間的關係。

小說的第三條敘述線，是李一斗寄給「莫言」的九篇小說（《酒精》、《肉孩》、《神童》、《驢街》、《一尺英豪》、《烹飪課》、《采燕》、《猿酒》、《酒城》），這九篇小說是為前兩條敘事線提供故事背景和補充的，以傳奇性故事彌補「現實」故事趣味性的不足，以李一斗對酒國人物故事的介紹來補充「莫言」的虛構故事。這九篇小說的敘事視角各有特點，有以第一人稱故事人物視角展開敘述的，如《酒精》、《烹飪課》，有以第三人稱全知視角展開敘述的，如《肉孩》、《采燕》等。在《酒國》中，莫言發展了他在《天堂蒜薹之歌》和《十三步》中運用過的文體雜糅，把小說、書信、紀實文學、寓言、傳記拼湊到同一小說文本中，三條敘事線構成一種眾語喧嘩的多聲部合奏，這就使得《酒國》成為「有著眾多的各自獨立而互不相融合的聲音和意識，由具有充分價值的不同聲音組成真正的複調」[30]。

在「莫言」的敘述中，酒國是一塊骯髒之地，可他仍然要到酒國來。在第十章中，「莫言」來到了酒國，第一條敘事線與第二條敘事線交匯到一起，「莫言」走出了他的敘事空間，來到他的故事空間，與他的故事人物握手言歡，被他在《酒國》中寫死了的余一尺到車站接他，食嬰案主凶金剛鑽與他推杯換盞，虛與實又一次交匯到一起，亦真亦幻之間，故事與敘述合而為一。

作家在小說第十章第二節中寫道：「躺在舒適的——比較硬座而言——硬臥中鋪上，體態臃腫、頭髮稀疏、雙眼細小、嘴巴傾斜的中

---

[30] [蘇聯]巴赫金著，白春仁、顧亞玲譯，《陀思妥耶夫斯基詩學問題》（北京：生活・讀書・新知三聯書店，1988年）版，頁7。

年作家莫言卻沒有一點點睡意。……我知道我與這個莫言有著很多同
一性，也有著很多矛盾。我像一隻寄居蟹，而莫言是我寄居的外殼。
莫言是我頂著遮擋風雨的一具斗笠，……這個莫言實在讓我感到厭
惡。此刻它的腦子裡正在轉動著一些稀奇古怪的事情：猴子釀酒、撈
月亮；偵察員與侏儒搏鬥……」[31]。這樣的靈與肉的分離是在暗示讀
者，「莫言」也是一個小說人物，他既是第一條敘事線上的敘述者，
又是第二條敘事線上的人物，而第一、二、三條敘事線又都可以統馭
到現實中的作家的全能敘事中來。從這裡，我們可以看出，莫言深刻
地意識到了作家與小說敘述者的分離，並試圖在創作實踐中對此作深
層的藝術探索。

貳、元小說與反元小說：敘事解構

　　小說採用了前文提到的故意暴露敘述行為的「元（小說）敘事」
技巧，李一斗在他的九篇小說中均故意展示其敘事行為或小說來源，
如《驢街》中有「以上這些夾七雜八的話，按照文學批評家的看法，
絕對不允許它們進入小說去破壞小說的統一和完美，但因為我是一個
研究酒的博士。……我具有了酒的品格，酒的精神。……酒的品格是
放蕩不羈，酒的性情是信口開河。」[32]《采燕》中有：「按照現在流
行的小說敘述方式我可以說我們的故事就要開始了。在正式進入這個
屬於我的也屬於你的故事前，請允許我首先對你們進行三分鐘的專業
知識培訓，非如此你的閱讀將遇到障礙。」[33]而在「莫言」與李一斗
的通信中，則使用了另一種「元小說」技法，楊義先生稱之為「反元
小說」，「所謂『反元小說』乃是採取與元小說站在真實世界談論虛
構世界相反的視角，它是站在虛構世界的深處反過來，談論作者及其

[31]　莫言，《酒國》（北京：當代世界出版社，2003年），頁253-254。

[32]　莫言，《酒國》（北京：當代世界出版社，2003年），頁108。

[33]　莫言，《酒國》（北京：當代世界出版社，2003年），頁197。

熟人的真實世界。」[34]在小說的第二條敘事線上，「莫言」與李一斗對莫言小說的討論、對其生活和工作單位的談論，都是很好的例證。還有把「元小說」稱為「自反小說」的提法：「所謂『自反』的意思是文學作品（尤其是小說）敘說中涉及文學本身，或是以文學為主題，或是以作家、藝術家為小說的主角。更有一種自反現象則把敘事的形式當為題材，在敘事時有意識地反顧或暴露敘說的俗例、常規，把俗例常規當為一種內容來處理，故意讓人意識到小說的『小說性』或是敘事的虛構性。」[35]而這樣的敘述技巧的使用就「自我點穿了敘述世界的虛構性、偽造性。小說的基本立足點就不可能再是模仿外部世界和內心世界的製造逼真性……在這樣的元小說中，小說及其對象就沒有本質上的差別了，虛構和『現實』可以任意轉換，轉換到不知何者在虛構何者。真幻混淆，相反相成。」[36]莫言在《酒國》中對元小說及反元小說敘事技巧的運用已臻佳境，元小說敘事所造成的反諷效果與莫言亦莊亦諧的敘事腔調和亦真亦幻的故事因素，共同構成了莫言「虛實相生」的小說文本世界，使之兼有朦朧多義的說不盡的可能和艱澀難懂的閱讀接受障礙。

參、「酒國」的文化象喻

　　《酒國》突出了兩個重要的物欲象徵：食和色。食色，性也。然而，《酒國》給我們展現的是極端化的食與色。花樣百出的勸酒令、烹食嬰兒、全驢宴、活殺驢、采燕等無不把「食」寫到極致；而侏儒余一尺揚言「要×遍酒國的美女」[37]，聲稱「與酒國市八十九名

---

[34] 楊義，《中國敘事學》（北京：人民出版社，1997年），頁243。

[35] 高辛勇，《修辭學與文學閱讀》（北京：北京大學出版社，1997年），頁93。

[36] [美]約翰‧霍克斯著，柳松、吳寶康譯，〈序〉，《情欲藝術家‧第二層皮》（北京：作家出版社，1997年），頁2。

[37] 莫言，《酒國》（北京：當代世界出版社，2003年），頁118。

美女發生過性關係」[38]，更是把「色」寫到了極致。高級偵察員丁鈎
兒一入酒國便被灌醉，遭遇豔遇，落入陷阱，又因情殺人，最後「跌
進了一個露天的大茅坑，幾秒鐘後，理想、正義、尊嚴、榮譽、愛情
等等諸多神聖的東西，伴隨著飽受苦難的特級偵察員，沉入了茅坑的
最底層……」[39]。整個「酒國」極端化的食、色無疑是世俗社會滾滾
橫流的物欲的具象轉喻，出於對拜物的天然厭惡和對過度物欲追求的
擔心，莫言在《酒國》裡創造了一個虛實相生的文化寓言，他以本名
參與故事，在文末暗示小說敘事者與小說人物具有莫言的同一性，並
以此來展示自己對現實強烈的批判和憂患意識。最後，小說人物「莫
言」的醉倒，「他克制著衝動的心情，嗓子發著顫說：『我好像在戀
愛！』」[40]又何嘗不是作家對物欲橫流的誘惑難以抗拒的一聲淒婉的
喟歎？

---

[38] 莫言，《酒國》（北京：當代世界出版社，2003年），頁149。
[39] 莫言，《酒國》（北京：當代世界出版社，2003年），頁252。
[40] 莫言，《酒國》（北京：當代世界出版社，2003年），頁273。

第七章　「生人」之困與「人生」之難：《蛙》的敘事策略與現實關懷

　　作為出身於「鄉土中國」農村地區、深受中國傳統觀念影響、從農村走進城市又深深經驗著社會巨變的一名1950年代人，莫言對於整個新中國的社會變革有著親身體驗和深刻記憶，在其諸多反映新中國歷史與現實的小說中對社會生態從道德主導到意識形態主導再到經濟利益主導的變遷有深刻而視角別致的描寫，對於這種社會變遷帶給普通民眾的物質和精神層面的影響有著深切的體驗和濃厚的現實關懷，從莫言諸多作品的內容和形式以及形式與內容的密切結合來看，他的確是「作為老百姓寫作」的：以不斷創新求變的形式探索來推動「敘」──故事講述方式（結構）和「事」──故事審美內涵（主題）的新與變。

　　作為新中國歷史的親歷者，尤其是作為一個曾掙扎著要改變而且成功改變了自己農民身分的第一代「進城農民」，莫言耳聞目睹了太多剛剛擺脫了「生計」焦慮卻又陷入深深「計生」糾結的故事：「『生』還是『不生』？」「生不生二胎？」「生不生個男孩？」「意外懷孕怎麼辦？」和「超生」等問題，都曾困擾過絕大多數從1970年代末到2010年代中的中國育齡父母。自1970年代末以來，「計畫生育」由「倡導」而「規定」而「立法」成為一項被強力推行的「基本國策」，並因不時出現的盲目抗法和粗暴執法行為而觸發基層「官民」矛盾、甚而引發較多社會問題。儘管對這一政策的批評聲音和思考一直都未間斷過，但「敏感」的文學界幾乎一致地對這一社會

問題保持了長期的緘默。莫言是新時期以來的中國大陸當代作家中少見的、較早關注並在其作品中反思這一問題的作家。

第一節 從《爆炸》到《蛙》：一個持續24年的生育焦慮

早在發表於1985年《人民文學》第12期上的中篇小說《爆炸》中，莫言就曾寫過一個「計生」「流產」故事：故事的敘事主人公「我」是一個從農村走進城市的電影導演，妻子想生二胎，在「我」回家探親時騙「我」說採取了避孕措施而致懷孕，但是在嚴密的「計生」體系的監控之下，妻子懷孕的事還是被鄉計生辦用電報告知了「我」的領導，因此才有了「我」火速回鄉帶妻子去流產的故事。

《爆炸》這部中篇是莫言的早期傑作之一，它以第一人稱限知視角「我」來寫一個「返鄉知識者」對於城鄉差異的感覺——對於毛茸茸的夏季農村環境、生活和人事的感覺，寫困於生育糾結之中「人」的無奈與妥協，寫一家人圍繞計畫外懷孕的胎兒「留」或「流」的問題所產生的爭執與矛盾，寫出了「計生」政策執行初期農村生活的本真，寫得元氣淋漓，感覺「爆炸」。在小說開頭，作者用很長的篇幅寫「父親」為了留住胎兒情急之下打了「我」一巴掌，第一人稱敘事主人公細膩、敏銳的感覺描寫，讓一個憤怒的父親形象立體豐滿、纖毫畢現。第一人稱限知視角和內聚焦敘事使讀者很容易獲得「我在」和「我感」的閱讀體驗，很容易因為這一人稱的親切感和親近感而通過「敘事移情」獲得強烈而明確的「自我代入感」，對故事開場兩個人物「父親」和「我」因胎兒的「留」或「流」而產生的矛盾對立的情緒感同身受，產生強烈的共鳴。無論是「父親」深感痛苦的傳宗接代的焦慮——「那麼，那麼，孩子，你就忍心把咱這一門絕了？」[1]還是

---

[1] 莫言，〈爆炸〉，《莫言文集·白棉花》（北京：當代世界出版社，2003年），頁80。

「我」想生兒子卻不能的無奈——「你以為我不想生個兒子嗎？……
我是國家的幹部，能不帶頭響應國家的號召嗎？」[2]抑或是「我」對
於違反政策的胎兒的「留」或「流」帶給自己和家人之間矛盾的無助
與苦惱——「你們把我害苦了，當然，我也把你們害苦了」[3]，都讓
讀者感受到「計生」政策之下「留」派與「流」派之間矛盾卻又一致
的焦慮和痛苦：「我感到自己非常不幸，悲劇是世界的基本形式，
你，我，他，都是悲劇中人物」[4]。「生人」之困，正是「父親」與
「我」兩代人共同的「人生」之難，也是計畫生育政策執行以來幾代
中國人「人生」之難的一個重要側面。

　　小說中有很多頗具象徵意味的場景描寫，其中三處給筆者留下的
印象最深。第一處是上文分析的「父親」搧「我」的一耳光，寫盡了
兩代人在「計生」政策面前的矛盾，如果我們把「父親」看作是「計
生」政策的執行對象——普通民眾的代表，把「我」看作是「計生」
政策的接受者、執行者甚至是制定者的代表，那麼「父親」搧「我」
的一耳光，不正是民眾對於政策牴觸、對立情緒的象徵嗎？第二處是
作者反覆寫到的被追趕的狐狸，在筆者看來，這只被眾人和狗追趕的
四處逃竄的狐狸正是因「計生」問題在「生人」之困和「人生」之難
的雙重困境中掙扎奔突卻無處遁逃的「我」和家人的物化象喻，是被
生活的瑣屑感和無價值感追迫得狼狽不堪的「人」的象徵。第三處是
「我」和妻子在產房外等著做「人流」手術時，「我」聽到產房內一
位產婦生產時的動靜所產生的幻覺：「我彷彿聽到了肌肉撕裂的聲
音。我聽到了肌肉撕裂的聲音。……我的臉在鏡子裡變成面具，根本

[2]　莫言，〈爆炸〉，《莫言文集·白棉花》（北京：當代世界出版社，2003年），頁
　　78。
[3]　莫言，〈爆炸〉，《莫言文集·白棉花》（北京：當代世界出版社，2003年），頁
　　78。
[4]　莫言，〈爆炸〉，《莫言文集·白棉花》（北京：當代世界出版社，2003年），頁
　　90。

不像我了。房間拉成巨大，牆壁薄成透明膠片，人在膠片上跳躍，起始模糊，馬上鮮明。我透視著產房。……我恨不得變成胎兒，我看到我自己，不由驚悸異常。」[5]作者甚至通過「我」的幻覺把讀者帶入到產婦生產的艱辛之中：「我推著重載的車輛登山，山道崎嶇，陡峭，我煞腰，蹬腿，腿上的肌肉像要炸開，雙手攥緊車把，閉著眼，咬緊牙，腮上繃起兩坨肉，一口氣憋在小腹裡，眼前白一陣黑一陣，頭髮梢上叭叭響……」[6]這是當代文學史上少見的男性作家筆下的關於「生人」之難的文字描寫，是莫言基於男性視角的對於「人」的「生」的關注和細膩描摹，其間的象徵意味也是頗為濃郁的：「生人」之難，恰如「人生」之難，都如載重登山。這三處關於「生不生」、「生人」和「人生」場景能如此細緻、細膩地給讀者留下深刻的印象，著實是因為作者巧妙地使用了第一人稱限知視角和內聚焦（近意識流）的敘事手法，使讀者能夠通過「敘事移情」產生「角色代入」，從而對小說人物的精神困厄和肉體感覺如同身受。

　　2009年，莫言完成了長篇小說《蛙》的創作，將其在24年前在中篇小說《爆炸》中就已深切關注的生育主題以一部書信體長篇小說的形式重新展開，細讀這兩部相隔24年由同一作家創作的同主題中長篇小說，我們會發現《爆炸》是《蛙》的「計生」故事的預演，而《蛙》則是作者在多年思考之後對《爆炸》的生育主題的昇華和深化，兩者在表現主題、敘事形式及視角選擇、人物構成和審美氣質等方面都具有連貫性和一致性。

　　在作品所表現的主題上，《爆炸》和《蛙》關注的都是生育問題，《爆炸》通過「我」一個家庭內部關於生育的矛盾衝突，進行了

5　莫言，〈爆炸〉，《莫言文集・白棉花》（北京：當代世界出版社，2003年），頁100。
6　莫言，〈爆炸〉，《莫言文集・白棉花》（北京：當代世界出版社，2003年），頁100。

感覺的「爆炸」性書寫，關注「生人」的困惑與「人生」的焦慮；
《蛙》則以婦科醫生兼「計生」工作者「姑姑」萬心為中心，串聯起
幾家人、幾代人的生育故事，關注的是整個新中國歷史上關於人口和
生育問題的政策變遷，書寫的是國家政策及其執行者與「超生」民眾
之間的矛盾衝突，反思了整個國家民族對「人」的關切和民眾的生育
觀在時代變遷中的「變」與「不變」。

　　在敘事形式及視角選擇上，《爆炸》使用了第一人稱限知視角
和內聚焦敘事，表現了一個走出鄉村在外做國家幹部的「我」圍繞流
產事件的所感、所思、所見、所聞，「我」既是敘述者也是故事的核
心人物，我對「計生」的態度與「父親」、「母親」和「妻子」的態
度是基本對立的，作者較多地使用意識流等現代派心理摹寫手法和暗
喻、通感、象徵等修辭手法來呈現生育焦慮和生存困境中的「我」一
家人的「計生」流產故事；同時，在《爆炸》中，作者有意不使用
「　」來明確標識人物對話內容以區別敘述語言和人物語言，而是使用
了在當時較為新潮的「省引對話」──對人物間的對話不加引號，只
是在「姑問」、「我說」、「妻說」、「父親說」和「母親說」等字眼
後面加綴「：」來引起人物的對話，有意使敘述者的聲音與人物的聲音
在形式上混合在一起、在精神上融合在一起，筆者認為，莫言所以這樣
做是試圖通過使用實際上不符合現代漢語標點符號使用規範的引語方
式來消弭第一人稱限知視角敘述者在敘述他自己以外的人物語言和思
維活動時的那種「隔」和「作」的感覺，以造成故事與敘述真實可靠
的藝術效果。在《蛙》中，作者在沿用了在《爆炸》中使用的敘述視
角和敘事形式的基礎上，使用書信體作為主體敘事形式，並對書信體
和第一人稱敘述視角都做了創造性革新，使其在敘事功能上具有更寬
廣的視域、知域和更強的敘事表達能力，下文專節詳述，茲不贅述。

　　在《爆炸》和《蛙》的人物構成上，較為核心的人物是具有一
致性和延續性的。第一人稱敘述者兼故事人物「我」在兩部作品中

都是貫穿始終的人物，在《爆炸》中，「我」是從鄉村走出的電影導演，「我」在講述故事，也在經歷故事。在《蛙》中，「我」存在於兩個故事和敘事層面上：一是作為劇作家蝌蚪的「我」——一個通過寫信的方式向杉谷義人講述「姑姑」的故事的「我」，這個「我」的年齡、性格等在故事中是基本穩定的，前後無明顯變化。一是作為軍官萬足的「我」——一個敘述、經歷並參與「姑姑」的故事的「我」，這個「我」在「姑姑」的故事裡隨著「姑姑」一起經歷變化，年齡、職業、婚姻和生育狀況都有變化。兩部作品裡都有一個「姑姑」，在《爆炸》中，「姑姑」是「婦產科醫生兼主任」，「她是我爺爺的哥哥的女兒，四十九歲，面孔白皙，一雙手即使在夏天也冰涼徹骨。」[7]當這位「姑姑」知道「我」的妻子懷孕了要流產時，「姑說：生了吧，也許是個男孩呢！我說：我有一個女孩。姑說：女孩到底不行。我說：您也這樣說？姑說：只有我才有權力這樣說。姑可是闖社會的，女人本事再大也不行。生了吧。」[8]這位「姑姑」是一位溫和的長輩，有著重男輕女的傳統思想，而且對於「計生」政策關於公職人員不能超生的規定並不在意，而當給「妻子」進行「流產」手術時，「姑說：……這種事我幹一回夠一回，剛才是送子觀音，現在是催命判官」[9]，「姑姑」是反感並牴觸「流產」手術的，只是因為職業原因，不得不為之。這位「姑姑」並非小說中的主要人物，其形象也不是很突出。我們再看《蛙》中的「姑姑」：這個「我姑姑是我大爺爺的女兒」[10]，有著「一個騎著自行車在結了冰的

7　莫言，〈爆炸〉，《莫言文集・白棉花》（北京：當代世界出版社，2003年），頁93。

8　莫言，〈爆炸〉，《莫言文集・白棉花》（北京：當代世界出版社，2003年），頁93。

9　莫言，〈爆炸〉，《莫言文集・白棉花》（北京：當代世界出版社，2003年），頁108。

10　莫言，《蛙》（上海：上海文藝出版社，2012年），頁11。

大河上疾馳的女醫生形象，一個背著藥箱、撐著雨傘、挽著褲腳、與成群結隊的青蛙搏鬥著前進的女醫生的形象，一個手托嬰兒、滿袖血污、朗聲大笑的女醫生形象，一個口叼香煙、愁容滿面、衣衫不整的女醫生形象」[11]，這位「姑姑」的形象是自我矛盾甚至自我對立的：作為婦產醫生，「姑姑」接生過9883個孩子，是「活菩薩」、「送子娘娘」，「身上散發著百花的香氣」；作為「公社計畫生育領導小組副組長」，「姑姑」「實際上是我們公社計畫生育工作的領導者、組織者，同時也是實施者」[12]，「姑姑」帶隊搜捕計畫生育政策的破壞者，給男人結紮、給女人做節育和強制流產手術。在《蛙》中，「姑姑」是故事的核心人物，是一個自我思想的矛盾體，既是第一人稱敘述者「我」敘述的故事裡的主人公，又是她自我故事和她所經見的別人的故事的敘述者。更有意思的是，在《爆炸》中有這樣一個情節，當「姑說你把我寫進電影裡沒有，我比陸文婷不差，接了一千多個孩子」時，「我說一定要寫個生孩子的戲，從頭到尾都是生孩子」[13]，而在《蛙》一開篇，「我」就告訴杉谷義人「我想寫一部以姑姑為素材的話劇」[14]，並以劇本《蛙》來收束整部小說，恰好實現了《爆炸》和《蛙》這兩部作品時隔24年的接續，當然，僅據小說中這幾句人物對話和敘述，我們無法判定作家莫言是否早在1985年就已經決定了將來要寫一部反映生育問題的長篇作品，但是這種巧合也確是頗具意味的。

[11] 莫言，《蛙》（上海：上海文藝出版社，2012年），頁3。
[12] 莫言，《蛙》（上海：上海文藝出版社，2012年），頁54。
[13] 莫言，〈爆炸〉，《莫言文集‧白棉花》（北京：當代世界出版社，2003年），頁93。
[14] 莫言，《蛙》（上海：上海文藝出版社，2012年），頁4。

第二節　《蛙》深淺疊加的雙層敘事結構與視角創新

在《蛙》中，有兩個「我」，這兩個「我」分別存在於深淺兩個敘事層面上：淺層敘事層面，是劇作家蝌蚪寫給杉谷義人的五封信，分別置於小說五部各部的開篇，引領故事正本，在這個淺層敘事層面上，「我」是劇作家蝌蚪，一個通過寫信的方式向杉谷義人講述「姑姑」的故事的「我」，這個「我」的年齡、性格等都無明顯變化，這個「我」是外在於「姑姑」和高密東北鄉的生育史故事的，是「姑姑」故事的引領者和導讀者，甚至是作家創作思想的代言人；深層敘事層面，是蝌蚪寫給杉谷義人看的以「姑姑」萬心為中心的高密東北鄉的生育史故事，在這個深層敘事層面上，「我」是軍官萬足，是一個內在於「姑姑」和高密東北鄉生育史故事的「我」，這個「我」在「姑姑」的故事裡與「姑姑」一起經歷生活，年齡、職業、婚姻和生育狀況等都有變化，這個「我」是「姑姑」和高密東北鄉生育史故事的參與者、見證者和敘述者。

從文本細部來看，《蛙》的主體敘事形式是書信體第一人稱敘事，小說大致有這樣幾層敘述關係：第一層敘述關係，存在於小說每一部之前「我」——劇作家蝌蚪寫給杉谷義人的信中。從內容來看，這五封信交代了故事正本中「姑姑」故事的相關信息、「我」與杉谷義人的相識相知、「我」對計畫生育政策的看法、「我」對於寫作（文學創作）的態度、劇本《蛙》的故事與書信中「現實生活中的許多事件」的虛實交織，是「我」思想變化的一個記錄。而且，從信的內容來判斷，杉谷義人對「我」在信中寫下的「姑姑」的故事是有回應和評價的，只是作者隱藏了杉谷義人的回應文本，寫信人劇作家蝌蚪「我」是一個有聲的敘述者，收信人杉谷義人被莫言處理成了一個沉默的「受述者」。五封信既分別交代其領銜的那一「部」中「姑

姑」故事的背景，又表明作者、書信敘述者蝌蚪和「姑姑」故事的敘
述者萬足對於即將展開的故事及其中敏感事件或人物的態度與情感。

　　在引領「第一部」故事的「信」中，在交代小說選擇書信體的
原因時，作家通過蝌蚪之口說道：「在青島機場，送您上飛機之前，
您對我說，希望我用寫信的方式，把姑姑的故事告訴您。……她的故
事太多，我不知道這封信要寫多長，那就請您原諒，請您允許，我信
筆塗鴉，寫到哪裡算哪裡，能寫多長就寫多長吧。」[15]在引領「第二
部」故事的「信」中，蝌蚪在讚賞杉谷義人主動承認自己的父親曾是
日本侵華戰爭期間平度城的日軍指揮官並表示願意為父贖罪時說：
「您勇敢地把父輩的罪惡扛在自己的肩上，並願意以自己的努力來贖
父輩的罪，您的這種擔當精神雖然讓我們感到心疼，但我們知道這種
精神非常可貴，當今這個世界最欠缺的就是這種精神，如果人人都
能清醒地反省歷史、反省自我，人類就可以避免許許多多的愚蠢行
為。」[16]這既銜接起了蝌蚪敘述的姑姑的父親——「我」的大爺爺的
抗日英雄事蹟，將中日兩代人、兩個民族的恩怨聯繫在一起，強調了
一人對另一個人、一個民族對另一個民族曾經犯下的罪惡是需要「認
罪」和「贖罪」的，是一種對於廣義上作為「犯罪者」和「受害者」
的「人」在關係自身生死存亡鬥爭中所經受的精神困境的普世關懷，
同時也是對中華民族為了自身國族前途所進行的關於「人」的「生」
與「不生」的國族與個體之間的掙扎、矛盾與困惑的反思，是為下文
關於「人」的生育問題的「罪」與「罰」的反思所做的鋪墊：在由意
識形態和國家權力操控的關於「計生」的基本國策和法律規定面前，
「超生」與「偷生」是一種「罪」，當事人要承擔相應的「罰」；而
在綿延數千年的生育倫理和家庭道德面前，那些以「姑姑」為代表的
堅定的國家「計生」政策的執行者們對為了「超生」而「偷懷」的胎

---

[15]　莫言，《蛙》（上海：上海文藝出版社，2012年），頁4。
[16]　莫言，《蛙》（上海：上海文藝出版社，2012年），頁77-78。

兒所強制執行的人為終止妊娠的手術及對「超生者」或「可能的超生者」所進行的結紮手術，又是另一種「罪」，當事人又要承擔來自普通民眾的指責之「罰」和來自自己內心深處的道德和倫理之「罰」，而這又是對「第一部」故事中「進入晚年後，姑姑一直認為自己有罪，不但有罪，而且罪大惡極，不可救贖。我以為姑姑責己太過，那個時代，換上任何一個人，也未必能比她做得更好」[17]的銜接和回應。這不僅體現了「姑姑」的「認罪」與「領罰」，也體現了作者對於「計生」工作者的態度——客觀的、有諒解的寬恕，而這又與引領「第三部」故事的「信」中蝌蚪關於「計生」政策的態度是一致的：「在過去的二十年裡，中國人用一種極端的方式終於控制了人口暴增的局面。實事求是地說，這不僅僅是為了中國自身的發展，也是為全人類作出貢獻。」[18]

正是通過這五封信，作者向讀者表明了《蛙》的創作意圖：小說的目的不在於抨擊「計生」政策本身，而在於呈現中國民眾尤其是普通農村民眾對這一政策的反應，批評政策執行過程中存在的粗暴執法問題，反思整個民族為國族的前途命運所進行的這場生育控制給整個國族和民眾帶來的精神層面的影響。那些把《蛙》簡單地界定為批評計畫生育政策或反對生育控制的理解都是片面的、錯誤的，都忽略了莫言在《蛙》中把整個新中國成立以來的生育政策和整個中華民族的生育狀態作為書寫對象的基本事實，忽略了莫言對於作為國族延續大計的生育的高度重視和深刻反思：莫言既寫了1950年代「人多力量大」的號召帶來的生育高峰，也寫了「計生」時代人們對於生育的複雜態度，「我的《蛙》，通過描述姑姑的一生，既展示了幾十年來的鄉村生育史，又毫不避諱地揭露了當下中國生育問題上的混亂現

---

[17] 莫言，《蛙》（上海：上海文藝出版社，2012年），頁71。
[18] 莫言，《蛙》（上海：上海文藝出版社，2012年），頁145。

象」[19]。

因此，可以說《蛙》是莫言對於新中國成立以來關乎民族存亡大計的生育政策的整體反思，所努力反映的是我們這個有著悠久文明史、再度崛起中的東方民族出於對當下生存和未來延續大計的考量而在生育問題上進行的思考與探索，小說的立意不在批評，而在反思。通過這樣的書信體結構方式，莫言力圖避免作品因為涉及敏感話題和政策禁區而遭到曲解和不負責任的批評。所以，這五封由劇作家蝌蚪寫給杉谷義人的「信」，其用意根本不在引領杉谷義人來閱讀和理解「姑姑」的故事，而在引領小說的讀者們理解作者的創作意圖，從而更好地理解故事，而這也正是作者為什麼沒有把杉谷義人回應蝌蚪的信函呈現出來的根本原因，杉谷義人代表所有讀者在接受作者的引領，需要注意的是，《蛙》的這種敘述方式應該是作者因為小說主題在創作「當時」的敏感而不得不採取的無奈卻聰明的辦法吧。這樣的寫作策略與莫言在《酒國》中使用的書信是不一樣的，《酒國》的書信是小說的三條敘述線之一，是通過小說人物「莫言」與酒博士的通信往來，來拉近「莫言」與「酒國」之中故事人物間的關係，從而在作家莫言、小說人物「莫言」和「酒國」故事人物之間營造一種虛實相間的關係。

《蛙》的第二層敘述關係存在於劇作家蝌蚪「我」寫給杉谷義人看的「姑姑」故事的正本中，從內容來看，是敘述者「我」——「姑姑」的侄子「萬足」（即萬小跑）在向「先生」杉谷義人講述以「姑姑」萬心——婦產科主任兼公社計畫生育工作領導小組副組長為中心的高密東北鄉的生育史故事。從表面來看，「我」是一個第一人稱敘述者，同時也是「姑姑」故事的見證者和參與者，是一個第一人稱限知視角敘述者，「我」只能講述「我」的所思、所想、所感和

[19] 莫言，〈聽取蛙聲一片　　代後記〉，《蛙》（上海：上海文藝出版社，2012年），頁343。

「我」所見、所聞的旁人故事。但是，從故事的深層和故事的呈現方式來看，「我」所呈現給杉谷義人的以「姑姑」為中心的故事超出了「我」的視域範圍，進入了一個近乎「全能」的全知敘事視域。那麼，莫言是如何在小說中實現這種視域的超越的呢？通過分析文本，我們發現，這種視域的超越是通過故事人物的「轉述」來實現的。每當故事的敘事主人公「我」需要講述超出自己第一人稱限知視角敘述視域的故事時，「我」總是很聰明地引入一個「姑姑」故事的某一個片段的參與者或見證者，將敘述權暫時讓渡給這位臨時的敘述者，通過其視角和聲音來呈現他所參與或見證的故事片段，將其當時的所見、所思、所聞、所感敘述出來，這樣，就使「姑姑」的故事的敘述呈現出層級性和散點透視的特點：當「我」寫信敘述「姑姑」的故事給「先生」杉谷義人聽時，「我」是直接敘述者（第一敘述者），在「姑姑」故事的文本之中向「先生」杉谷義人進行敘述活動，「先生」杉谷義人是當然的直接受述者（第一受述者），他在「姑姑」故事的文本之外，卻在小說《蛙》的文本之內；而當「姑姑」故事某一片段的當事人敘述他們所經歷或見證的故事片段給「我」聽時，這位故事片段的見證者、經歷者就變成了直接敘述者（第一敘述者），而「我」則臨時讓渡出敘述的話語權，變成了這個故事片段敘述者的直接受述者（第一受述者），變成了聽眾和轉述者（間接敘述者），這時的「先生」杉谷義人就變成了間接受述者（第二受述者）。站立在這兩個敘述層級之外的讀者大眾是第三受述者，他們地位超然，看著莫言煞費苦心地用書信體的敘事連環塑造出一群糾結在「生」與「不生」之間的凡俗男女，結撰出一個個驚心動魄的「生人」與「人生」故事，在不知覺間被第一人稱敘述者「我」帶入故事，對其中人物的情緒、思想感同身受，又不時地被「我」拉著一起，聽「我」之外的臨時敘述者的聲音補充講述某個故事片段，並被「我」就此展開的、講給「先生」杉谷義人聽的議論所引導，被動或主動地進行著「敘事

移情」──與故事人物「對話」或對故事情節與人物的情感進行「填空」。

　　當第一人稱限知敘述者「我」為了向「先生」杉谷義人敘述出一個完整的以「姑姑」為中心的高密東北鄉生育史故事時，「我」就要不時地讓渡出故事的敘述話語權，作者在故事正本中大量使用「父親說」、「姑姑說」、「姑姑後來說」、「姑姑哀傷地說」、「聽說」、「有文化的哥哥說」、「母親道」、「我聽到他說」、「他站在那些賣魚蝦的人面前，充滿感情地說」、「聽父親說」、「王肝悄悄告訴我們」、「王肝繼續說」等來引領故事人物的敘述片段，以使整個以「姑姑」為中心的高密東北鄉生育史故事保持書信體敘事自由傾訴、真切可信的特點，同時又不至於出現故事情節或敘述情感上的阻隔或停滯。很明顯，莫言沿用了他早在《爆炸》中就已使用的「省引對話」策略，並將其改造為「省引敘述」，在「××說」之後加綴「，」或「：」來引起故事見證者和參與者的敘述，使之與「我」的敘述有效、有機地結合起來，從而使故事呈現出多人共敘、眾聲喧嘩的多視角散點透視的敘述特點，正是這種多視角散點透視的敘述使故事的不同片段經不同敘述者之口講出時，呈現出了立體多維和矛盾多元的特點，從而也就有效彌補了第一人稱限知視角的視域限制和表現力不足的缺陷，使經過「悠悠眾口」敘述出來的「姑姑」的故事和高密東北鄉生育史故事能夠具有深沉的藝術感染力和混元淋漓之氣，而這也正是莫言對第一人稱限知視角的改造之功。其實，如果我們試著對整部小說故事正本中的這些「××說」按照話劇劇本的體式截段分行，將人物的言語變成「××說：……」，將人物的動作變成「（××……地）」之類舞臺說明的格式的話，整部小說的故事正本就變成了一個典型的話劇劇本，其間人物各按自己的角色粉墨登場。同時，細讀故事正本中的人物對話，我們還可以發現這些人物對話多具有明顯的「舞臺體式」或「話劇腔」，如秦河在大集上乞討和陳鼻

扮演堂吉訶德時的人物語言等，均是如此。

　　《蛙》的深淺疊加的雙層敘事結構和分屬於兩個敘事層面的「我」讓人不禁想起魯迅先生在《狂人日記》中所設置的文言的「余」和白話的「我」這兩個敘事者：「余」並非作者，而是「狂人」故事的發現者、引領者和導讀者，交代「狂人」故事的背景，申明「狂人」的來龍去脈，使其與故事正本「狂人日記」中的「狂人」形成一種對比、對照的關係，使讀者對「人」的「狂」與「不狂」以及所以「狂」的原因產生思考；而「我」即「狂人」，在「余」交代的故事背景之下，「我」在「日記」裡可以隨意張狂地言語、思考和行動，而且，對讀者而言，「我」所有的張狂言行都是合理的，「我」眼中變形的世界在藝術上都是真實的，「我」所敘述的、經見的所有異於「常人」世界的人與事都具有震撼人心的力量，因此，當「我」最後喊出「救救孩子」的時候，才能振聾發聵、警醒國人。設若《狂人日記》沒有前面的「楔子」，開篇即是「日記」正本中的「狂人」言行，這個「狂人」便來得過於突兀，在還是中國現代小說起點階段的「當時」恐怕難以達到同樣的藝術效果。因此可以說，正是藉助「余」和「我」這樣深淺疊加的雙層敘事結構，魯迅的《狂人日記》開啟了中國小說的現代化之路，也正是因為這個文言的「余」和白話的「我」的分立與並用，《狂人日記》才能鮮明地、標本式地象徵了中國小說敘事傳統由古典向現代的轉變。

　　然而，與《狂人日記》中的「余」和「我」的分立與對峙不同，《蛙》的深淺疊加的雙層敘事結構中的兩個「我」最終卻在小說的「第四部」開始並最終在「第五部」的劇本《蛙》中合二為一：劇作家蝌蚪從淺層敘事結構的講述走進軍官萬足始終處於深層敘事結構的生育故事中，蝌蚪與萬足從小說開始的同一人卻分處於淺層敘事層面中的「筆名」和深層敘事層面中的「真名」合而為之，伴隨著身分的合二為一的是「他們」原來分立的故事也逐漸合二為一：在故事正本

「第三部」中娶了「小獅子」為妻的「我」——退役軍官萬足，在「第四部」中因為小獅子「偷採了我的小蝌蚪，使陳眉懷上了我的嬰兒」[20]而當上父親，而在劇本《蛙》中，當為萬足和小獅子代孕的陳眉前來向劇作家蝌蚪討要自己生下的孩子金娃時，萬足和蝌蚪最終合二為一了。至此，原本深淺疊加的雙層敘事結構中兩個第一人稱限知敘述者「我」走進了劇本《蛙》中，變成了話劇舞臺上一個被全能敘述者敘述和表現的對象，蝌蚪從原來的敘述者一變而成為一個完全的舞臺人物，通過自己的言語行動向讀者展示自己的故事。

從以上的分析來看，「五封信」、「故事正本」和劇本《蛙》中的人物和故事呈現出虛實相間、深淺互動的互文性特徵，而作為主要敘述形式的書信中夾雜的話劇劇本和書信體故事正本中的「話劇化」傾向則是一種文體雜糅，此外，散點透視式的「省引敘述」加上小說中的「怪人」、「怪語」頻現（如秦河、郝大手、陳鼻和晚年「姑姑」及其言行）、間有意識流點染其間，使整部小說呈現出眾聲喧嘩、雜語交響的複調敘事的特點，這既是莫言對魯迅在《狂人日記》中開創的深淺疊加的雙層敘事結構的繼承和發展，也是對他自己早年在《天堂蒜薹之歌》、《酒國》和《四十一炮》中就已使用的文體雜糅和雙線敘事的發展和創新。

第三節　「三原則」之下的「罪」與「罰」書寫

莫言曾在《蛙》的「後記」中提出了一個自己創作的「三項基本原則」，即「在良心的指引下，選擇能激發創作靈感的素材；在我的小說美學的指導下，決定小說的形式；在一種強烈的自我剖析的意識引導下，在揭示人物內心的同時也將自己的內心祖露給讀者。」[21]我

---

[20] 莫言，《蛙》（上海：上海文藝出版社，2012年），頁247。
[21] 莫言，〈聽取蛙聲一片——代後記〉，《蛙》（上海：上海文藝出版社，2012

們不妨姑且將其簡單概括為「良心素材」、「形式美學」和「自我剖析」的莫言小說創作「三原則」。這其實是一個「寫什麼？」「怎麼寫？」和「用什麼樣的情懷去寫？寫什麼樣的情緒」的問題。我們不妨結合上述分析，對莫言創作的這「三項基本原則」在《蛙》中的體現做一個簡單的分析。

　　「寫什麼？」是每一個作家都最關心的問題，這直接決定了一個作家作品的思想深度和藝術品位。關於《蛙》的「素材」的敏感度，前文已有論及。「直面敏感問題是我寫作以來的一貫堅持，因為文學的精魂還是要關注人的問題，關注人的痛苦，人的命運。而敏感問題，總是能最集中地表現人的本性，總是更能讓人物豐富立體。」[22] 的確，莫言小說的主題選擇一直都有鮮明的現實性，從莫言真正意義上的第一部長篇小說《天堂蒜薹之歌》寫農村基層官民矛盾開始，到《酒國》對於「食」、「色」誤人誤國的擔憂，到《四十一炮》對「肉」與「欲」的炮火連天的轟擊，再到《蛙》對關係國族命運的生育和「計生」問題的關注，莫言始終對「人」、「人性」和「人的生存困境」等主題懷抱著濃烈的現實關懷情緒。他以「作為老百姓寫作」的姿態，為民「鼓與呼」，批判根深蒂固的小農意識，「哀其不幸，怒其不爭」，對民族文化根本中的劣根性因子進行深刻的、藝術的、毫不留情的批判，對於敏感但涉及全體大陸中國人的生育問題保持了24年的密切關注、深刻反思和認真書寫。對於《蛙》的選材原因，莫言曾說：「大陸的計畫生育，實行三十年來，的確減緩了人口增長的速度，但在執行這『基本國策』的過程中，確也發生了許多觸目驚心的事件。中國的問題非常複雜，中國的計畫生育問題尤其複

年），頁343。
[22] 莫言，〈聽取蛙聲一片——代後記〉，《蛙》（上海：上海文藝出版社，2012年），頁343。

雜,它涉及到了政治、經濟、人倫、道德等諸多方面。」[23]而正是因為生育和「計生」話題在當代中國語境中的敏感度和複雜性,它才幾成文學禁區,少有作家作品涉及。莫言對這一題材的長期關注正是因為他本身具有濃厚的現實關懷情緒和出色的文學表現力。

「怎麼寫?」是作家在確定了主題之後要認真考慮的形式選擇,作品的形式決定了一個作家作品的主題表現力和審美氣質。關於《蛙》的形式,莫言曾說過:「我是不滿足於平鋪直敘地講述一個故事的,因此,小說的第五部分就成了一部可與正文部分互相補充的帶有某些靈幻色彩的話劇,希望讀者能從這兩種文體的轉換中理解我的良苦用心。」[24]在《蛙》中,莫言採用書信體的結構模式和敘述方式,主要還是因為在創作該小說時,雖然社會上關於改革已經執行了20多年的「計生」政策的討論已經很熱烈了,但畢竟官方還沒有明確的關於政策變化的表態,即便是對其進行文學化的、藝術的處理也需要審慎地掌握尺度和分寸。因此,書信體的私密性、自我性、自由性、傾訴性和親切性都可以從某種程度上消解小說主題的敏感度,削弱對於涉及法理問題的過度闡釋和過度反應。從本文的分析來看,書信體、第一人稱限知視角敘事和散點透視的「省引敘述」的融合使用,使敘述者可以講述/記錄自己經歷過的以及聽來的、看到的、讀到的自己的或他人的故事,使敘述既有第一人稱限知視角敘述的親切、私密、可信,又有散點透視的立體多維、後知甚或全知敘述的特點,既有效拉開作者與敘述者的距離,又有利於敘述者代表作者把控敘事的節奏、品評人物的思想言行,既有利於作者更好地引導讀者理解其創作意圖,又避免讀者將故事人物對敏感的「計生」問題的態度

---

[23] 莫言,〈聽取蛙聲一片——代後記〉,《蛙》(上海:上海文藝出版社,2012年),頁342。

[24] 莫言,〈聽取蛙聲一片——代後記〉,《蛙》(上海:上海文藝出版社,2012年),頁342。

和觀點混淆等同為作者的個人觀點。

「用什麼樣的情懷去寫？寫什麼樣的情緒？」表徵著一個作家、一部作品的情感深度、道德高度和思想格局。莫言在《蛙》中寫了新中國的生育史，重點寫了計畫生育及其在實施過程中出現的「涉及到了政治、經濟、人倫、道德等諸多方面」的「許多觸目驚心的事件」[25]，寫到了男性的結紮、女性的種種避孕措施的推廣、墮胎（小月份胎兒的流產和大月份胎兒的引產）、部分政策執行者對「超生」人員的粗暴執法、各種鑽政策空子的借腹生子和代孕等許多與中國傳統生育觀念和道德倫理觀念相衝突的「計生」亂象，對這些社會問題的書寫需要巨大的勇氣和高度的藝術表現的自信，因此可以說，莫言是以一種對當代中國社會負責、為同代人畫像、為後代人留史的社會擔當和藝術良知進行《蛙》的創作的。在小說中，故事人物和故事敘述者的情緒是複雜多樣的：有因不解而產生的牴觸、有因不甘產生的反抗、有因不捨產生的哭鬧、有因生死產生的悲劇、有因執行政策產生的信念與怨念、有因道德譴責和倫理自責產生的懺悔與贖罪。堅決執法、鐵面無私的「姑姑」晚年生活在道德自責和懺悔贖罪之中：「一個有罪的人不能也沒有權力去死，她必須活著，經受折磨，煎熬，像煎魚一樣翻來覆去地煎，像熬藥一樣咕嘟咕嘟地熬，用這樣的方式來贖自己的罪，罪贖完了，才能一身輕鬆地去死。」[26]「姑姑」通過與姑父複製並供奉經自己的手流掉的那些嬰兒泥塑的方式來贖罪；「他們有罪，我亦有罪」[27]，「我」曾為了自己的前途斷送了前妻王仁美和她腹中孩子的性命，也曾和小獅子一起讓陳眉代孕並與他們合謀搶回了金娃，「我是真正的罪魁禍首」，「我」滿心希望用寫

---

[25] 莫言，〈聽取蛙聲一片──代後記〉，《蛙》（上海：上海文藝出版社，2012年），頁342。

[26] 莫言，《蛙》（上海：上海文藝出版社，2012年），頁339。

[27] 莫言，〈聽取蛙聲一片──代後記〉，《蛙》（上海：上海文藝出版社，2012年），頁343。

作來贖罪，卻發現「劇本完成後，心中的罪感非但沒有減弱，反而變得更加沉重」。[28]最後，贖罪無門的「我」發出振聾發聵、引人深思的自問：「沾到手上的血，是不是永遠也洗不淨呢？被罪惡糾纏的靈魂，是不是永遠也得不到解脫呢？」[29]這個疑問無疑會觸及每一個曾經歷過「計生」困惑的中國人靈魂深處的隱痛，「他人有罪，我亦有罪」？那麼，我的罪，該怎麼贖？「生人」之困帶來的「罪」與「罰」不僅導致了「人生」之難，它本身就是一種無可遁逃的「人生」之難。莫言在《蛙》中的確做到了「強烈的自我剖析」，而這正是其強烈的現實關懷情緒的自然傾瀉。

此外，《蛙》中的幾處文化象喻也是頗具深意的。小說及小說中的話劇均取名為《蛙》，在劇本《蛙》中，莫言曾借「蝌蚪」之口說明原因：「暫名青蛙的『蛙』，當然也可以改成娃娃的『娃』，當然也可以改成女媧的『媧』。女媧造人，蛙是多子的象徵，蛙是咱們高密東北鄉的圖騰，我們的泥塑、年畫裡，都有蛙崇拜的實例。」[30]簡言之，「蛙」是一種生殖崇拜的圖騰，象徵著民間對於多子多福的生活的祈望，以其來命名一部以計畫生育為主題的小說，恰是一個矛盾性的悖論，還有些許反諷的意味，此其一也；其二，「我確實怕極了青蛙。我一想到它們那鼓凸的眼睛和潮濕的皮膚便感到不寒而慄，為什麼怕？不知道。」[31]或許正是因為莫言對「青蛙」的莫名的恐懼與他要在小說中表現的「姑姑」和「蝌蚪」對不可救贖的罪過的恐懼具有某種相似性，他才將這部道德贖罪和人性反思之作命名為《蛙》。其他如萬足的筆名「蝌蚪」，既是「蛙」的幼體，又暗指男性的精子，是生育力的象徵，而名為「蝌蚪」的劇作家和妻子卻恰恰因為生

28　莫言，《蛙》（上海：上海文藝出版社，2012年），頁281。
29　莫言，《蛙》（上海：上海文藝出版社，2012年），頁282。
30　莫言，《蛙》（上海：上海文藝出版社，2012年），頁308。
31　莫言，〈聽取蛙聲一片——代後記〉，《蛙》（上海：上海文藝出版社，2012年），頁341。

育困難而找人代孕；小說人物多以身體部位命名，大概有眾人皆是手足的寓意吧，那麼因為計畫生育而引起的人際爭執與鬥爭，是否暗含了「手足相煎」的痛苦與無奈呢？

《蛙》描寫了「姑姑」在特殊時代和特殊意識形態操控下對於傳統生育觀和計畫生育的矛盾心態與內心掙扎：從最初「新式接生」的「送子娘娘」到進行「強制流產／結紮」的「計生」政策的堅決執行者再到晚年自認為「罪大惡極，不可救贖」的懺悔者和贖罪者。一個國家為了民族命運所進行的生育控制的罪與罰都重壓到一個婦科醫生兼「計生」工作者的身上，其對生育的態度、對於違反國家生育政策者的態度和晚年的反思與懺悔正是整個民族幾代人所經歷的痛苦掙扎和深刻反思的生動而典型的寫照。而對於「計生」時代的普通民眾而言，「生不生？」「生不生男孩？」和「生幾個」的問題是一種在計生語境中糾結於道德、倫理和「傳宗接代」的代際矛盾的人生困惑，是一個難題，因為所有的「生」和「不生」都是困擾。

《蛙》寫出了被傳統的生育倫理和現實政治意識形態擠壓、扭曲並異化的人性之「惡」，寫出了糾纏在一起的近四十年間當代中國人所經歷的「生人」之困和「人生」之難，是一部「描寫了人類不可克服的弱點和病態人格導致的悲劇命運」的「真正的悲劇」，是一部「具有『拷問靈魂』的深度和力度」的「真正的大悲憫」[32]之作。

32 莫言，〈捍衛長篇小說的尊嚴——代序言〉，《蛙》（上海：上海文藝出版社，2012年），頁3。

第八章 《生死疲勞》的「寄居敘事」 與視角疊加

　　從開始小說創作之初，莫言就表現出對「敘事物」（非人的敘事者）的高度興趣，在其早期的作品如《紅高粱家族・狗道》中被戰亂和飢荒野化的狗們和《球狀閃電》中的母牛「花花」和刺蝟「刺球」等「敘事物」，都是莫言借動物的視角來反觀人類的行為和思想、使其經歷故事並參與敘事的典型文例，這在當時是頗為新穎獨特的，研究者一般將其歸為「動物視角」來加以分析討論，視其為莫言在小說敘事視角上的一種創新與實驗。如果僅從這個意義上來看待莫言小說中的「敘事物」的「物視角」（非人視角）的話，即便是認可其在敘事上的實驗性和創新性，也仍然低估了莫言小說中這種敘事視角和人稱機制探索所具有的美學價值和意義，究其原因，是這種觀點只注意到了莫言所使用的這種敘事視角淺層的從「人」到「物」的變化與創新，卻沒有認識到其深層的「物的外形＋人的品性」的這種「亦人亦物」又「非人非物」的「人」與「物」的視角疊加和敘事情感與心態的重合與互補，從而也就忽略了莫言這種敘事探索在敘事美學上所具有的高度的創新價值和意義。

第一節 「物」敘事：「寄居」式「移情」型疊加視角

　　作家把「敘事物」（非人的敘事者）放置到小說敘事主人公的位置上，以「物」敘「事」，並悄悄在其身上灌注進人類的思想、情感和意識，乍看似是「動物視角」敘事或「擬人敘事」，但是，請注

意，這些「敘事物」的敘述視域與觀照範圍──其所敘述的故事的深度、廣度和高度雖符合其「物」（非人）的身分特徵卻又兼具「人」的情感溫度，是作者在「物」的外「殼」裡塞進一個寄居的「人」的精神內核，這個「人」的敘事情感和視域又受到「物」所屬物群特點的影響和限制，是一種典型的「借殼敘事」和「寄居敘事」。作者托「物」敘「事」言「情」，借用一種「非人」的「他者」的視角來講述某一個居於故事核心位置的人（或物）的故事，或者「借殼」來抒發胸臆，移己情入人情、移「人」情入「物」形，移一人／物之情入「他人／物」之形，使敘事主人公具有一種「借殼」的面具感或「寄居」的神祕感，是一種「移情敘事」，這與莫言在其早中期作品中的「我向思維敘事」及其主打的「我爺爺」、「我奶奶」等複合型人稱視角和類第一人稱敘事視角是大不相同的，是一種頗為典型的視角疊加，造成了一種「寄居」式「移情」型疊加視角，莫言較多地將其慣用的第一人稱或類第一人稱敘述視角與被「借殼」或被「寄居」的「他人／物」視角進行了敘事人稱指代功能的疊加和敘事視角閾值的重合和互補，從而使站在敘述者背後的作者在結撰故事、編織情節時獲得了在故事時間和敘事時間間游移騰挪和「隨意超越」的高度自由，這其實正是傳統「魔幻現實主義」敘事的精髓，但莫言通過這種「寄居」視角所創造的「移情敘事」實際上已經完成了對拉美傳統魔幻現實主義敘事及中國古典志異志怪小說敘事在敘事視角及其美學功能上的再造與超越，賦予了魔幻現實主義以「中國風格」和「莫言特色」，使其小說敘事中的敘事主人公都具有了細緻入微、立體豐滿、感人至深的藝術魅力，使其故事與故事人物都具有了獨特新穎的陌生化美學效果。

我們首先要辨識的是，莫言筆下的「寄居」「敘事物」不同於中國古典志異志怪小說中的狐靈鬼仙。在中國古代志異作家的認知中，這些「狐靈鬼仙」或苦修多年而得人形，或是人死而靈魂精氣不

滅，根於物而成／呈人形，具有完整的人的思維能力和思維模式，僅保留一點其成靈成仙前「物」的些微習性，如豬八戒「豬」的貪嗔蠢惰、孫悟空「猴」的急躁多動、狐仙每每藏不住的尾巴等，即便是這些殘留著的「物」的習性也還是志異作家們為了強化某些「人性」（「人」的社會屬性）中的「物性」（「人」的自然屬性）而著意設計出來的。通過閱讀，我們不難發現，中國古代志異志怪小說中的「狐靈鬼仙」多被作家置於全能敘事語境中，以第三人稱故事主人公或故事參與者的身分，被一個全知全能的敘述者所講述，在故事中，他們多被全能敘述者牽引著被動前行，在作家設計好的情節中扮演著故事人物的角色，其言行舉止和思維動向，皆需通過全能敘述者的敘述來呈現。

中國古典小說鮮有第一人稱內視角敘事的文本，也較少使用心理描寫，但志異志怪小說家們卻更多地偏愛描寫其筆下「狐靈鬼仙」的心理活動，這大概是因為作家們感受到其自身在人物形象塑造上的創新與突破，知其與既有敘事傳統中的人物「和而不同」──同具人性、卻另有動物性。正是這些關於「狐靈鬼仙」的心理描寫，使中國古典小說敘事出現了從全能敘事向人物內聚焦敘事和散點透視式敘事轉變的萌芽，使故事人物被賦予了以主動呈現自我內心世界和思想形態來參與故事進而推動故事情節發展的能力，這種轉變給中國古典文學在敘事精神和人物形象塑造上帶來了新變，也產生了輝煌的巨著，《聊齋志異》、《西遊記》、《封神演義》和諸多筆記小說中的志異志怪短篇佳作等皆屬此類。我們不妨暫且將這些「狐靈鬼仙」概括為「被敘述的人形人性物靈」，他們由「物」而「人」，是被敘述的、具有了人形和人的行為能力和思維方式的物靈，多為被敘述的故事參與者，個別因作家自覺的、在敘事上創新求變的需要，在心理描寫中被賦予了「自曝」內心世界的敘述權力，並以一種異於全能敘述者的聲音部分地參與故事的敘述，這是內聚焦敘事和散點透視式敘事的雛

形，但中國古典小說家們的探索僅止於此，沒有賦予這些「狐靈鬼仙」更多的敘述權力。這種志異志怪小說「人＋物」式的敘事模式的當代啟動、轉型與創新是由莫言完成的。

第二節　從擬人到「物＋人」的身分疊加

　　前文已有專章討論過莫言發表於《收穫》1985年第5期上的中篇小說《球狀閃電》的敘事結構和敘事視角，有一點再重複一下，在《球狀閃電》中，刺蝟「刺球」和奶牛「花花」被作家拉入敘事圓環，承擔起從他們的視角講述他們作為動物所經見的故事片段的敘事任務，他們與蝈蝈、毛豔等內聚焦「人」視角敘述者一樣，是多視角散點透視的兩個透視「點」，是純粹的「動物視角」，是被作家擬人化了的作為故事參與者和經歷者的內聚焦「物」視角敘述者，這種視角在中國文學自身的敘事傳統及作品發表的「當時」雖已非常新穎獨特，但與西方現代派小說敘事視角的「現代性」和「先鋒性」相比，還是較為「傳統」的。

　　我們再看發表在《十月》1986年第4期上的中篇小說《狗道》，這篇小說是《紅高粱》故事的延續，是「紅高粱家族」系列中篇小說的第三部，莫言以第三人稱全能敘事視角講述了抗日戰爭中因為日本人的野蠻屠殺使高密東北鄉人口銳減，「我」家紅、綠、黑三條狗帶領周邊村子裡的群狗變成了以吃人肉為生的野狗，「我」的「父親」、「母親」和他們的小夥伴們與吃人的狗群之間展開了生死搏鬥，原本是人類的馴良朋友的狗們恢復了野性，並在動物的野性之外具有了「人性」思維能力，在形容「狗性」時，作家使用了通常用來形容「人性」的文辭，如「群狗心事重重，躍躍欲試」[1]、「我家的

---

[1]　莫言，《紅高粱家族》（海口：南海出版公司，2000年），頁207。

紅狗、黑狗和綠狗都不動聲色，互相用眼角瞥著，狹長的臉上掛著
狡猾的笑容」[2]、「綠狗隊裡一個厚顏無恥、生著兩片厚唇、鼓著兩
隻魚眼睛的公狗──它生著一身藍黃夾雜的狗毛──竟然大膽調戲
紅狗隊裡與狗隊長關係異常密切的一隻漂亮的花臉小母狗」[3]、「黑
狗站在它昔日的兩個夥伴之間，和事佬般地叫了一聲」[4]等，這時的
「狗」們，雖仍只是被全能敘述者所講述、描述的故事參與者，但
是，它們已經具有了「狗性」和「人性」的疊加，具有了人的思維能
力，我們可以說這是一種擬人化的寫法，但是，細心的讀者會發現，
作家在描寫狗的心理活動和狗與人之間的對峙關係時寫道：「紅狗知
道，與它們作對的，是幾個刁鑽古怪的小人兒，其中一個，還模模
糊糊地認識，不幹掉這幾個小畜生，狗群就休想安享這滿窪地的美
餐」[5]，「它剛剛迂回到窪地後邊，看到掩體裡那幾個指手畫腳的小
人時。就聽到窪地前的狗道上響起了手榴彈的爆炸聲。它心中驚悸不
安，見狗群中也慌亂起來；這種殺傷力極大的黑色屎殼螂，使所有的
狗都膽寒。它知道，如果自己一草雞，就會全線崩潰」[6]。這些對於
狗的心理活動的描寫，看似是作者使用了全能視角在敘述故事、進行
心理描寫，但其實已經具有較為明顯的內聚焦敘事的特點，「狗」的
視角的方向性已經在引導讀者的閱讀，儘管這種引導是比較隱蔽的，
但作者已經在有意無意地、零星地向被敘述的「狗」讓渡敘述的權力
了，至少是藉助狗的意識流動在推動故事了；而且，狗身上的「人性
＋物性」使其初步具有了「人＋物」的感知能力和一點微弱的「人」
與「物」相疊加的敘述視域。說得遠一點，作家是在寫日本人與中國
人的戰爭、中國各派勢力之間鬥爭的背景之下，寫了《狗道》來寫人

[2]　莫言，《紅高粱家族》（海口：南海出版公司，2000年），頁207。
[3]　莫言，《紅高粱家族》（海口：南海出版公司，2000年），頁208。
[4]　莫言，《紅高粱家族》（海口：南海出版公司，2000年），頁208。
[5]　莫言，《紅高粱家族》（海口：南海出版公司，2000年），頁212。
[6]　莫言，《紅高粱家族》（海口：南海出版公司，2000年），頁212。

與狗的對峙與鬥爭、狗群與狗群之間的鬥爭，這似乎可以理解為一種對人類動物性、獸性的一種極為形象的喻指：在民族存亡的鬥爭之中，「人」被殘酷的戰爭「物」化、「獸」化、「異化」了，「人」變成了「獸」，正如曾經的家犬變成了吃人的野獸。同時，極具諷刺意味的是，原本是人類朋友的狗在野性回歸的同時，居然也具有了人性。人耶？獸耶？殊難分辨！這是多麼深刻的比擬。

在同年發表於《昆侖》第6期上的《奇死》中，莫言寫到了另外一種來自中國民間文化傳說中的「人」「物」交混：彌留之際的二奶奶被曾把她魅住又被她打死的黃鼠狼借屍還魂了，被打死的黃鼠狼陰魂不散，借二奶奶之口「通說」，「在綠色燈光照耀下的二奶奶的臉，已經失去了人類的表情」，「這聲音根本不是二奶奶的聲音，倒像一個年過半百的老頭。」[7]這個情節在敘事的手法上倒是沒有什麼特別之處，所以要舉列出來，是想以此來旁證一下莫言對於「人」與「物」結合的熱衷。同樣的例子，還有如莫言筆下的「鳥人」：《球狀閃電》中每天晚上在酒鋪裡往自己身上粘羽毛、嘴裡叫著「我要飛」的、「似鳥非鳥似人非人的怪物」「鳥老頭」[8]，是一個生而為「人」卻夢想者能夠像鳥兒一樣飛翔的「怪人」，一個有著由「人」而「物」的理想的「怪人」；《豐乳肥臀》中的「鳥仙」三姐因吃了一隻肉味鮮美的大鳥肉而具有了「鳥仙」的神通，能未卜先知、懸壺濟世，而且，在外形上當「她完全進入了鳥仙狀態的時候，她鼻子彎曲了，她的眼珠變黃了，她的脖子縮進了腔子，她的頭髮變成了羽毛，她的雙臂變成了翅膀」[9]，但當「她舞動著翅膀，沿著逐漸傾斜的山坡，鳴叫著，旁若無人，撲向懸崖」[10]時，這個有著神通的「鳥

---

[7]　莫言，《紅高粱家族》（海口：南海出版公司，2000年），頁366。

[8]　莫言，〈球狀閃電〉，《莫言文集·白棉花》（北京：當代世界出版社，2003年），頁438。

[9]　莫言，《豐乳肥臀》（北京：當代世界出版社，2003年），頁180-181。

[10]　莫言，《豐乳肥臀》（北京：當代世界出版社，2003年），頁181。

仙」卻沒能真的飛起來，「等我們清醒過來時，她已在懸崖下翱翔
——我寧願說她是翱翔，而不願說她墜落。懸崖下的草地上，騰起一
股細小的綠色煙霧」，她「落地時發出了清脆的聲音，好像摔碎了一
塊玻璃」[11]，「鳥仙」摔死在懸崖下了，這是一個把「翱翔」的夢想
誤當成了現實而死於夢想的「鳥人」。這兩個「鳥人」，「鳥老頭」
受盡了白眼，「鳥仙」受到世人尊重，但卻都是因為「生命中不能承
受之重」而被動地生發出了精神上「翱翔」的理想，這是一種精神病
態之下想要逃離殘酷現實和生存困境的理想，是一種被生活的重壓所
壓抑出來的人的「異化」了的理想。

真正「翱翔」起來的「人」，是發表於1991年的短篇小說《翱
翔》中的燕燕，這是一個被母親逼著為哥哥「換親」的可憐女子，她
「容長臉兒，細眉高鼻，雙眼細長，像鳳凰的眼睛」，有著「修長
的雙臂、纖細的腰肢」和「超出常人的美麗」[12]，被迫嫁給「四十歲
了，一臉大麻子」的「高密東北鄉著名的老光棍」[13]洪喜。洞房之日
才初見洪喜的燕燕「看到了洪喜的臉，怔怔地立住，半袋煙工夫，突
然哀嚎一聲，撒腿就往外跑」[14]。被洪喜的長相嚇壞了的燕燕，在悲
苦的「換親」命運面前，選擇了「跑」，她想逃離苦難，但是，沒有
人同情這個不幸的弱女子，反倒覺得「跑了新媳婦，是整個高密東北
鄉的恥辱。男人們下了狠勁，四面包抄過去」[15]，被圍追堵截的燕燕
卻突然「揮舞著雙臂，併攏著雙腿，像一隻美麗的大蝴蝶，嫋嫋娜娜

[11] 莫言，《豐乳肥臀》（北京：當代世界出版社，2003年），頁181。
[12] 莫言，〈翱翔〉，《莫言文集·白狗秋千架》（北京：當代世界出版社，2003年），頁417。
[13] 莫言，〈翱翔〉，《莫言文集·白狗秋千架》（北京：當代世界出版社，2003年），頁417。
[14] 莫言，〈翱翔〉，《莫言文集·白狗秋千架》（北京：當代世界出版社，2003年），頁418。
[15] 莫言，〈翱翔〉，《莫言文集·白狗秋千架》（北京：當代世界出版社，2003年），頁418。

地飛出了包圍圈」，「落在墓田中央最高最大的一株老松樹上」[16]，引來全村人和「鄉公安派出所的員警」一起想盡辦法要把「會飛」的燕燕弄下來。最後，員警把燕燕兩箭射下，故事至此結束。作為故事主角的燕燕，是一個婚嫁陋習導致的人間悲劇的犧牲者，在小說中自始至終沒有說一句話，甚至也沒有關於燕燕的心理描寫，她只是作為一個被全能敘述者講述的可憐女子，她的「翱翔」無疑只存在於作家的虛構性想像中，是一種藝術層面的真實，是莫言學習西方現代派小說技法和中國古典志異志怪小說人物形象塑造模式的一次嘗試。那個「翱翔」的、「沉默」的燕燕，是一個無聲的控訴者，是莫言筆下最早的由「人」而「物」的被「異化」的「人」。在《翱翔》中，她只是一個被「遠觀」、被敘述的故事人物，還沒有從自己的視角參與故事的敘述。在這個人物身上有明顯的模仿卡夫卡的《變形記》的人物形象塑造手法的痕跡，作家要借其表現的也是「人」在生存困境中的「異化」主題。

從比較純粹的擬人化的動物視角，到逐漸清晰明瞭的「物＋人」的故事人物的身分疊加的變化，體現出莫言表達人性關懷的力度與角度的與眾不同。在西方現代派小說人物塑造方法和人文關懷方式的影響下，莫言在其早年作品中塑造了多個兼具「人性」和「物性」的故事人／物，使其具有更寬廣的藝術承載力、更深刻的現實批判力和更濃郁的人文關懷感染力。還有一點需要強調，這些人／物身上的「人性」與「物性」既不以善惡區分，也不是簡單的善惡相加，既非「雜取種種，合成一個」的純粹人性的拼貼，也不是單一的「牛頭馬面」的獸性組合，而是一種基於身分疊加的人物審美內涵和外延的拓展，因而具有了複雜多義、朦朧多解的藝術魅力。這是莫言在人物形象塑造上的創新，也是其此後小說敘述者視角疊加和視域擴展的基礎。

---

[16] 莫言，〈翱翔〉，《莫言文集・白狗秋千架》（北京：當代世界出版社，2003年），頁419。

第三節 「寄居敘事」：「人」與「物」的視角疊加和視域擴展

與卡夫卡的《變形記》和中國古典神幻小說如《西遊記》等中的核心人物相比，《生死疲勞》中的人物兼具故事敘述者和參與者的身分。哪怕僅從故事人物的身分及其形象意義來看，《生死疲勞》中的人物也別具風采。《西遊記》中的悟空、八戒和各色妖魔鬼怪等在外形上是「人」、「物」一身，是一種想像中的「人」與「物」的肢體雜合，在精神氣質上或是「人形物性」，或是「物形人性」，但多兼具「人性」和「物性」，每個人物都因此在審美內涵和外延上具有更高的象徵性和更廣的指代性，但是，他們的形象一旦確立，就少有變化，在故事裡，他們的言行思維會順著他們既有的性格模式生發，而不會有明顯的或突然的改變，甚至讀者在閱讀故事時能根據作家設計的情境對他們的言語行動作出大致的預期，作家對這些人物的言語行動和內心活動的描述，基本上都是全能敘事，他們就像作家手中的提線木偶，按照既定的性格路數在相對模式化的故事軌跡上作慣性滑行。

《變形記》中的格里高爾因受到生活工作的重重擠壓而變異為一隻「甲蟲」，由「人」而「物」，外具「物」形而內保「人」性。作為一個故事人物，他始終把自己關在屋子裡，與其他故事人物的互動，限於隔著房門的言語對話和對往事的追憶，沒有與其他人物面對面的言語交際和肢體互動。作為一個故事人物，變成甲蟲之後的格里高爾是自我隔離的，他的故事始於「變形」，也止於「變形」，卡夫卡要表現的不是高潮迭起、人物繁多、波瀾壯闊的矛盾衝突或情節複雜多變的故事，而是人在現代社會重壓下的「變形」和「異化」主題，格里高爾這一人物形象的生動性來自其複雜的心理活動而非被置

於「衝突」之中的人際互動。因此，對「變了形」的格里高爾而言，甲蟲的外殼體現了他在重壓面前隱藏自己、保護自我的逃避和自閉心理，雖然甲蟲的外殼讓他在行動上不自由，但在精神和心理上，他始終是一個完整的、完全的現代人，他在外形上被動地由「人」而變成了「蟲」，但在心理上，他倔強地保持著「人性」，在他身上基本沒有「人性」與「物性」的疊加。在敘事上，卡夫卡既讓一個全能敘述者來講述格里高爾的「變形」故事，又使用內聚焦來展現其內心豐富而湧動的焦慮，不管何時，他都是「物形人性」，對於甲蟲的外殼，他時時感受到的是不便、懊惱和恐懼，「物形」——甲蟲的外形與「人性」——人的品性在他身上基本是分離的。

　　和《球狀閃電》的敘事圓環相似，《生死疲勞》中西門鬧的故事也是一個敘事圓圈，小說的敘述始於大頭兒藍千歲的一句「我的故事，從1950年1月1日講起」[17]，在經歷了「驢折騰」、「牛犟勁」、「豬撒歡」、「狗精神」和「廣場猴戲」後，又回到並終於這句「我的故事，從1950年1月1日講起」[18]。所不同的是，《球狀閃電》的敘事圓環中的各故事片段和不同環節，是由不同的敘述者兼故事參與者或見證者分別從自己的角度、以自己的視角來講述的，是典型的多重話語（分述式）散點透視的敘事模式，故事的敘述者展開敘述接力，敘述權交替更迭，同時，因為敘述者的立場、角度和所處敘事時間和故事時間的不同，由不同敘述者講述出來的故事也呈現出「雜語交響」的複調敘事特徵，不同敘述者的聲音在立體化了的敘事時間之中相互對話、詰難和質辯，從而使故事呈現出多解、歧義的話語矛盾和敘事張力，從而更好看耐讀。《生死疲勞》中的故事主人公西門鬧經歷了驢、牛、豬、狗、猴和大頭兒的六道輪迴，看似是在不停地轉換身分講述從西門鬧到大頭兒藍千歲的輪迴故事，中間還夾雜著一個全

---

[17]　莫言，《生死疲勞》（北京：作家出版社，2012年），頁3。
[18]　莫言，《生死疲勞》（北京：作家出版社，2012年），頁571。

能敘述者的聲音，但從敘述者的精神氣質來看，就只有一個核心敘述者——西門鬧，他的精魂不滅，在六道輪迴中轉世投胎六次，「寄居」在驢、牛、豬、狗、猴和大頭兒的皮囊裡，經歷並講述自己的故事，故事表面的敘述者是大頭兒藍千歲，但在整個故事的敘事圓環中，是西門鬧的精魂所寄居的那些人／物從自己的角度在講述其被西門鬧的精魂「寄居」時段的故事。故事的敘述者隨著故事的推進變換著不同的「物形」，但「寄居」在其體內的「人性」——西門鬧的人性是始終未曾有大變化的，只不過隨著「物形」的變化而在西門鬧的「人性」之外又附加了與其「寄居」的「物形」對應的「物性」，這就有了所謂的「驢折騰」、「牛犟勁」、「豬撒歡」和「狗精神」，從而使得故事的敘述者外具「物形」——驢、牛、豬、狗、猴和大頭兒——而內保「人性」，保留了故事核心「人」西門鬧的記憶和思維能力，同時又兼有「物性」——驢的「折騰」、牛的「犟勁」、豬的「撒歡」和狗的「精神」。當敘述者「寄居」在驢、牛、豬、狗、猴的皮囊裡時，他是融入該物群、並與其周圍的「人／物」互動的，又因不斷在六道中輪迴，出入陰陽兩界，深度體驗了人情、物情的冷暖，以「物形」行於世間而兼具「人性」、「物性」和「人姓」（如西門驢、西門牛、西門豬等稱謂），是「物形＋人性＋物性」的視角疊加和視域雜合的敘事混合體。

第四節 《生死疲勞》：視角疊加中的三線敘事與「對話敘事」

《生死疲勞》的主體性敘事基本上都是以第一人稱「我」的視角展開的，但是這個「我」是隨著西門鬧的「生死疲勞」故事及其敘事脈絡的變化而變化的。《生死疲勞》中有三條敘事線和三個「我」：第一條敘事線上的敘述者「我」，是化身大頭兒藍千歲的西門鬧的精

魂──一個矛盾的、糾結於陰陽兩界、人畜之間的寄居敘事者，這個「我」對敘述對象另一個「我」藍解放講述西門鬧的精魂轉世寄居在驢、豬、狗體內時所經歷的故事，故事的顯在敘述者是西門鬧轉世投胎所生的大頭兒藍千歲，但故事的經歷者卻是「寄居」的西門鬧的精魂，在講述西門鬧轉世為驢、豬、狗時，「我」就不再是藍千歲，而是西門驢、西門豬和西門狗，其敘述視域和知域就是「物形＋人性＋物性」的視角疊加和視域雜合，即「驢／豬／狗的外形＋西門鬧的人間情感和記憶＋驢／豬／狗的習性與思維方式」，或者說在這條敘事線上，當敘述者的聲音出現時，「我」是「藍千歲」，當故事經歷者的聲音出現時，「我」是「西門驢／豬／狗」，在這條敘事線上還有一個顯在的敘述對象，即另一個「我」藍解放──藍千歲所敘述故事的聽眾。

在這條敘事線上，西門鬧記憶中他作為人時所經歷的故事與其死後不屈不滅的精魂「寄居」在不同的「物體」之中所經歷的故事是交織在一起的。從「1950年1月1日」起，被槍決的西門鬧經過六道輪迴，寄居在驢、牛、豬、狗、猴和大頭兒的體內，「雖死猶生」地經歷著「人世」與「畜類」、陽界與陰間的故事，他在「人」的不甘與怨憤之中回憶往事，又在驢、豬、狗的生涯中經歷著「折騰」、「撒歡」和「精神」，掙扎在「過去」與「現在」、「人」與「畜」、怨與怒之間，他始終在輪迴裡掙扎，時而「人」的記憶復活，時而「畜」性大發，「儘管我不甘為驢，但無法擺脫驢的軀體。西門鬧冤屈的靈魂，像熾熱的岩漿，在驢的軀殼裡奔突；驢的習性和愛好，也難以壓抑地蓬勃生長；我在驢和人之間搖擺，驢的意識和人的記憶混雜在一起，時時想分裂，但分裂的意圖導致的總是更親密地融合。剛為了人的記憶而痛苦，又為了驢的生活而歡樂。」[19]大頭兒藍千歲以

---

[19] 莫言，《生死疲勞》（北京：作家出版社，2012年），頁19。

追憶性視角使用第一人稱「我」來講述其從西門鬧到驢、豬、狗的輪
迴中所經歷的故事，這個「我」是寄居在不同軀殼裡的西門鬧的精
魂，其在具體故事中的形體，時而是西門鬧，時而是西門驢、西門豬
或西門狗。在藍千歲的敘述之中，西門驢、西門豬和西門狗的故事時
間雖有先後，但都是按照順時序有序推進的，並無明顯交叉與互動，
但這三段故事卻都各自與西門鬧的故事構成一種交叉、互動和對話的
關係。如果說大頭兒藍千歲敘述故事的時間是「現在時」，即敘述時
間是「現在」，那麼，西門驢、西門豬、西門狗的故事時間就是「過
去時」，而西門鬧的故事時間則是「過去的過去」，即「過去完成
時」。寄居在驢、豬、狗的軀殼裡的西門鬧的精魂不時地從「過去」
跳回到「過去的過去」，不斷喚醒其作為人——西門鬧——時的記憶
和記憶裡的人事，不斷進行著「人」——西門鬧和「物」——驢、
豬、狗的視域和知域疊加，從而有效地呈現了時代、社會和人事變遷
之中人的情感、性格和命運的變化。小說中西門鬧的妻妾子女及長工
藍臉、義子黃瞳等人的性格、命運在時代浪潮中的變化對其自身來說
或是無奈之舉或是自然而然的事，但對於保有前世記憶卻不得不寄居
在動物體內的西門鬧的精魂而言，卻是多麼傷情、傷心和絕望的事，
這樣的情節安排、人物關係的結構和敘述視角的使用就使得小說人物
形象所具有的審美內涵和情感能指更為寬廣博大，也因此更多地刻上
了時代變遷的印記，而且這種印記的刻畫方式也是非常巧妙而不著匠
氣的。

　　《生死疲勞》的第二條敘事線是「我」藍解放所敘述的西門牛
的故事。在這條敘事線上，「我」藍解放是以一個頑固單幹戶藍臉的
兒子的身分作為第一人稱敘述者來講述其曾經歷並見證過的西門鬧寄
居在「西門牛」體內時的故事。「我」藍解放以一種「後知後覺」的
語調和情緒追憶並對「你」藍千歲講述圍繞西門牛所發生的故事，藍
千歲是西門牛故事的受述者。在這條敘事線上，因為西門鬧對其為

「人」時的記憶超出了敘述者「我」藍解放的視域和知域範圍而暫時隱退。敘述者「我」藍解放的「後知後覺」是指「我」藍解放在敘述故事時已經知道坐在「我」對面、聽「我」講述西門牛故事的大頭兒藍千歲其實就是經歷了六道輪迴、保有其輪迴記憶的「西門鬧」的轉世，在小說「第十二章　大頭兒說破輪迴事　西門牛落戶藍臉家」的開頭，就有一段「我」藍解放和大頭兒藍千歲關於其由驢轉世為牛的對話，之後「我看看那顆與他的年齡、身材相比大得不成比例的腦袋，看看他那張滔滔不絕地講話的大嘴，看看他臉上那些若隱若現的多種動物的表情，——驢的瀟灑與放蕩、牛的憨直與倔強、豬的貪婪與暴烈、狗的忠誠與諂媚、猴的機警與調皮——看看上述這些因素綜合而成的那種滄桑而悲涼的表情，有關那頭牛的回憶紛至遝來……」[20]，而「我」藍解放「現在」是在和大頭兒藍千歲一起通過回憶講述「西門牛」「過去」的故事，是敘述者「我」——四十年前的藍解放和受述者「你」——大頭兒藍千歲的前世西門牛曾經一起經歷過的故事，「儘管現在我是個五十多歲的老男人，而你只是個年僅五歲的兒童，但退回去四十年，也就是1965年，那個動盪不安的春天，我們的關係，卻是一個十五歲少年與一頭小公牛的關係」[21]，在這裡，「我」藍解放既是西門牛故事的敘述者又是經歷者，只不過作為西門牛故事經歷者的「我」藍解放和西門牛故事敘述者的「我」藍解放在「故事」和「敘述」兩個層面上的年齡發生了變化，從「十五歲少年」到「五十多歲的老男人」，而作為西門牛故事受述者的大頭兒藍千歲和作為西門牛故事經歷者的西門牛則在前後發生了形體上的變化，一個是五歲的兒童，一個是一頭公牛，維繫其前後精神氣質層面上的一致關係的是西門鬧不死不滅的精魂及其關於前生今世的記憶，因此，「我」藍解放在向「你」大頭兒藍千歲講述西門牛的

[20]　莫言，《生死疲勞》（北京：作家出版社，2012年），頁99。
[21]　莫言，《生死疲勞》（北京：作家出版社，2012年），頁106。

故事時，不時地向「你」求證「你」作為牛的「當時」的「思想」和「情緒」，如「這時，我們聽到，從我家的牛棚裡傳出來一種奇怪的聲音，像哭、像笑、又像歎息。這是牛發出的聲音。你當時，到底是哭、是笑、還是歎息？」[22]「——事情也許沒這麼複雜，大頭兒藍千歲道，也許我當時是被一口草卡住了喉嚨，才發出了那樣古怪的聲音」[23]，西門牛的故事就在這樣的對話式敘述中鋪陳開來，這就在「我」講故事給「你」聽之外，增加了一種「你」反過來會與「我」討論故事的進程與細節、參與故事情節的結撰，構成一種頗為奇異的敘事互動的景觀，而這種敘事互動是頗具魔幻現實主義色彩的。另外，頗值得注意的是「牛犟勁」這段文本中的時間張力，作為西門牛故事敘述者的「我」（五十多歲的藍解放）的敘述時間和作為故事受述者大頭兒藍千歲的受述時間是一致的，是「現在時」，而作為西門牛故事參與者的「我」（少年藍解放）的故事時間與西門牛故事的主角西門牛的故事時間是一致的，是「過去時」，這兩種時態在「故事」與「敘述」之中是交織在一起的，是一種時而對立時而對話的關係，是一種以殘酷的時間落差來映照人生的無奈與命運的無情的「時間拼貼法」，這是莫言在《紅高粱家族》中就已經運用純熟了的敘事手法。

在追憶西門牛的故事時，敘述者「我」藍解放的敘述都是基於其在故事發生的「四十年前」的「當時」和講述故事時的「現在」的所聞、所見、所思、所感。西門牛雖仍是故事的主角和敘述所圍繞展開的核心，但其作為西門鬧的精魂所寄居的動物母體的思想、感覺和感情卻因受敘述者「我」藍解放的視域和知域限制而無法呈現，如果確有需要，敘述者「我」會採用上述臨時停止敘述、向大頭兒求證的方式來做必要的補充。那麼，我們不禁要問，作者為什麼要在「第二

---

[22] 莫言，《生死疲勞》（北京：作家出版社，2012年），頁156-157。
[23] 莫言，《生死疲勞》（北京：作家出版社，2012年），頁157。

部　牛犟勁」裡使用這樣的敘述方式呢？細究其原因，恐怕是因為作者在這一部分裡要重點呈現的是在西門牛故事的時間段裡發生的「人事」——人民公社化過程中和「文化大革命」期間藍臉所經歷的「單幹」的堅守與焦慮以及「運動」中的人們在特殊的年代裡所經歷的命運與人生的突變——而非「物情」——西門牛的思想和情感。西門牛的經歷變成了動盪的「人間」故事的陪襯，西門金龍毒打燒死西門牛的場景正生動地表現了其作為「人」被政治高壓擠壓而極度扭曲變態的心理，西門金龍被政治逼到了命運的死角，當他把對「人」的仇恨轉嫁傾瀉到一頭牛身上時，他作為「人」已經被「異化」得完全「非人」了！而要表現此時「人」的無助、焦慮、苦悶和悲憤，「人」——「我」藍解放、單幹戶藍臉的兒子、經歷了人生大起落大波折的西門金龍的重山兄弟——的視角無疑會比西門牛的視角更具有情感體驗和思想生發上的優勢和更強烈的歷史感、真實感和引領讀者情感代入的親歷感。關於這一點，我們只需要讀一讀莫言蘸著血淚寫下的幾段文字就不難體會他借西門金龍打牛來寫人世悲辛、譴責並悲憫經歷了苦難卻又無比殘忍的「人」的良苦用心，「金龍是那樣的變態，那樣的兇狠」[24]地打牛燒牛，是因為「他把自己政治上的失意，被監督勞動的怨恨，全部變本加厲地發洩到了你身上」[25]，他打牛，「牛身上，鞭痕縱橫交叉，終於滲出血跡。鞭梢沾了血，打出來的聲音更加清脆，打下去的力道更加兇狠，你的脊梁、肚腹，猶如剁肉的案板，血肉模糊」[26]，他燒牛，「牛的皮肉被燒焦了，臭氣發散，令人作嘔，但沒人嘔。西門牛，你的嘴巴拱到土裡，你的脊梁如同一條頭被釘住的蛇，撐著，發出啪啪的聲響。……嗚呼，西門牛，你的後半

---

[24] 莫言，《生死疲勞》（北京：作家出版社，2012年），頁194。

[25] 莫言，《生死疲勞》（北京：作家出版社，2012年），頁194。

[26] 莫言，《生死疲勞》（北京：作家出版社，2012年），頁196。

截，已經被燒得慘不忍睹了。」[27]對這樣的施暴場面的描寫和敘述，無疑是需要「人」的視角的，也正是藉助「人」的視角，在描述完這樣頗具象徵意味的人間慘劇時，莫言才能借敘述者之口發出了止暴的呼喊：「人們，不要對他人施暴，對牛也不要；不要強迫別人幹他不願意幹的事情，對牛也不要。」[28]

　　另外，值得注意的是《生死疲勞》中不同敘述聲音間的對話與互動，這種對話與互動既存在於第一人稱敘述者「我」藍千歲所敘述的「第一部　驢折騰」、「第三部　豬撒歡」和第一人稱敘述者「我」藍解放所敘述的「第二部　牛犇勁」的故事之間，也更明顯地存在於「第四部　狗精神」的敘述之中。在第四部裡，第一人稱敘述者「我」時而是五十多歲的男人藍解放（在故事時間裡是醞釀、經歷婚變時的藍解放），時而是五歲的大頭兒藍千歲（在故事時間裡是西門鬧的精魂所寄居的西門狗），這兩個第一人稱敘述者分別從其各自的視角依次隔章講述了其在同一故事時間裡作為正在經歷婚變的藍解放和西門狗所經歷的自己的故事及其見證的對方為人／為狗的故事。藍解放的婚變故事和西門狗的故事通過這兩個第一人稱敘述者的「互動式」隔章敘述相互交織、糾纏在一起，構成一種互補、互證和對話的關係。這兩個敘述者的敘述甚至在小說的「第五十二章　解放春苗假戲唱真　泰岳金龍同歸於盡」中發展成為一種直接的「對話敘述」，兩個原本就「對坐」著輪流講故事給對方聽的敘述者直接通過「你一言我一語」的「對話」共同敘述了一段頗為離奇的出殯活劇和爆炸慘案，這一章的故事主角是藍解放，核心故事是藍解放與龐春苗驚世駭俗的愛情故事，「對話敘述者」之一的「我」藍解放自曝了其隱祕的情感歷程和思想變化，而「對話敘述者」之二的西門狗則以一個兼有西門鬧的思維能力和狗的行為、感覺能力的「人＋物」的疊加視角對

27 莫言，《生死疲勞》（北京：作家出版社，2012年），頁198。
28 莫言，《生死疲勞》（北京：作家出版社，2012年），頁197。

其所經見的藍解放的情事和婚變中的其他當事人如藍解放的妻兒等的言語動作作了補充性敘述，彌補了「我」藍解放第一人稱敘述視角的視域和知域限制的不足，使其婚變故事變得完整、豐富、立體，既有當事人敘述的親歷、親感、親見的真實生動，又有旁觀者敘述的客觀與冷靜，更何況這位旁觀的敘述者還是「寄居」了西門鬧的精魂的西門狗的再轉世——藍千歲呢？

　　《生死疲勞》的第三條敘事線是由大頭兒藍千歲在其敘述中反覆提及並多次引用的故事人物、小說家「莫言」寫的14篇小說以及「莫言」以第一人稱全能敘述視角講述的「第五部　結局與開端」中的故事。在藍千歲的敘述中，多次提到故事人物兼小說家「莫言」寫的《苦膽記》、《養豬記》、《新石頭記》、《復仇記》、《後革命戰士》、《辮子》、《圓月》、《太歲》、《人死屁不死》、《方天畫戟》、《黑驢記》、《杏花爛漫》、《撐杆跳躍》和《爆炸》等14篇小說，其中《太歲》、《黑驢記》、《養豬記》、《杏花爛漫》和《撐杆跳躍》等5篇的內容以引文的形式出現在小說文本中，其他篇什的內容則由敘述者藍千歲根據其敘述的需要作簡要概述。這些篇名除《爆炸》確是現實中的作家莫言創作的中篇小說外，其他均是敘述者藍千歲杜撰出來的「莫言小說」，究其功用有二：其一，對敘述者藍千歲的敘述進行某一方面的故事細部或人物情感方面的補充，主要還是借「莫言」這一故事人物的視域和知域來彌補藍千歲經歷故事時的動物視角視域與知域的不足，從而使故事完整、人物情感自然豐滿；其二，敘述者藍千歲在引述「莫言小說」的故事片段時，總是在質疑或論證其小說敘述的虛假和不可靠，如在提到「莫言小說」《苦膽記》時，他說：「他小說裡描寫的那些事，基本上都是胡謅，千萬不要信以為真」[29]，又如：「莫言從小就喜歡妖言惑眾，他寫到小說

---

[29] 莫言，《生死疲勞》（北京：作家出版社，2012年），頁8。

裡的那些話，更是真真假假，不可不信又不可全信。《養豬記》裡所
寫，時間、地點都是對的，雪景的描寫也是對的，但豬的頭數和來路
卻有所篡改」[30]，「按照莫言小說裡的說法，……他的話不能全信，
他寫到小說裡的那些話更是雲山霧罩，追風捕影，僅供參考」[31]等。
那麼，我們不禁要問，既然敘述者藍千歲不停地提及「莫言小說」並
引用其中的片段，那麼，他又為何要不停地告訴受述者藍解放（及萬
千讀者）「千萬不要信以為真」、「不可不信又不可全信」、「不能
全信」呢？這看似是一種「元小說」──敘述者故意向讀者暴露故事
的虛構性從而解構故事和敘事──的敘事手法，但通過認真分析，我
們會發現其實不然。作家莫言讓敘述者藍千歲揭露「莫言小說」敘述
的「不可信」恰恰是為了讓讀者通過對比這兩個敘述者所敘述故事的
真實性的差異來將其引向更大的「真實性」──使其確信藍千歲所敘
述故事的真實性，這是一種基於「元小說」卻不同於「元小說」的敘
事策略，是不能簡單地將其概括為「元小說」。

　　另外要說的是，作家莫言多次將「莫言」寫進小說，使其成為某
一故事中的人物，且在虛構的故事中多扮演小說家的角色，以似真還
假的身分參與故事，這樣的寫法使其小說具有了真假難辨、虛實相生
的藝術魅力，《酒國》中的「莫言」是這樣，《生死疲勞》中的「莫
言」也是如此。在《生死疲勞》中，當藍千歲述及「我在後來轉生為
狗的日子裡，曾親耳聽莫言對你說過，要把他的《養豬記》寫成一部
偉大的小說，他說要用《養豬記》把他的寫作與那些掌握了偉大小說
祕密配方的人的寫作區別開來，就像汪洋大海中的鯨魚用它笨重的身
體、粗暴的呼吸、血腥的胎生把自己與那些體形優美、行動敏捷、高
傲冷酷的鯊魚區別開來一樣」[32]時，讓人無法不聯想到劉再復對於莫

[30] 莫言，《生死疲勞》（北京：作家出版社，2012年），頁260。
[31] 莫言，《生死疲勞》（北京：作家出版社，2012年），頁287。
[32] 莫言，《生死疲勞》（北京：作家出版社，2012年），頁341。

言創作的「鯨魚狀態」[33]的期許；而當讀者看到「六月的西安塵土飛揚，……我看到有一個名叫莊蝴蝶的風流作家坐在一具遮陽傘下，用筷子敲著碗沿，在那兒有板有眼地大吼秦腔……莫言與莊蝴蝶是酒肉朋友，經常在自家小報上為之鼓吹吶喊」[34]時，很容易就會想到與莫言私交甚篤的陝西作家賈平凹的小說名篇《廢都》中的風流作家莊之蝶；再當讀者讀到「我像莫言的小說《爆炸》中那個挨了父親一記響亮的耳光後的兒子想得一樣多」時，因為現實中的作家莫言確有一部題為《爆炸》的著名中篇小說，我們不禁困惑，「此莫言」是「彼莫言」耶？非「彼莫言」耶？真實的莫言與虛構的「莫言」一時真假難辨！而這正是作家莫言所極力追求的「虛實相生」、「煞有介事」的敘事美學風格。更有意味的是，在「第五部　結局與開端」中，原來一直「潛伏」在藍千歲的敘述中的「莫言」走向前臺，取代了前兩位第一人稱敘述者藍千歲和藍解放，用全能敘述視角，以旁觀者的身分講述了原來兩條敘事線上的故事人物的命運和結局。這種敘事手法，是作家莫言在《天堂蒜薹之歌》中就已開始使用，並在《豐乳肥臀》中就已使用純熟了的「全能的大團圓敘述」，是其在盡情揮灑其敘事天才完成故事的主體敘述之後慣用的收束故事的結構方式。

　　莫言在《生死疲勞》中使用的三線並進、分頭敘述的敘事模式，造成了一種話語交響和複調敘事的藝術效果。儘管表層的敘述者是三個「我」──大頭兒藍千歲、藍解放和「莫言」，但因為上述分析所及的敘述者與故事經歷者的複雜的精神與身分的重合與分離──大頭兒藍千歲歷經西門鬧、西門驢、西門牛、西門豬、西門狗和西門猴的身分變遷，藍解放的作為敘述者的老年藍解放和作為故事經歷者的少年藍解放與中年藍解放的身分重合，以及「莫言」作為影射真實作家的莫言和作為虛構人物的「莫言」的身分分離，導致了敘述聲音的複

[33] 劉再復，《莫言了不起》（北京：東方出版社，2013年），頁51。
[34] 莫言，《生死疲勞》（北京：作家出版社，2012年），頁533。

雜多元和敘述者間的對話互動，使故事與敘事多元共生、互動互補，從而營造了一種生機勃勃、立體豐滿的敘事生態。

第五節 《生死疲勞》敘事形式與敘事精神的美學意義

《生死疲勞》敘事形式的起點是《球狀閃電》的「敘事圓環」和「散點透視」，經《天堂蒜薹之歌》的多重話語敘事、《酒國》的虛實相生、《四十一炮》「煞有介事」的雙線敘事和《檀香刑》雜語交響的複調敘事，而發展成《生死疲勞》的「視角疊加」基礎上的「寄居敘事」和「對話敘事」，使莫言小說的敘事創新與探索達到了其自身和中外文學敘事藝術的新高度。回望莫言所有的小說，其對敘事藝術上的創新追求（即形式創新）與其現實關懷精神的堅守（即作家在哲學層面上對「人」的思考和對世界的觀照）始終是熱情而堅韌的，而且在莫言的小說中，他的形式創新與現實關懷始終是互為表裡、互相服務與促進的，無論是《球狀閃電》對於改革者的情感關懷、《天堂蒜薹之歌》為農民兄弟的遭際抱打不平、《酒國》對於國人在經濟與欲望浪潮中道德崩塌的擔憂、還是《四十一炮》對於城市化進程中「人」的生存與精神困境的關注與焦慮、抑或是《檀香刑》對於民族根性的挖掘與批判，莫言的現實關懷聚焦不同，小說的形式也在在皆新。到《生死疲勞》，莫言關注的焦點落在了新中國成立之後的歷次重大政治運動中人的不自由與政治對於人的精神的「異化」上，為了最藝術地表現這種關懷，作家用心良苦地營造出了一個個能夠出入陰陽兩界、人畜之間、兼有「物形」、「人性」和「物性」的、通過「視角疊加」獲得了「超級視域」的「寄居敘事者」，使其能最大化地敘述新中國的政治運動史和精神與人性變遷史，並使這種敘述在藝術上具有獨特的創新性和陌生化效果。

《生死疲勞》敘事精神的起點是《生蹼的祖先》和《戰友重

逢》，這三部作品中有一種一脈相承的魔幻現實主義的氣質：靈魂在時間中任意穿越、不同時空裡的人物可以共同參與某一故事或故事片段、敘述者使用「時間拼貼法」打亂故事時間和情節安排並重新排列以賦予故事以更深的審美內涵和更廣的能指外延、敘述者敘述視角的知域和視域得到某種程度的拓展等。使《生死疲勞》與眾不同的，是莫言所獨創的「視角疊加」基礎上的「寄居敘事」，這是古今中外文學史上所罕見的一種旨在拓展敘述者的知域和敘述能力的頗為成功的嘗試和創新，其意義與莫言所獨創的「我向思維敘事」具有同等重要的文學史價值和意義。莫言在《生死疲勞》中賦予西門鬧的精魂以「寄居敘事」的能力，使其敘述視域與知域得以擴張，這既超越了卡夫卡所開創的「異化」敘事，也超越了中國古典小說的志異志怪敘事傳統，更不同於現代電影和戲劇藝術中的「穿越」敘事，是一種嶄新的現代性敘事策略，其藝術價值還遠遠沒有受到充分的重視和評價，其對當代文學敘事精神的影響還遠遠沒有顯現出來。

　　總之，莫言通過「寄居敘事」的「視角疊加」所獲得的高度的敘事自由和強大的敘事能力以及他通過這種敘事能力所表達的現實關懷情緒，是其小說藝術魅力的重要技術支撐和情感表徵。·

第九章　敘事形式探索與人物形象塑造的審美關聯：兼論莫言小說中「被壓抑」與「自我解放」的女性形象

　　據筆者的個人經驗，閱讀莫言的過程就是不斷遭遇訝異、感受新奇、閱讀經驗和審美體驗不斷「被」刷新的過程。從1980年代初登文壇至今，莫言在其幾乎所有的作品中不斷通過敘事視角／人稱轉換、時空剪接拼貼、語言變形、文體雜糅、話語疊加和人物（故事參與物）設置多樣化等方式來進行小說藝術的創新求變[1]，以求用陌生化的甚至是炫技式的故事、敘述、語言和人物形象創新帶給讀者驚豔新奇的閱讀體驗[2]，造成強烈的審美衝擊力和藝術感染力，並使其作品能夠在新時期以來繁花似錦的當代文壇上脫穎而出。莫言在多個審美向度上對其作品中的諸種審美因素所進行的合理、和諧調配使其小說呈現出陌生化程度高、獨創性強、審美衝擊力大等藝術特點，使其作品的審美氣質渾然一體、元氣淋漓。

　　筆者認為，在較早發表的《天馬行空》和《我痛恨所有的神

---

[1]　莫言曾說：「要搞創作，就要敢於衝破舊框框的束縛，最大限度地進行新的探索，猶如猛虎下山、蛟龍入海，……文學應該百無禁忌（特定意義），應該大膽地凌雲健筆，……創作者要有天馬行空的狂氣和雄氣。無論在創作思想上，還是在藝術風格上，都應該有點邪勁兒。」見莫言，〈舊「創作談」批判〉，《小說的氣味》（北京：當代世界出版社，2003年），頁286。

[2]　莫言自陳道：「剛開始的寫作，如果要被人注意，大概都要有些出奇之處，要讓人感到新意，無論是他講述的故事還是他使用的語言，都應該與流行的東西有明顯的區別。」見莫言，〈為老百姓寫作〉，《小說的氣味》（北京：當代世界出版社，2003年），頁127。

靈》這兩篇創作談中，莫言就已經發佈了統領其所有創作的「文學宣言」，他此後的創作實踐、創作談、關於創作的講演、訪談和對話等，都是對其創作觀的進一步闡發、解釋和完善。在「天馬行空」、「打破神像，張揚個性」[3]的藝術追求的驅馳之下，莫言不斷解放其文學觀和藝術思想，開始了其從作品的表現形式到思想內涵的全方位探索與實驗。

第一節　形式探索與對「人」的關懷

在形式探索尤其是敘事創新方面，莫言進行了三個方面的努力，即：其一，創造了「高密東北鄉」這一文學地理敘事空間，使其天才的想像力和飛揚的敘事激情與「高密東北鄉」所能指涉的故事原型無縫對接；其二，通過變換疊加敘事視角／人稱和創造性地使用「我爺爺」、「我奶奶」等複合型人稱視角開啟了「我向思維敘事」模式，展現了強大的敘事包容性和可塑性；其三，通過「二元對立／和諧對稱」的敘事及人物關係設置，突破並顛覆了此前中國小說敘事模式的時空觀念和人物設置模式，開啟了中國當代文學的「新歷史主義」敘事。在作品思想內涵的拓展方面，莫言一直保持著對「人」的歷史的熱切關懷，通過文學的虛構對歷史進行解構和重構，以《紅高粱家族》開啟了中國當代「新歷史主義」文學大潮，並用《豐乳肥臀》將其推向高潮[4]。莫言強烈的現實關懷情緒讓他始終抱持著「作為老百

3　莫言，〈我痛恨所有的神靈〉，《小說的氣味》（北京：當代世界出版社，2003年），頁121。

4　在論證「新歷史主義」文學思潮時，張清華多次提及莫言對於當代「新歷史主義」文學運動的貢獻，援引並高度評價《紅高粱家族》和《豐乳肥臀》，稱「《紅高粱家族》在一定程度上彌補和矯正了以往專業歷史敘事和文學歷史敘事所共有的偏差。……把當代中國歷史空間的文學敘事，引向了一個以民間敘事為基本構架與價值尺規的時代。在這個意義上，說它推動了當代新歷史主義文學敘事的興起，應該是不過分的。」見張清華，〈啟蒙歷史敘事的重現與轉型〉，《境外談文》（石家

姓寫作」的創作理念，密切關注「人」的生存現狀，尤其是普通人的
生存困境，保持著為民鼓呼和文化批判的高度熱情。

　　對於小說敘事藝術的實驗性探索並沒有影響莫言對小說「本質」
的體認：「不知是不是觀念的倒退，越來越覺得小說還是要講故事，
當然講故事的方法也很重要，當然錘鍊出一手優美的語言也很重要。
能用富有特色的語言講述妙趣橫生的故事的人我認為就是一個好的
小說家了。」[5]莫言一語道出了「故事」、「講述」和「語言」對於
小說的意義。然而，小說創作的目的究竟是什麼？作家精神勞動的意
義何在？難道僅僅是用「花言巧語」敘述一個個「天花亂墜」的「故
事」嗎？對於這個問題，莫言的回答是：「我覺得小說越來越變為人
類情感的容器，故事、語言、人物都是製造這容器的材料。所以，
衡量小說的終極標準，應該是小說裡包容著的人類的──當然是打
上了時代烙印、富有民族特色、普遍性和特殊性矛盾統一的──情
緒。」[6]我們不妨沿著莫言的思路再向前推進一點：小說要通過「故
事」和「人物」來表現並表達人類的「情緒」。當莫言在其首部真正
意義上的長篇小說《天堂蒜薹之歌》的「自序」中談及「故事／事
件」和「人物」的關係時，曾說：「小說中的事件，只不過是懸掛小
說中人物的釘子。」[7]因此，我們可以推知莫言在小說創作中最關注
也最在意人物形象塑造和人物情緒、情感的表現與表達的效果。那
麼，在本文的論述正式展開之前，我們不妨先驗地提出如下理論假
設：一、在莫言小說種種陌生化追求和創新性藝術探索之中，人物的

莊：花山文藝出版社2003年），頁55。並稱「從一定意義上來說，《豐乳肥臀》是
　一個具有總括和典型意義的新歷史主義小說文本。」見張清華，〈十年新歷史主義
　思潮回顧〉，《鐘山》（南京：1998年，第4期）。
[5]　莫言，〈舊「創作談」批判〉，《小說的氣味》（北京：當代世界出版社，2003
　年），頁292。
[6]　莫言，〈舊「創作談」批判〉，《小說的氣味》（北京：當代世界出版社，2003
　年），頁288。
[7]　莫言，〈自序〉，《天堂蒜薹之歌》（太原：北嶽文藝出版社，2001年），頁5。

設置、塑造及人物情感的表達是其作品藝術獨特性探索的一大重點，也應該是一大亮點。二、莫言小說的人物設置、塑造及人物情感的表達需要通過種種形式創新探索來實現，又反過來增加了形式探索的思想意義和審美表現力。

　　莫言著力塑造了眾多鮮活、豐滿、立體感強、有藝術魅力和道德感染力的人物，形象地、創新性地、有深度地表達了他對「人」的關注和對人類社會百態的思考，正如諾貝爾文學獎評委會主席佩爾‧瓦斯特伯格在給莫言的授獎辭中所言：「莫言是一個詩人，他撕扯下程式化的宣傳畫，使個人從無名的茫茫大眾中突顯出來。」[8]而通讀莫言所有的作品（小說、戲劇、散文、影視劇本），我們就會發現，在莫言塑造的所有人物及「類人物」[9]中，女性人物明顯更具光彩和審美張力，尤其是那些在故事的戲劇衝突中擔任主角、備受壓抑、飽嘗生活艱辛的女人們，她們多體型高大、肉身豐滿、性格潑實、堅韌頑強、敢說敢做、敢恨敢愛。在面對生活的重壓時，她們一開始多無奈地選擇悲苦而堅忍地承受，而在經歷了無助、無解或飽嘗催逼，被生活迫入死角的時候，她們多勇毅果敢地選擇身體抗爭或精神突圍，以大膽的、叛逆的甚至是驚世駭俗的方式來尋求脫離苦難，以肉搏、放縱肉欲、追隨愛情、皈依宗教、怪異／通靈（通說）甚至死亡等方式來實現肉身與精神的自我解脫與救贖。「莫言的小說披著神話和寓言的外衣，顛覆了所有的價值觀。在他的小說中，我們看不到毛時代中國社會的理想公民式的人物。莫言筆下的人物都充滿生氣，為了生

---

[8]　引者譯，原文如下："Mo Yan is a poet who tears down stereotypical propaganda posters, elevating the individual from an anonymous human mass." 見佩爾‧瓦斯特伯格《莫言諾獎授獎詞英文全文》（The Nobel Prize in Literature 2012 Award Ceremony Speech, Presentation Speech by Per Wästberg, Writer, Member of the Swedish Academy, Chairman of the Nobel Committee, 10 December 2012.），見譚五昌，《見證莫言——莫言獲諾獎現在進行時》（桂林：灕江出版社，2012年），頁230。

[9]　指非人卻被擬人化的動物或故事參與物，它們具有人的思維、行動和觀察能力，是莫言筆下一種獨有的「非人」故事參與者和敘事視角。

存，他們甚至採用最不道德的手段去衝破命運和政治的牢籠。」[10]毫
無疑問，隨著莫言獲得諾獎、作品被更多地譯入世界各國語言、研
究的深度和廣度逐漸增加，莫言筆下的這些女人們，已經以「自我解
放者」的形象在中國當代文學史乃至世界文學史的人物長廊中大放異
彩了。

第二節　「內部二元對立」敘事中的男人和女人：性別對立、性格對稱

　　一般說來，我們對於男女之間關係平等與否的討論都是基於社
會政治經濟層面的諸種因素來考量的。隨著社會的發展，民主、平
等、自由等現代社會意識深入人心，女性主義的社會思潮改造著男人
的頭腦，也解放了作為「第二性」的女人們。然而，中國社會數千年
養成的「男尊女卑」的思想已深深浸入我們這個民族的血液，成為一
種社會性別倫理和文化「基因缺陷」，即使在已經大大現代化和國際
化了的當代中國，對女性的顯性輕慢和隱性歧視也幾乎無處不在，更
遑論在封建自閉、迷信保守的舊中國！即使在「婦女能頂半邊天」的
「激情化性別平等」時代，女性在整個社會中的地位，也是一種不正
常的「被平等」──一種被政治熱情所鼓動起來的「暴發」式的性別
平等，這種「平等」使新中國女性變得盲目自信、過度樂觀並對男女
間天然的性別差異有意忽視，使女性在追求平等和奉獻社會時忽略了

---

[10] 引者譯，原文如下："Mo Yan's stories have mythical and allegorical pretensions and turn all
values on their heads. We never meet that ideal citizen who was a standard feature in Mao's China.
Mo Yan's characters bubble with vitality and take even the most amoral steps and measures to
fulfil their lives and burst the cages they have been confined in by fate and politics." 見佩爾‧
瓦斯特伯格《莫言諾獎授獎詞英文全文》（The Nobel Prize in Literature 2012 Award
Ceremony Speech, Presentation Speech by Per Wästberg, Writer, Member of the Swedish
Academy, Chairman of the Nobel Committee, 10 December 2012.），見譚五昌，《見證莫
言──莫言獲諾獎現在進行時》（桂林：灕江出版社，2012年），頁231。

自己作為女人的特殊之處，從而帶來了嚴重的身體和精神自戕，而這種傷害又是被社會和男性所忽視的。莫言在農村生活的年代（1955-1976年），中國農村雖正經歷著新社會種種「理想化」的改造，但仍處於舊道德、舊文化和舊思想的實際控制之下，仍是令人窒息的、讓年輕的莫言努力要逃離和掙脫的。可以想見，在這樣底層的農村社會中，處於最底層的女人們又曾經歷過怎樣的生活艱辛和內心苦悶。敏感的少年莫言觀察著、感受著身邊男男女女的喜怒哀樂，對於女性尤其是農村女性艱難掙扎的生活故事，莫言見的聽的太多太多了，他曾回憶說：「在我的青少年時期，中國社會正在文化大革命時期，在那些飢餓和混亂的歲月裡，我發現了男人的外強中乾和脆弱，發現了女性的生存能力和堅強。……女人較之男人，更能忍受苦難。」[11]正是基於對女性在苦難面前堅忍美德的認同和悲憫，莫言在其創作中塑造了一群「被壓抑」的女人，一群悲劇命運的苦難承受者。

　　1980年代初開始創作的莫言，一方面懷著「對沉重的歷史的恐懼和反感，……不屑於近距離地反映現實生活」[12]，刻意遠離政治敏感話題，另一方面又銳意求新求變，他選擇「把筆觸伸向遙遠的過去」[13]，試圖「召喚出那些遊蕩在我的故鄉無邊無際的通紅的高粱地裡的英魂和冤魂」[14]。在故鄉，莫言找到了獨特的文學敘事空間——「高密東北鄉」[15]，創造性地使用了「我爺爺」、「我奶奶」等複合型敘事人稱視角，找到了通過小說進行「精神還鄉」、虛構家族傳奇的金鑰匙。那麼，此時「創作欲極強，恨不得把文壇炸平」[16]，又極

[11] 莫言，〈關於男人和女人——2006年10月與越南方南出版公司阮麗芝對話〉，《莫言對話新錄》（北京：文化藝術出版社，2009年），頁284。

[12] 莫言，〈自序〉，《天堂蒜薹之歌》（太原：北嶽文藝出版社，2001年），頁4。

[13] 莫言，〈自序〉，《天堂蒜薹之歌》（太原：北嶽文藝出版社，2001年），頁4。

[14] 莫言，〈題記〉，《紅高粱家族》（海口：南海出版公司，2000年），扉頁。

[15] 「高密東北鄉」這一文學敘事空間概念最早出現在發表於1985年的《白狗秋千架》中。

[16] 莫言、管謨賢，〈莫言年譜〉，《大哥說莫言》（濟南：山東人民出版社，2013

力求新求變的莫言選擇以其同情、讚美的「被壓抑」的苦難承受者——
農村女性作為其小說人物形象創新的主要突破口，就不難理解了。

　　1985年，身處「新歷史主義」文學潮頭的莫言，藉助「我爺
爺」、「我奶奶」等複合型敘事人稱視角（後來發展為「我向思維敘
事」視角模式），開創了其「虛構家族傳奇」人物系列，並一發不可
收拾，幾乎將這一人物系列貫穿其此後所有的長、中、短篇小說中。
這些人物活躍在《秋水》、《爆炸》、《紅高粱家族》[17]、《生蹼的
祖先》[18]、《姑媽的寶刀》、《神嫖》、《良醫》、《豐乳肥臀》、
《我們的七叔》、《四十一炮》、《野騾子》和《蛙》等「虛構家族
傳奇」系列小說中。這些作品在敘事風格、人稱視角機制上是相似
的，小說人物在精神氣質上是一脈相承的，而且敘事上的「內部二元
對立」模式也同樣被作者純熟地使用在人物的設置上，造成了一種
「對立／對稱」的人物配置模式，即在人物關係的設置上男女之間性
別對立、性格對稱，男女性格之間構成明顯的對應、互補與反襯，在
中心人物的周圍，會相應地配置與其性格對比鮮明的人物來相互凸顯
各自的性格特點。限於論題和篇幅，我們僅以莫言主要長篇中的女性
人物為例，將討論的重點放在故事中的女性和她們承受的「壓抑」和
她們的「情緒」上。

　　在《紅高粱家族》中，莫言分別以「我爺爺」、「我奶奶」為
核心人物，隨著他們各自故事的發展塑造了若干組對立／對稱的人物
組合。在「我爺爺」的故事裡，主要有三個女人：「我老奶奶」（余
占鰲早年寡居的母親），「我奶奶」（戴鳳蓮）和「二奶奶」（戀
兒）。余占鰲的母親在他的故事裡是一個短暫的存在：這個不幸的女

　　　年），頁234。
[17]　由5個先後發表的中篇連綴而成的長篇，包括《紅高粱》、《高粱酒》、《高粱
　　　殯》、《狗道》和《奇死》。
[18]　由6個先後發表的中篇以「六夢」連綴而成，包括《紅蝗》、《玫瑰玫瑰香氣撲
　　　鼻》、《生蹼的祖先們》、《復仇記》、《二姑隨後就到》和《馬駒橫穿沼澤》。

人，兒子六歲時喪夫守寡，帶著孤兒「耕種三畝薄地度日」[19]，她在精神上的「壓抑」和物質上的孤苦無依可想而知。在余占鰲十三四歲時她與天齊廟裡的一個「永遠整整潔潔，清清爽爽」[20]的和尚偷偷「有了來往」，並有了身孕，她與和尚的「來往」不僅不能見容於鄰里，也不能見容於已經16歲、受不了「鄉里穢傳」的兒子，這使她倍感「壓抑」。在那個年代，貧苦的女人喪夫之後即使再嫁也無非是迫於生計尋條活路，但是，這個為了孤兒苦守了十年的女人，最後卻生生死在了「鄉里穢傳」、情人被兒子刺死、腹中孩子難以見容於世人世俗的倫理道德的重壓之下。生長於封建倫理道德文化之中，余占鰲難容母親與和尚的「來往」，而作為母親的她，也對自己的情感未來充滿無奈、無解，而最後「道德廉恥」的禮制和文化陋習逼迫她自盡了斷。從莫言對和尚的形容和對余占鰲在「春雨之夜」將和尚刺死在「梨花溪畔」[21]的用詞和描寫來看，莫言對這個女人是充滿同情的，儘管這種描寫是為了鋪陳余占鰲殺人越貨的「土匪氣」。

在成為「我奶奶」之前，待嫁的九兒「已經出落得豐滿秀麗」，「盼著有一個識文解字、眉目清秀、知冷知熱的好女婿。……渴望著躺在一個偉岸的男子懷抱裡緩解焦慮消除孤寂。」[22]然而，貪財的爹娘收下了豐厚的彩禮就把她騙上了出嫁的花轎，讓她嫁給一個「像窖藏的腐爛蘿蔔一樣的男人」[23]，甚至在她回門向她爹哭訴單扁郎是個麻風病人時，得到的回答卻是「你公公要給咱家一頭騾子」[24]。這樣的現實和心理落差對於一個對婚姻懷充滿了美好期待、「鮮嫩茂盛，水分充

19　莫言，《紅高粱家族》（海口：南海出版公司，2000年），頁98。
20　莫言，《紅高粱家族》（海口：南海出版公司，2000年），頁102。
21　莫言，《紅高粱家族》（海口：南海出版公司，2000年），頁98。
22　莫言，《紅高粱家族》（海口：南海出版公司，2000年），頁37-38。
23　莫言，《紅高粱家族》（海口：南海出版公司，2000年），頁82。
24　莫言，《紅高粱家族》（海口：南海出版公司，2000年），頁66。

足」[25]的16歲女子來說，是災難性的。在成為「我奶奶」之後，戴鳳蓮
得到了情人、兒子、財富和「三十年紅高粱般充實的生活」[26]，其間卻
經歷了情感危機──情人余占鰲背叛她，和丫頭戀兒（二奶奶）搬出
去住；經歷了余占鰲被曹夢久設計抓走之後為了在亂世中生存下去，
也為了報復余占鰲的情感背叛，她委身鐵板會頭子黑眼；最後，在余
占鰲領導的墨水河抗日伏擊戰中，她慘遭日軍機槍掃射而死。她的一
生充滿戲劇性的大轉變、大波折，悲喜往往都突如其來。

　　在余占鰲生命中的三個女人裡，「二奶奶」戀兒的命運是最悲
苦的，她自生自滅地在鄉間長大，在燒酒作坊裡做使喚丫頭，到十八
歲時已經成長得「身體健壯，腿長腳大，黑魆魆的臉上生著兩隻圓溜
溜的眼睛，小巧玲瓏的鼻子下，有兩片肥厚、性感的嘴唇」[27]。她在
經歷了和余占鰲雨天瘋狂做愛三天的激情之後，「把兩條健美的大腿
插在爺爺和奶奶之間」，雖也過了一段時間的恩愛生活，但時代的離
亂還是帶來了她的苦難，先是土匪情人余占鰲被抓走，她被「我奶
奶」趕出家門八年，在一次去高粱地挖苦菜時又被黃鼠狼魅住，神智
時清時亂，好不容易盼到情人活著歸來，卻又不得不與「我奶奶」嚴
格按日子「分享」著情人。更為不幸的是，萬惡的日本人蹂躪了她的
肉體，使她失去了腹中的胎兒，又用刺刀挑死了她的女兒香官，這一
切的刺激，使她陷入萬劫不復的精神錯亂，魔症重又纏住她，即使在
臨死前，她又經歷了一場令人毛骨悚然的「奇死」。在這諸種不幸之
外，最不幸的是情人余占鰲對她的三心二意：余占鰲一方面迷戀著她
「黑色的、結實的、修長的身軀……圍繞著她的軀體的金黃色的火苗
和從她眼睛裡迸出的藍色火花」[28]，另一方面又「看著她不知厭足的

---

[25]　莫言，《紅高粱家族》（海口：南海出版公司，2000年），頁39。
[26]　莫言，《紅高粱家族》（海口：南海出版公司，2000年），頁69。
[27]　莫言，《紅高粱家族》（海口：南海出版公司，2000年），頁277。
[28]　莫言，《紅高粱家族》（海口：南海出版公司，2000年），頁294。

黑色身體，一種隱隱約約的厭惡產生了。他從眼下的這個黑色肉體想到了她的雪白的肉體，想起幾年前那個悶熱的下午，他把她抱到鋪在高粱密蔭下的大蓑衣上的情景。」[29]從上述「二奶奶」所經歷的人生淒苦和情感遭際來看，不負責任的土匪情人余占鰲和日本人的殘暴入侵帶來了她的人生悲劇。她破壞了「我爺爺」「我奶奶」之間原本融洽的情人關係，給「我奶奶」的情感財富和物質財富帶來了威脅，反過來，她對物質的欲求、對余占鰲的肉欲需要和情感依賴也都受到了情敵——同為女人的「我奶奶」的強烈壓制。而日本人的入侵則讓原本滿足於部分擁有「我爺爺」的「二奶奶」徹底覆滅。她無疑是那個時代民族矛盾（中日矛盾）、階級鬥爭（國共之爭）、情感糾葛（如上述）、制度弊端（男權社會一夫多妻制）和文化陋習（迷信鬼神）等的最大犧牲品，是掙扎在那個時代的中國底層女性的代表，她的悲苦集中代表了那個時代中國女人的大悲苦。

如果從女性命運的視角來看，圍繞著余占鰲設置的這三個女人的故事，倒是讓余占鰲這個「抗日土匪」的形象不那麼光彩了。他導致了與他關係最親密的三個女人的悲苦命運和悲劇結局。從人物關係的設置來看，男人與女人的對立，可以分為兒子與母親的對立、情人與情人的對立、情敵間的對立，然而，在性格上，余占鰲和戴鳳蓮最相像，都有強烈的叛逆精神和無懼無畏的「土匪習氣」，「母親」和戀兒較相像，渴望被愛，卻被社會或親人長期壓抑。《紅高粱家族》是莫言小說「內部二元對立、多元共生、眾語喧嘩」的敘事風格的典型代表，他用人物的「性別對立、性格對稱」這一人物關係設置模式完美地配合了他在敘事結構和故事結撰上求新求變的努力，初步實現了他「天馬行空」的文學夢想。

在莫言的「虛構家族傳奇」系列小說中，最典型的「被壓抑」

---

[29] 莫言，《紅高粱家族》（海口：南海出版公司，2000年），頁295。

的女性形象集中出現在史詩性長篇巨制《豐乳肥臀》中。這部長篇小
說是莫言向母親的致敬之作，整部作品大氣淋漓，以大開大合的筆調
和氣勢描寫了幾乎整個20世紀中國的歷史，是當代「新歷史主義」文
學的巔峰之作。在這部作品中，莫言繼承和發展了《紅高粱家族》的
敘事策略，使用複合型敘述人稱，交錯使用第三人稱全知視角、第一
人稱非限知視角和人物內視角。但不同於《紅高粱家族》的「家族傳
奇敘事」中「我」的後輩人追憶性敘述視角，《豐乳肥臀》中的第一
人稱敘述者「我」——上官金童兼有故事人物和故事敘述者的身分，
是現在性視角，同時，兼用追憶性視角。上官金童以第一人稱「我」
敘述上官家在社會劇變、歷史動盪中所經歷的風風雨雨，小說的故事
空間仍是「高密東北鄉」，小說主體部分的第一人稱敘述使得小說具
有了家族史的味道。上官魯氏和她的九個子女的命運與近現代中國社
會的政治風雲緊緊糾纏在一起，與每種在中國近現代史上發生過影響
的政治勢力都有瓜葛，這種瓜葛在文本中也是通過與上官家的九個子
女發生聯繫的異性間的男女兩性關係來表現的，上官家的子女各因其
性格特點與命運軌跡與一個或若干個代表不同政治勢力和文化背景的
異性之間構成「性別對立、性格對稱」的人物關係。小說敘述的核心
人物有兩個：「地母」般堅忍、偉岸、飽經苦難的「母親」上官魯氏
和「雜種」、「戀乳癖」患者、精神病人上官金童。上官魯氏的一生
經歷了近現代中國歷史上幾乎所有的重大事件：德國人占山東、民國
風雲、抗日戰爭、解放戰爭、新中國成立後的政治運動直至改革開
放，與種種政治、文化勢力發生過被動的聯繫，她是整部小說的敘事
核心，她的受難是貫穿故事始終的，小說中，她被文化陋習（裹小
腳）、封建家族制（惡婆婆、無能卻兇殘家暴的丈夫）、民族矛盾
（德、日帝國主義勢力先後入侵山東）、階級壓迫（國共內戰）、性
別歧視（為了生兒子八次借種野合，並因此受丈夫虐待）所「壓抑／
壓迫」，活得異常艱辛。就個人生活而言，她經歷了幼年失怙、婚後

受虐和野合借種、戰亂、兵燹、大飢荒，看著自己的八個女兒一個個因與各種勢力的糾葛而悲慘離世，對她打擊最大的應該是她小心護佑的「雜種」兒子金童長成了一個吊在女人乳頭上的長不大的戀乳癖患者。

小說中上官金童的八個姐姐們都是「母親」為了生兒子被迫借種與人野合生下的，從一出生就被家族歧視，被奶奶稱為「吃白食的」，她們在被忽略中長大，被20世紀中國社會的政治風雲所裏挾，走上了不同的人生道路：要麼被賣入妓院、要麼被迫嫁人、要麼神經錯亂、要麼被敵對政治勢力處死、要麼在大飢荒中用身體換來食物卻因暴食撑死、要麼自殺身亡。她們一長大就迫不及待地要逃離多災多難、缺乏溫暖、讓她們感覺「壓抑」的家庭，所以，她們一旦步入社會，都表現出了與在家的膽小、懦弱完全相反的強悍、果敢，對愛情更是大膽地孜孜以求。然而，社會也是殘酷的，她們在社會急遽變革的旋渦裡備受政治、經濟和男性的壓抑，雖極力掙扎，卻難逃悲劇命運。她們是整個中國近現當代社會變遷中苦難女性的形象代言。

「上官家母雞打鳴公雞不下蛋」[30]。與上官家的強悍、堅忍的女人們相比，上官家的男人們則不那麼偉岸。上官福祿和上官壽喜「父子倆都沒有力氣，輕飄飄，軟綿綿，燈心草，敗棉絮」[31]，被上官呂氏呼來喝去。而上官金童這個被上官家寄託了傳宗接代厚望的「雜種」，不僅性無能，而且是個吊在女人乳頭上的長不大的戀乳癖患者。在小說中，他一直矛盾地存在著：身體成長而精神幼稚，高大漂亮卻懦弱無能，戀乳成癖卻又被當作精神病人，盼望能成就一番事業卻總被利用、愚弄、拋棄。與他的矛盾性格相對應的是他多舛的命運：在榮辱之間忽起忽落，在悲喜之間悠來蕩去。

《豐乳肥臀》的敘事兼用全知視角、第一人稱敘述視角和人物

30　莫言，《豐乳肥臀》（北京：當代世界出版社，2004年），頁27。
31　莫言，《豐乳肥臀》（北京：當代世界出版社，2004年），頁12。

內視角，使小說具有了複調敘事的典型特徵，這樣的敘事安排無疑大
大強化了小說的史詩性美學追求，使讀者在閱讀故事、沉入情節的同
時，也被小說厚重的歷史氣息和強烈的社會脈動所感動。小說的人物
設置也具有類似的結構：小說圍繞著兩個核心人物展開敘述，具有強
烈的解構主義戲劇性特徵。「母親」的野性、堅強與金童的懦弱、戀
乳形成相反相襯的性格矛盾，這正是莫言小說人物「性別對立／性格
對稱」設置模式的繼續。同時，圍繞著「母親」的野性、堅強與深重
苦難展開的敘述、圍繞著金童的懦弱無能、戀乳幼稚展開的敘述和圍
繞著上官家的八個女兒與各種政治、文化勢力相糾纏的命運展開的敘
述構成了一個多聲部的人物命運合奏曲。

　　《檀香刑》中的孫眉娘是莫言著力塑造的一個被壓抑的悲苦女性
形象，她在小說中被置於與四個男人的「糾葛」之中，以一個嬌媚、
聰慧、剛毅、多情的女性形象與風流、陰狠、癡傻、負心的四個男性
形象之間構成了「性別對立、性格對稱」的人物關係。她親爹孫丙因
參加義和團抗德被捕，要受「檀香刑」，而將孫丙抓捕歸案的正是自
己的情人「乾爹」──知縣錢丁，執刑的卻又恰恰是自己的公爹──
大清朝首席劊子手趙甲，行刑的幫手是自己的丈夫──癡癡傻傻的趙
小甲，激烈的戲劇性矛盾衝突集中在一個敢愛敢恨的風流女子身上，
她的嬉笑怒罵、哀樂悲歡拉扯出了故事的主要矛盾和情節源頭。眉娘
的親爹孫丙先是貓腔戲班的班主，因為風流不羈氣死了眉娘的親娘，
這是眉娘的第一苦；後來孫丙又因續娶的小桃紅被德國人侮辱致死奮
而參加義和團，最後被捕羈押，這是眉娘的第二苦；孫丙「為人父」
的不稱職導致了眉娘的下嫁傻子小甲，一個風流豔麗的美嬌娘和一個
不更世事的傻子的婚姻生活，怎麼會有幸福可言？這是眉娘的第三
苦；為了營救父親孫丙，眉娘萬般無奈間只好捨出自己千嬌百媚的身
體，希望縣太爺錢丁能夠放了父親，這是眉娘的第四苦；然而，事情
的發展超出了眉娘的預期和錢丁的掌控，眉娘的公爹──大清第一劊

子手趙甲要帶著他的兒子、眉娘的丈夫趙小甲對孫丙施殘忍的「檀香刑」，這是眉娘的第五苦。在這五種苦楚的重壓之下，孫眉娘真個叫天不應，呼地不靈。

在「鳳頭部」的眾語喧嘩——「眉娘浪語」、「趙甲狂言」、「小甲傻話」和「錢丁恨聲」中，小說的主要人物依次粉墨登場，其在敘述上的主要目的是敷設敘述線索、張開戲劇性矛盾衝突的大網，同時，人物自說自話，各設懸疑，吊起讀者的胃口，並通過人物自身的言語、行為展示他們的性格特點和心理矛盾，也側面照出別人的影子，形成互相言說、述與被述的關係。「豹尾部」以五個人物的視角（依次是「趙甲道白」、「眉娘訴說」、「孫丙說戲」、「小甲放歌」、「知縣絕唱」），依據自己各各不同的視域和知域來共同完成對「檀香刑」施刑過程的敘述。每個人物都在敘述自己參與的故事部分，互為補充或相互重疊，人物之間不同的價值立場、不同的思維習慣、不同的情感方式，使得他們對「檀香刑」的敘述、對彼此的敘述呈矛盾和分裂甚至對立狀態，人物之間的矛盾通過其內視角第一人稱的敘述完全暴露在讀者面前，從而構成了小說敘述的內在張力。人物性格的對立就藉助敘事的矛盾、分裂和對立得以強化和放大，從而使故事中人物的情感和性格真實可感、立體豐滿。

此外，莫言還塑造了很多因為「被壓抑」而被異化的女性形象，如《白狗秋千架》裡的暖，受不了家暴的丈夫和三個兒子都是啞巴而無人交流說話的苦悶，為了生個會說話的「響巴」，在高粱地祈求與「我」野合，她是生活艱辛和情感苦悶的「被壓抑者」；《豐乳肥臀》中的獨乳老金、龍青萍、鳥仙、《紅樹林》中的林嵐（女市長）和《金髮嬰兒》中的紫荊、《野騾子》中的「野騾子」姑姑和「母親」楊玉珍等，都是被性壓抑或愛情悲劇所異化的悲劇女人；《蛙》中的「姑姑」因為不能生育而對計畫生育工作充滿了高度熱情；袖珍美人「王膽」為了生兒子，在洪水之中乘著木筏子躲避「姑姑」的追

捕而難產致死；《爆炸》中的「妻子」和《蛙》中的「王仁美」都是
想生兒子卻被迫流產而死在了產房裡，她們都是在傳統生育文化和計
畫生育政策雙重壓制下「被異化」的悲劇女人；《四十一炮》中的
「母親」楊玉珍、《天堂蒜薹之歌》中的金菊、四嬸和《酒國》中的
女人們則是被經濟困境所壓迫著的女人。

　　綜上所述，莫言塑造了一系列極具文學史顛覆性的女性形象，
這些人物在小說敘事中多處於「被壓抑者」的地位，是制度弊端、民
族矛盾、階級壓迫、文化陋習和性別歧視語境下「被壓抑的」「第二
性」。她們所處時代社會環境不同、身分地位外貌各異，多是某種時
代悲劇、某種制度弊端或情感壓抑的「被犧牲者」和悲劇命運的苦難
承受者。這些女性人物形象的塑造，是與莫言小說對歷史的解構與重
構、對現實的顯性批評與隱性諷喻和他的內部二元對立、多元共生、
眾語喧嘩的「莫言體」小說敘述風格相對應的。

第三節　崛起的「母權」：敘事「對立」中的女性反叛

　　需要指出的是，莫言小說中的人物關係設置上的「對立／對稱」
模式不是他的獨創，卻被他熟練地甚至是刻意地用來表現女性人物，
使他塑造出了一批強勢的「女漢子」形象。莫言小說人物設置上有一
種「對稱」之美，她們與男人的關係是一種依靠與背叛、愛與恨相交
織的關係，而這些女人的性格和外形也絕無圓滿、完美之美，卻因其
「自我二元對立」的性格特點（自我矛盾、自我反叛）、亦正亦邪的
道德表現，而呈現出既溫柔又潑辣、既心思細密又大膽果敢的豐滿之
美。這是與其小說創作的陽剛、潑實、雄壯的整體性敘事語言風格和
故事結撰模式相統一並共同構築起了莫言小說壯美大氣的整體美學風
格，有盛唐文學的豪壯雄渾之美。莫言筆下的女人們總體是以山東女
人為故事、性格和氣質原型的，無論人物生活的時代、環境如何變

換，莫言筆下的這些女人們的思想、行為和言語像極了山東鄉下的大嬸，她們骨骼粗大、豐乳肥臀、外形粗放又不乏精緻之美，最鮮明的是她們潑辣、果敢、大氣的性格，明顯洋溢著齊文化活潑、靈動的氣息。為此，「《華盛頓郵報》的資深書評人喬納森‧亞德利（Jonathan Yardley）甚至送給我一個『激情女權主義』的稱號。」[32]

《紅高粱》中的戴鳳蓮帶了一把剪刀上花轎，以赴死的態度出嫁，這是一種無奈、無解中的決絕，但是當命運的轉機——土匪余占鼇把她劫進高粱地——到來的時候，她「暗呼蒼天，一陣類似幸福的強烈震顫衝激得奶奶熱淚盈眶」[33]，對於麻風丈夫單扁郎，她毅然決然地選擇了背叛，「奶奶和爺爺在生機勃勃的高粱地裡相親相愛，兩顆蔑視人間法規的不羈心靈，比他們彼此愉悅的肉體貼得還要緊。」[34]這種「緊貼」其實首先是戴鳳蓮對悲苦命運的激烈的反抗方式，她並沒有期待余占鼇後來會替她「殺人越貨」，其次，通過這種背叛，她也實現了對封建倫理道德的背叛和超越，也正是因為這種背叛，她實現了對「被壓抑」的悲苦命運的「自我解放」。所以，在臨死之前，她才會喊出：「天，你認為我有罪嗎？你認為我跟一個麻風病人同枕交頸，生出一窩癩皮爛肉的魔鬼，使這個美麗的世界污穢不堪是對還是錯？天，什麼叫貞節？什麼叫正道？什麼是善良？什麼是邪惡？你一直沒有告訴過我，我只是按著自己的想法去辦，我愛幸福，我愛力量，我愛美，我的身體是我的，我為自己做主，我不怕罪，不怕罰，我不怕進你的十八層地獄。我該做的都做了，該幹的都幹了，我什麼都不怕。」[35]這簡直是一篇女權主義的「獨立宣言」，正是這種無懼無畏的對自由的追求讓戴鳳蓮獲得了自在的生命和激蕩

[32] 莫言，〈關於男人和女人——2006年10月與越南方南出版公司阮麗芝對話〉，《莫言對話新錄》（北京：文化藝術出版社，2009年），頁284。
[33] 莫言，《紅高粱家族》（海口：南海出版公司，2000年），頁67。
[34] 莫言，《紅高粱家族》（海口：南海出版公司，2000年），頁67。
[35] 莫言，《紅高粱家族》（海口：南海出版公司，2000年），頁69。

的愛情，使她在莫言的女性人物系列中獲得了新穎獨特的藝術魅力，
正是這一人物形象大大提高了《紅高粱家族》小說的藝術感染力，作
為與之「對立／對稱」的人物余占鰲才不突兀、不矯情。對於此後的
命運波折，但凡有反抗的希望與可能，戴鳳蓮都不妥協：對余占鰲的
情感背叛，她除了肉體搏鬥之外，也用盡心機，甚至不惜委身鐵板會
頭子黑眼以為報復；對官府的欺壓，她機智地拜縣長曹夢久為乾爹，
送金給乾娘以求庇護；對於日本人殺死羅漢大叔，她鼓動余占鰲打伏
擊，並在為游擊隊送飯的路上被敵人亂槍掃射而死。終其一生，戴鳳
蓮過得輝煌燦爛，究其緣由，她是一個個人命運的「自我解放者」。

　　莫言的這種「對立／對稱」的人物設置模式也說明莫言在人物形
象塑造上完成了從「『父權世界』向『母權世界』的轉變」[36]。《豐
乳肥臀》中的上官魯氏就是這樣一個女人，她的命運故事就是這樣一
個從「『父權世界』向『母權世界』的轉變」的故事。上官魯氏的前
半生就是在要生個兒子的夢想與夢魘中度過的，為此，她到處借種，
與人野合，這是一種近乎瘋狂的生兒子的生理和精神渴求在驅動著
她，因為婆婆告訴她：「沒有兒子，你一輩子都是奴；有了兒子，你
立馬就是主」[37]。為了生兒子而向姑父於大巴掌借種時，她甚至勸慰
愧疚的姑父說：「人活一世就是這麼回事，我要做貞節烈婦，就要挨
打、受罵、被休回家；我要偷人借種，反倒成了正人君子」；她的借
種也是對殘暴而無能的丈夫和惡婆婆的反抗，在遭受無能丈夫上官壽
喜的毒打之後，「母親懷著對上官家的滿腔仇恨，把自己的肉體交給
沙口子村打狗賣肉為生的光棍漢子高大彪子糟蹋了三天。」[38]即便是
上官魯氏為了給上官家傳宗接代而承受了如此的苦難，在第七個女兒

[36] Chan, Shelly W. "From Fatherland to Motherland: On Mo Yan's *Red Sorghum* and *Big Breasts and Full Hips*." World Literature Today, 74(3), 2000:495-500.
[37] 莫言，《豐乳肥臀》（北京：當代世界出版社，2004年），頁8-9。
[38] 莫言，《豐乳肥臀》（北京：當代世界出版社，2004年），頁559。

上官求弟出生之後，失望的丈夫「衝進屋，掀起破布一看，往後便跌倒了。他清醒過來的第一件事，便是抄起門後捶衣服的棒槌，對準老婆的頭砸了一下。鮮血噴濺在牆壁上。這個氣瘋了的小男人，恨恨地跑出去，從鐵匠爐裡夾出了一塊暗紅的鐵，烙在妻子的雙腿之間。」[39]面對如此非人的折磨，上官魯氏轉向宗教尋求精神的庇護，並與洋牧師馬洛亞產生了愛情，最終生下了上官金童和上官玉女。上官魯氏的借種野合是一種生存需要也是一種「自我的解救」，因為她既有「越是苦，越要咬著牙活下去」[40]的這種中國民間最樸素的生存哲學，也有後來皈依天主教之後的精神力量的支撐。在《豐乳肥臀》中，從上官呂氏、上官魯氏和她的女兒以及龍青萍、獨乳老金等這些女人們的人生經歷來看，她們全都用不同的方式反抗著命運的不公，用自我的覺醒與男性世界和男權體制進行著「自我解放」，她們用肉體、美色、金錢甚或死亡對男權進行著反抗與解構，她們全都與和她們「對立／對稱」的男人之間構成了一種明顯的對比、反襯的關係，女人們性格強勢果敢、外形高大健壯，而男人們卻性格懦弱卑怯、外形猥瑣，構成了一種強烈的錯位和對比，反差明顯。

在莫言的小說敘述中，這些悲劇命運的苦難承受者們都在進行著令人訝異的精神覺醒和「行為革命」，她們以「人」的最樸素的對「生」的嚮往、對「自我」生命主體性的追求、對「愛情」的最簡單純粹的渴望，或者因為某種物質誘惑或情感責任的驅動，被動地在環境的催逼下完成了精神層面的「自我覺醒」。她們頑強抗爭、自我解放，以或堅毅、或叛逆、或自由、或奔放、或快活的女性形象對「壓迫性」的外在環境進行或喜或悲、亦弱亦強的衝擊與嘲諷。她們的最終命運與結局不一，但都體現了作家莫言試圖藉助「女性」這一性別視角解構歷史、描畫時代精神、批評社會弊病和表達人文關懷的敘事

---

[39] 莫言，《豐乳肥臀》（北京：當代世界出版社，2004年），頁562。
[40] 莫言，《豐乳肥臀》（北京：當代世界出版社，2004年），頁383。

意圖。同時，莫言的這種敘事努力也為當代文學的人物圖譜增加了諸
多新穎獨特、個性鮮明、形象豐滿的女性人物形象。

第四節　形式探索與人物形象塑造的審美關聯

　　莫言對女性的描寫和塑造一方面是「道法自然」的，不求其
「全」，不責其「咎」，貌未必齊整、心不盡臻美。莫言筆下沒有在
外形和道德氣質上都完美無缺的女人，她們要麼身體有殘疾，要麼道
德不完美，在筆者看來，這樣的女性形象更接地氣，更具有藝術真實
和生活真實，莫言曾說過：「我的小說裡沒有完人，不論男女，都是
有缺點的，正因為他們與她們有缺點，才顯得可愛。」[41]另一方面，
莫言又為其筆下的那些作為「第二性」的女性人物形象設置了對立／
對稱的男性形象，以造成強烈的反襯和反差，以懦弱的、癡傻的、匪
氣（流氓氣）十足的男性來反襯這些女性的精神氣質、形體力量和道
德范兒，這是一種男性與女性性別、性格差異的錯位之美。這種人物
關係設置模式和莫言小說敘事藝術中的「內部二元對立」、多元共
生、眾語喧嘩和時空錯位等形式結構模式一樣，源自莫言在軍旅生涯
中做政治教員時對馬克思主義唯物辯證法「對立統一觀」的接受，
「生活中處處充滿這種對立，既對立又統一，果然是辯證法，人也是
既對立又統一的物件。」[42]

　　莫言從齊文化的瑰麗、靈動、飄逸的精神中汲取藝術營養，借鑒
中國文學敘事傳統和人物塑造經驗，又雜以他對西方文學經典敘事美
學和人物塑造經驗的批判性學習，深入挖掘故鄉民間文化資源和個人

---

[41] 莫言，〈我想做一個謙虛的人〉，《小說的氣味》（北京：當代世界出版社，2003年），頁343。
[42] 莫言，〈我痛恨所有的神靈〉，《小說的氣味》，（北京：當代世界出版社，2003年），頁118。

生存體驗，在銳意創新求變的精神激勵下，通過其獨創的文學敘事空間和敘事視角，藉助其天才的想像力，創作出了在敘事和語言上都具有明麗的漢唐氣象的莫言體小說，莫言的整個文學世界大氣磅礡、各種文體並存、和而不同，莫言筆下的女體、女性描寫具有大氣淋漓的漢唐氣質，豐滿、開放、有英氣。莫言對於作為歷史和現實弱者的女性（母親、妻子、女兒和情人）命運及其情緒的關注，實際上是對人的自身的關注、對兩性和諧的關注、對於人的歷史（以母親為象徵體）、現實（以妻子為象徵體）、未來（以女兒為象徵體）和那個思想或情感開小差的自我（以情人為象徵體）的關注，即對「我」和「她」的關注，具有深刻的文化反思和審美自塑的意義，而這些都使其作品好看、耐看，也即擁有了形式審美和人文精神的雙重藝術魅力。

莫言對女性的描寫方式及其賦予女性的性格特徵和人格尊嚴以及她們為了生存下去和活得精彩所進行的抗爭，顯示了莫言在思想上、意識上所具有的悲天憫人的情懷及其對於舊的道德體系和畸形人際關係（尤其是男女關係）的嫌惡和猛烈抨擊，正是通過女人——「我們的奶奶、母親、妻子、情人、女兒、密友」[43]，莫言表達了他對人的存在的深切關懷，而且是一種更容易引起讀者心理共鳴和審美「移情」的關懷。莫言筆下的女人們豐乳肥臀、皮實潑辣，她們或熱情洋溢，或放蕩不羈，或花顏雲鬢，或風流嫵媚，正是在莫言的筆下，中國近、現、當代女性才真正以驕傲而豔麗的丰姿浮出了歷史的地表，傲然挺立、卓爾不群。

---

[43]　莫言，〈我想做一個謙虛的人〉，《小說的氣味》（北京：當代世界出版社，2003年），頁342。

第十章　文化母本與敘事空間營建：莫言的「高密東北鄉」與賈平凹的「商州山地」之比較

　　同是「出身鄉村、客居城市」的作家，莫言和賈平凹的文學活動軌跡和文學思想的變遷具有很大的相似性和可比性：他們是同代人，經歷了中國當代社會的政治變革和歷史變遷，經歷了從農村到城市的身分遷移；他們冷靜觀察、認真思考並以藝術的、審美的方式呈現並批判了當代中國社會、人文的「病」與「變」；他們通過不斷的探索和努力參與開創並代表了在中國當代文學史上具有鮮明藝術特色的兩個地域文化作家群──「魯軍」和「陝軍」；他們筆耕不輟，求新不斷，均有大量作品出版，並不斷自我超越、自我更新作品的敘事藝術和審美風格，多次引起批評熱潮；在過去的三十餘年間，他們通過眾多精彩的故事、鮮明的人物形象和有深度的反思與批判，以文學的方式表現了他們對於中國當代社會轉型的個性思考和民族性時代印象，記錄了大變革時代的民生、民風、民情、民瘼，是20世紀下半葉和21世紀初葉中國社會政治、經濟、思想和文化變革的審美記錄者。

　　莫言和賈平凹是中國當代文學史上屈指可數的高產、高質作家，均多次以其作品引起文壇評論熱潮，均多次獲得國內外諸多文學大獎，均有作品被國外翻譯家譯成外文，獲得世界文學聲譽，最重要的是他們都有很強的敘事創新自覺，均不斷通過敘事探索和創新為讀者奉獻了深具地域色彩和中國氣派卻又個性鮮明的文學精品。我們知道，莫言獲得諾貝爾文學獎的一個重要原因是他代表中國當代文學向西方文學閱讀期待展現了中國作家在敘事藝術和現實關懷層面上所達

到的高度與深度，通過獨特的「高密東北鄉體現了中國的民間故事與歷史」，「生動地向我們展示了一個被人遺忘的農民世界」[1]；而賈平凹的小說創作也具有同樣的藝術特質：在敘事上借鑒中國古典小說的優秀傳統，立足自己熟悉的「商州山地」和「西京城」，不遺餘力地表現著山民與市民的喜怒哀樂和時代變遷。

作為「從鄉村到城市」的「文化遷移者」，莫言和賈平凹都以生養自己的「故鄉」及其文化深蘊作為其文學敘事的空間藍本和文化底本，不斷結撰出具有濃郁地域文化色彩和鮮明個人氣質的「鄉村／城市故事」，分別營造出了具有中國氣派、享譽世界文壇的「高密東北鄉」和「商州山地」。

第一節　莫言與賈平凹小說敘事的文化母本與審美「血地」

在《藝術哲學》一書中，丹納指出了影響藝術家產生及其藝術風格形成的三種要素：種族、環境和時代。在比較分析莫言和賈平凹小說藝術風格的過程中，因其所屬種族與所處時代一致，我們重點關注「環境」——物質生存環境和故鄉文化母本對作家創作風格形成的影響。

從兩位作家出生地的地理位置和所屬的文化樣態來看，莫言出生長大的高密縣境屬古齊國故地，齊地近海，齊文化具有鮮明的開放、大氣、奇偉、神祕的海洋文明的特點。古齊國是兵家文化的發祥地，兵家文化大開大合、神祕「詭詐」、有大氣魄。因此，在民俗上，齊地的民俗和民間文藝充滿「奇思怪想，天馬行空，取材隨意，情趣盎然」[2]；

---

[1] 佩爾‧瓦斯特伯格《莫言諾獎授獎詞英文全文》（The Nobel Prize in Literature 2012 Award Ceremony Speech, Presentation Speech by Per Wästberg, Writer, Member of the Swedish Academy, Chairman of the Nobel Committee, 10 December 2012.），見譚五昌，《見證莫言——莫言獲諾現在進行時》（桂林：灕江出版社，2012年），頁229。

[2] 楊守森，〈高密文化與莫言小說〉，莫言研究會，《莫言與高密》（北京：中國青

在民風上，齊人「剛健不屈，俠肝義膽，豪放曠達」[3]；在文學上，齊地民間文學資源豐富，民間故事多涉神鬼狐怪，想像豐富大膽，寓民間正義於奇譚怪事之中，產生了《聊齋志異》這樣志異志怪、神祕奇幻、想像豐富的文學巨著。新中國成立之後，董均倫和江源收集整理山東民間故事，結集為《聊齋汉子》和《聊齋汉子續集》，其中的故事多流傳於齊地，是齊地志異文化的遺存，其中有多個故事和人物都被莫言化用，成為其小說的故事母本和人物原型。莫言有一本頗具志異色彩的短篇小說集，題為《學習蒲松齡》，其中的《學習蒲松齡》、《奇遇》、《夜漁》、《良醫》、《翱翔》、《嗅味族》、《草鞋窨子》等篇什無疑是其追憶童年「耳朵閱讀」經歷和向故鄉文學大師蒲松齡學習、致敬的作品。在提及幼年在故鄉聽到的故事時，莫言說：「這些故事一類是妖魔鬼怪，一類是奇人奇事。對於作家來說，這是一筆巨大的財富，是故鄉最豐厚的饋贈。故鄉的傳說和故事，應該屬於文化的範疇，這種非典籍文化，正是民族的獨特氣質和稟賦的搖籃，也是作家個性形成的重要因素。」[4]可以說，受故鄉古齊文化影響的莫言一身靈氣和「匪氣」，很好地繼承並發揚了《聊齋志異》等志異志怪小說和明清筆記小說的敘事傳統。

故鄉的風土人情、故人故事，無疑是作家進行創作所要依憑的一種重要文化資源。關於故鄉對其創作的影響，莫言曾說過：「故鄉留給我的印象，是我小說的魂魄，故鄉的土地與河流、莊稼與樹木、飛禽與走獸、神話與傳說、妖魔與鬼怪、恩人與仇人，都是我小說的內容。」[5]莫言在農村生活期間，鄉村娛樂項目少，講故事是農村人閒時尤其是夜晚打發時間、對孩童進行道德教育的一種重要方式。而對

年出版社，2011年），頁7。

[3] 楊守森，〈高密文化與莫言小說〉，莫言研究會，《莫言與高密》（北京：中國青年出版社，2011年），頁6。

[4] 莫言，〈超越故鄉〉，《我的高密》（北京：中國青年出版社，2010年），頁271。

[5] 莫言，〈故鄉往事〉，《我的高密》（北京：中國青年出版社，2010年），頁40。

作家莫言來說，這恰恰是一種有效的文學教育方式，是一種「耳朵的閱讀」。莫言自述幼年愛讀書，其教育經歷也基本上是自學，但正是這種自由的文學教育在某種程度上幫助他可以免受正規教育中某些程式化的意識形態性規範和認知限制，從而使他的文學天才得以自由舒張和發展；莫言後來在解放軍藝術學院文學系和北京師範大學研究生班的學習，則引導他對其既有的創作經驗進行了理論總結。正是在其碩士學位論文《超越故鄉》中，莫言認真而自覺地思考和總結了「小說家與故鄉的關係，更準確地說是：小說家創造的小說與小說家的故鄉的關係」[6]，指出「故鄉是『血地』」[7]，認真思考、總結並堅定了堅持以「高密東北鄉」作為其整個文學世界核心敘事空間的信念。

　　凡此種種，都是莫言生長、浸淫其間的文化和文學教育環境，敏感多思的莫言長期受這種具有海洋文明特徵、具有想像力啟發作用的文化資源的影響，加上他童年少年時代聰慧敏感卻又內心孤獨，在長兄的引導下，在寫作可以改變命運的時代文學氛圍裡，莫言在學習借鑒中國古典文學傳統和外國文學先進經驗的基礎上，積極地調動其故鄉故土的文化資源，將其變成了個人文學創作的「文化母本」，並以其作為審美精神依託，創造性地使用「高密東北鄉」作為其敘述故鄉故事的敘事空間。

　　就莫言小說已經表現出的審美氣質和文化樣態來看，開放大氣的海洋性齊地齊風齊文化賦予了莫言小說以下幾種獨特的文學氣質和美學特徵：眾聲喧嘩的雜語交響、虛實相生的敘事結構、煞有介事的敘事腔調、天馬行空的意象交織、泥沙俱下的語言濁流、深沉刻薄的思想能力、親切真誠的民間立場和模糊朦朧的文本表意等。莫言小說中的種種創新與陌生化追求，貫穿其小說創作的方方面面，不管是故事

---

[6]　莫言，〈超越故鄉〉，《我的高密》（北京：中國青年出版社，2010年），頁253。
[7]　莫言，〈超越故鄉〉，《我的高密》（北京：中國青年出版社，2010年），頁257。

情節的安排、人物關係的設置、故事的敘述方式、敘述者的身分、語言風格還是意象的營造，都具有明顯的多變性和複合性。不管評論界將其定義為作家有意識的銳意創新、努力求變，還是將其評價為借鑒模仿、先鋒作怪，甚至是將其貶斥為亂耍花槍、故弄玄虛，但是大家都無法否認莫言作品本身的生氣、靈氣、大氣和鬼氣，而這「四氣」恰就是齊文化的精氣所在。

　　賈平凹出生在秦巴山腹地的古商地——商洛市丹鳳縣，這裡地處陝西省東南部的秦嶺南坡，西鄰西安，東通鄂豫，山嶺交錯、千溝萬壑，溝大、溝多、溝深、石多、土薄；這裡是秦時衛鞅的封地，商山四皓[8]的隱居地。北有百里秦嶺蒼茫大山使之與歷代政治、經濟和文化中心長安（西安）相阻隔，四圍皆山，在地理上處於南北交界處，卻是偏南方的氣候，山水靈秀。地理上的閉塞，在客觀上造成了經濟的落後和思想的保守，造就了商州的「美麗與神祕」，使之適合隱逸。這裡是典型的內陸山地，不便農耕，商業也不發達，因而民風淳樸。同時，關中、長安（西安）地區是中國古代佛道文化的核心地帶，佛道文化對當地民風和文化思想影響最為深遠，而中國古代隱逸文化正是佛道文化中「出世」思想的重要一脈。受此影響，商州山地中形成了相對封閉又自成一體的「商州山地文化」和「商山隱逸文化」，這種文化樣態具有中國農耕文明的典型特徵：即在中心城市的左近山區，常常會有在政治上不得志的或出世的知識分子隱避山林、晴耕雨讀，使得中國古典文學中長有田園文學和山林文學兩脈。隱於山水或生長於山地的知識分子，其文化心理和審美取向上都是偏於出世的，因而文風、格調也偏於清淡、靜穆、平和，追求節奏的舒緩和審美的雅致。

8　商山四皓，秦時隱士，漢代逸民。是居住在陝西商山深處的四位白髮皓鬚、德高望重、品行高潔的老者。他們四位分別是蘇州太湖甪裡先生周術，河南商丘東園公唐秉，湖北通城綺裡季吳實，浙江寧波夏黃公崔廣。

　　與莫言的父輩世代務農不同，賈平凹出生在農村讀書人家庭，父親是中學教師，「對我是寄了很大的希望的，只說我會上完初中，再上高中，然後去省城上大學，成為賈家榮宗耀祖的人物」[9]。賈平凹接受過完整的基礎教育，「文化大革命」結束、高考恢復之初就進入西北大學中文系接受了正規系統的文學教育。同樣是早年敏慧，莫言多語，賈平凹少言。早年的農村生活經驗對兩人的創作都產生了深遠的影響，這一點賈、莫兩位都多次自報，在《我是農民》和《變》中各有詳述。在兩位作家的個人經歷和文學成長過程中，都有多次「還鄉」經歷，他們出身鄉村，客居城市，「精神還鄉」。正是在一次次的「還鄉」之中，他們不斷對比著「城」與「鄉」的差別，尤其是在新時期的文學變革大潮中，他們都在認真思考、尋找著文學創作的突破口和敘事展開的「文化場」，他們幾乎不約而同地把目光投向了自己生養其間的「故鄉」「故土」。在試筆成功之後，他們都不斷加大對「故鄉」的書寫力度和挖掘深度，不斷開疆拓土，但是兩位作家努力的方向和效果卻又大不相同，此處按下，下文詳述之。

　　在賈平凹的文學創作過程中有一個「回歸商州和創作質變」的轉折，「1983年初，賈平凹在遇到創作的大苦悶時，產生了一個大行動，一過春節，他就重返商洛。……思想上經過苦悶之後的深刻反省，行動上領略商州的大山大河，感受時代遷轉流動的風雲，使賈平凹創作出現了一次質的飛越。……他不但更深入地認識了商州，也吃驚地發現了自己；不但找尋到自己最適宜的描寫地域，也從商州民俗向中國文化繫連，摸出了同商州世界相應合的美學精神。」[10]此時賈平凹在創作上已經初有成就，這次「回歸商州」其實是一次文學審美精神上的回歸，是在有了城市生活經驗之後反觀「故鄉」「故土」，是一種「還鄉書寫」，這與莫言在《白狗秋千架》中首次使用「高密

---

[9]　賈平凹，《我是農民》（西安：陝西旅遊出版社，2000年），頁35。
[10]　費秉勳，〈賈平凹與商州〉，《唐都學刊》（西安：1993年，第1期）。

東北鄉」作為其敘事空間來鋪陳故事是一樣的，是與當時的「尋根文學」主潮合拍的。而這也與中國現代文學史上魯迅、沈從文等的「還鄉書寫」是一脈相承的。賈平凹在這次回歸之後創作的《商州三錄》、《小月前本》、《臘月·正月》、《商州》等篇什，都明顯著力於展現商州山地文化的魅力，在文風和格調上也明顯傾向於借鑒中國古典文學中散文和筆記小說的筆法，追求簡潔、雅致，尚白描，而這種文風的變化也是與賈平凹的閱讀經驗緊密相關的，「在此之前他閱讀過各方面的雜書，熟悉了中國古籍中灑脫簡括富於神韻的敘寫文字，這次他每到一縣，先閱讀縣誌，縣誌是一種地域史，對該縣轄區的地理、歷史、民俗、人物都進行縱的和橫的大掃描。這種方志文體的全域眼光，質實而又通脫自由的描述，給賈平凹創造新文體以極大的啟發，正應合了他俯瞰地、歷史化地表現商州的形式需要。」[11]我們不難推斷，閱讀這些由商州歷代士人編撰的地方史志，無疑會讓賈平凹在文化精神、審美氣質和語言風格上更深刻地體認「商州山地文化」和「商山隱逸文化」的精髓，以其作為文學創作的「文化母本」，並以這種自己攜帶的地域性文化基因去對接、「繫連」中國文化，從而可以「較多地繼承了從《世說新語》、唐人傳奇、宋人話本到《浮生六記》《聊齋志異》《金瓶梅》《紅樓夢》一脈相承的古典藝術美學精神。」[12]因此可以說，費秉勳先生所謂的賈平凹「摸出了同商州世界相應合的美學精神」，無疑是指賈平凹對於「商州山地文化」與「商山隱逸文化」的發現與繼承發揚，這倒是與上文論及的「商山隱逸文化」的特點頗有淵源。而賈平凹對「商州」的發現，其實就是對其個人審美氣質的發現和再造，並在此基礎上形成了鮮明的個人審美風格。

---

[11] 費秉勳，〈賈平凹與商州〉，《唐都學刊》（西安：1993年，第1期）。

[12] 李星，〈序〉，賈平凹，《賈平凹文集·第1卷》（西安：陝西人民出版社，1998年），頁5。

第二節　「文學故鄉」──敘事場：莫言的「高密東北鄉」和賈平凹的「商州山地」

　　在總結自己的創作經驗時，關於「故鄉」，莫言更多地強調其早年農村生活的苦難、孤獨與飢餓，在對待「故鄉」的態度上，是愛恨交織的。因此，在其「故鄉書寫」中，莫言並沒有對「高密東北鄉」表現出太多的溫情和回望時的懷念與嚮往，他沒有固守「高密東北鄉」的實在地域，而是不斷對其時空外延進行拓展，使之成為一個可以涵蓋一切事件、包羅所有人物、容納各種情緒的敘事場。賈平凹對待「故鄉」的態度則是前後變化的，早期多以溫婉唯美的筆調摹寫故鄉人事、民風民俗和自然山水，有空靈高蹈的莊禪味，是學習孫犁《白洋澱紀事》風格而對故鄉山水田園牧歌般讚美式的回望；後期則反思改革和現代文明給鄉土社會帶來的負面影響，書寫被現代文明薰染了的鄉村和自然的種種不美好和無奈。作為敘事場的故鄉「商州」的時空外延基本上沒有得到拓展，故鄉故人故事都還是作家「還鄉」時的觀察所得，「商州」一直都是賈平凹的實在「故鄉」商州，其間的人事，在文化外形和精神內質上都具有典型的商州特色，而不像莫言筆下的「高密東北鄉」的人物和故事，多是挪移而來，包羅萬象。「莫言地理建構的歷史跨度很大，自清末以來至今天一百多年歷史的重大事件、細枝末節、野史狐禪盡收筆底，這與魯迅、沈從文他們從一己經驗出發的、對於故鄉的現時進行描寫是不一樣的，也因此他的作品多長江大河式的長篇巨卷，這反映出作家想以自己建構的一小塊地理作為民族國家的歷史縮影、歷史寓言的野心。」[13]

　　關於「高密東北鄉」這一敘事空間，莫言自己曾做過這樣的表

---

[13]　李俏梅，〈「文學地理」建構背後的宏大文化理念〉，《廣州大學學報》（社會科學版）（廣州：2014年第7期），頁89。

述：「高密東北鄉是一個文學的概念而不是一個地理的概念，高密東北鄉是一個開放的概念而不是一個封閉的概念，高密東北鄉是在我童年經驗的基礎上想像出來的一個文學的幻境，我努力地要使它成為中國的縮影，我努力地想使那裡的痛苦和歡樂，與全人類的痛苦和歡樂保持一致，我努力地想使我的高密東北鄉故事能打動各個國家的讀者，這將是我終生的奮鬥目標。」[14]我們不妨對這段話語進行簡單的分析和解讀：其一，莫言清醒地認識到了「地理故鄉」與「文學故鄉」的差異，「地理故鄉」是父母之邦，個人的「血地」，而「文學故鄉」則是對「地理故鄉」的詩意想像與審美擴張，是開放的，可以不斷生成新的時空意義，其目的是「為了進入與自己的童年經歷緊密相連的人文地理環境」[15]，是一種展開審美想像的「故鄉文化酵母」；其二，這種審美想像的深層次目的是表現中國生活，講述中國故事，並使小說成為「人類情緒的容器」和「人類尋找失落的精神家園的古老的雄心」[16]；其三，因其閱讀西方文學經典的經驗所致，莫言也為自己的文學創作設定了高層次的、與世界文學對話接軌的目標，期待其創作可以獲得國外讀者的認同和共鳴。在這個意義上，莫言獲得諾貝爾文學獎，無疑是對他這種敘事空間營建努力的最高獎勵和認可。

賈平凹書寫「商州山地」的目的，卻不像莫言那樣試圖將其營造成一個包羅萬象的敘事場，而只是出於對故鄉故土人文的親近和講述故事的情感便利，儘管「高密東北鄉」在莫言的筆下也有同樣的功用。賈平凹書寫「商州山地」，有著文學和審美之外的現實目的：「商州到底過去是什麼樣子，這麼多年來又是什麼樣子，而現在又是

[14] 莫言，〈福克納大叔，你好嗎？——在加州大學伯克萊校區的演講〉，《我的高密》（北京：中國青年出版社，2010年），頁213-214。
[15] 莫言，〈神祕的日本文學與我的文學歷程——在日本駒澤大學的即席演講〉，《我的高密》，（北京：中國青年出版社，2010年），頁169。
[16] 莫言，〈超越故鄉〉，《我的高密》（北京：中國青年出版社，2010年），頁251。

什麼樣子，這已經成了極需要向外面世界披露的問題，所以，這也是我寫這本小書的目的。」[17]簡言之，在莫言筆下，「高密東北鄉」是作為文學想像的「故事」的發生地，是作為敘事的背景和空間場域而被書寫的，並非是莫言小說創作的最高目的和最終指向；而在賈平凹的筆下，尤其在其散文和數量眾多的「商州小說」裡，「商州」就是作者書寫的對象和目的，是其文學世界的中心意象。也正因為如此，莫言的「高密東北鄉」是一個在「實在」地理區域基礎上的想像性審美生成，是一個被作家想像出來的、美學意義上的「故鄉」——「文學故鄉」；而賈平凹的「商州」則更多地是作者對「商州」現實世界審美過濾後的藝術呈現，是一個經過作家藝術加工過的現實「故鄉」的審美翻版，是一個「文學化的故鄉」。

兩位作家關於「故鄉」的定位有很大差異，莫言「再造」了一個屬於他自己的「高密東北鄉」，賈平凹「再現」了一個屬於全體商州人的「商州山地」，並因此導致他們在這兩個性質和時空外延均不相同的敘事場裡演繹「故鄉」「故事」時的敘事身分、情感認同和對待城鄉關係態度上的差異。

在莫言的小說中，總有一個顯在的、作為故事人物或敘事者的「我」或「莫言」存在著，這是與其「想像故鄉」或「故鄉想像」的敘事方式有關的。莫言在其小說文本世界裡結撰了很多「虛構家族傳奇」故事，大量使用第一人稱和「類第一人稱」敘事視角（複合人稱視角）來講述故事。作者的故鄉——「高密東北鄉」——無疑是放置這一類故事和敘事人稱的最佳場域。這類敘事人稱視角的大量使用，是莫言為了增強「故鄉敘事」的「我在」感和現場感，是為了獲得敘事語境和情感上的參與感和親近感，是敘事的人稱機制和敘事空間的緊密而完美的結合。值得一提的是，在莫言小說積極而有效的敘事探

---

[17]　賈平凹，《商州三錄》（西安：陝西旅遊出版社，2001年），頁8。

索中，敘事視角的變化所帶來的敘事美學上的創新是最具有文本試驗意義的，這種敘事上的「耍花槍」無疑是與作者所長期浸淫其間的齊文化「志異志怪」的陌生化審美追求傳統和兵家文化「詭／詐」的言行方式有莫大關聯的。在賈平凹的「故鄉書寫」或「書寫故鄉」敘事中總有一個隱在的「我」，這個「我」藏而不露、祕不示人，這與其小說敘事多採用全能敘事視角有關。因其是全能敘事視角，作者不便以第一人稱「我」去參與故事或敘述故事，而只能以全知全能的敘事手法來講述「故鄉」「故事」，但因其所敘述的這個「故鄉」「故事」只能是作者的「故鄉」「故事」，那麼這個隱在的敘事者便與作者高度重合了。賈平凹對故事敘述節奏的把控力是超強的，賈平凹的敘事不尚渲染與鋪排，而是高度的收放自如和大開大合，而這恰恰又是全能敘事的優點。作者「隱在」卻又無處不在，故鄉、故人、故事、故情都在其筆下自然地、原生態地呈現，這無疑與賈平凹深受「商州山地文化」自閉內斂和「商山隱逸文化」「隱」與「藏」的精神追求的影響有直接關係，同時也是賈氏對明清小說敘事傳統——全能敘事、全面掌控、舒緩自如——的繼承與發揚。

　　莫言對「高密東北鄉」的情感態度基本上保持著「最英雄好漢最王八蛋」的那種愛恨交織的情懷，在敘事的情感維度上是連貫的、完整的；莫言對「高密東北鄉」的賦形完全因時因地制宜，「高密東北鄉」時而是一個村子，時而是一個縣城，時而是城市邊緣的郊區，時而是外族入侵時的「難所」，時而是現代化進程中的「屠宰村」。而賈平凹文學世界的敘事空間則是分立的「商州山地」與「廢都西京」並存，賈平凹對城市與鄉土的情感也是自我矛盾、前後衝突的。賈平凹早期的文學書寫歌詠鄉野之美，卻也真心禮讚鄉村與農民的現代化進步，表現出對城市文明的嚮往；而在其中後期的城市敘事中，則又表現出對城市與市民的厭棄，以及對鄉村現代化給植根於農耕文明的道德傳統帶來的衝擊和鄉民精神世界失序的焦慮與擔憂。因此可以

說，在賈平凹的「城」與「鄉」的二緯敘事空間裡，他的敘事情感是矛盾的、對立的。此外，關於城市（現代）文明與鄉村（傳統）文明之間的關係，賈平凹基本上將其處理為對立的、對峙的關係，而莫言基本上將其處理為對話、融合的關係。

我們不妨再把兩位作家對於「故鄉」的書寫放置到整個「鄉土中國」的文化語境中進行觀照。在中國古典文學史上，關於「鄉土」，莫不是「田園」、「山林」和「懷鄉」，我們可以稱之為「鄉土敘事／鄉野抒情」；在中國現代文學史上，關於「鄉土」，夾雜在近現代化大潮中的從鄉村走向城市的一代代知識分子，在回望故鄉時，多懷著對故鄉故土的思念與懷想，進行著「鄉土文學」的書寫，或對故鄉進行田園牧歌式的禮讚，或痛苦地批判著故鄉的落後愚昧，或哀傷地詠歎著舊鄉村的凋敗，我們可以稱之為「還鄉敘事」；在中國當代文學史上，關於「鄉土」，尋根作家們進行著文化自拯式的文化尋根書寫，知青作家們感念著農村對自己的接納或痛恨著下鄉帶給自己的傷害，我們可以稱之為「下鄉敘事」和「鄉下敘事」。在這諸種關於「鄉土」的敘事之中，「故鄉」都是那個自然的、實在的故鄉。在魯迅、沈從文、許傑、廢名等作家筆下，「故鄉」是一個令人哀傷的字眼，是近現代化進程中「老中國」的淒涼背影。在這樣的中國「鄉土文學」背景下，我們可以見出莫言和賈平凹在「故鄉敘事」敘事空間營建上的異同：兩者的相同之處在於，莫言和賈平凹的小說在敘事空間的營建上具有一致性，都在「故鄉」找到了敘事場域和敘事激情，其敘事精神都深深植根於、汲力於故鄉的文學精神傳統，浸淫其間，深受地域歷史文化影響，並以天縱之才將其發揚，自成其驚泣鬼神的巨匠神氣，在文學創新的同時，不斷感受著時代的脈動，書寫著自己的「家國情懷」。不同之處在於，莫言和賈平凹小說「故鄉敘事」場域的時空外延不同，莫言的「高密東北鄉」是一個「想像的故鄉」──一個審美意義上的「文學故鄉」，賈平凹的「商州」是一個「實

在的故鄉」──一個「文學化的故鄉」，儘管二者都是作家的文學世界中的「故鄉」，但它們在作家的文學創作中所占的權重不同，莫言的「高密東北鄉」是作家精心營建的一個敘事場域，但卻不是作家書寫的重點和中心。賈平凹的「商州」則先是作家傾力表現的對象，後來才又變成其「商州故事」的敘事場。

　　從地域文化和「文學地理學」的角度來看，莫言和賈平凹分別營造出了「高密東北鄉」和「商州山地」，為新時期以來的中國當代文壇奉獻了獨具藝術魅力的「高密東北鄉」故事和「商州系列」散文、小說。雖然限於論題，我們在上文中沒有論及外國文學對兩位作家「故鄉」敘事空間營建的影響，但不可否認，在兩位作家的文學教育和文學閱讀經驗中，外國文學的某些作品的確觸發了他們營建「故鄉」敘事空間、進行「故鄉敘事」的靈感，從文學敘事的方式和場域上給他們以啟迪。但是，需要指出的是，莫言和賈平凹都是天才的作家，其對外國文學敘事精神的學習和借鑒是深深扎根於其實在「故鄉」的地域性文化資源和文化母本中的。「為什麼這麼多作家開始有意識地建構他們的紙上故鄉，外來的文學影響固然是一個誘因，更深刻的誘因卻在本土文化歷史語境中，它使得『地理的』在此時不僅僅是『地理的』，不僅僅是某種美學風格上的偏鋒，而是一種被挖掘的文化力量，用來補充主流政治文化，修復和抗衡已經十分單調的民族主流文化的文化建設行為。」[18]與魯迅的「魯鎮」、沈從文的「湘西」、馬爾克斯的「馬孔多」和福克納的「約克納帕塔法縣」等文學敘事場域一樣，莫言的「高密東北鄉」和賈平凹的「商州山地」已經成為了世界文學敘事場域中的重要板塊，代表著一方獨特的風土和人情，在文學敘事空間和文化指代上具有廣泛的包容性和創新性，這種文學敘事空間的營建賦予了作家空前的敘述權力和想像自由。

---

[18]　李俏梅，〈「文學地理」建構背後的宏大文化理念〉，《廣州大學學報》（社會科學版）（廣州：2014年，第7期），頁87。

　　有必要再次強調一下莫言和賈平凹小說敘事空間的差異：莫言關於「故鄉」的書寫是與現代世界文學的想像性故鄉書寫的敘事風格和審美追求高度一致的，「故鄉」只是其展開敘事的引子、飛揚想像的審美酵母，包羅其天才想像力的巨大空間容器。「故鄉」——高密東北鄉——給予其想像的自由和天然的敘事上的親近感，使其獲得敘事與抒情的高度自由，作家的創作也因此在文學史上具有了獨異性，其筆下的人、事、情以及寫人、敘事、抒情的語言風格、敘事策略及其實現的審美效果也因此獨異而別致。賈平凹關於「故鄉」的書寫是「原始故鄉」的書寫，承繼了中國現代知識分子作家「還鄉書寫」的傳統，筆下所涉均是「故鄉」、「故土」、「故人」、「故事」，虛構與寫實並行，但是在人物的精神面貌上偏重於寫實。這種差異也是莫言與其他中國現當代「鄉土敘事」作家在小說敘事空間營建上的差異。莫言的「文學故鄉」——「高密東北鄉」——在文化指代功能和時空外延擴展能力上都要優於其他作家的「文學化的故鄉」，因而也具有了領先於當代世界文學敘事空間營建能力的意味。

結語

　　莫言小說的敘事探索主要體現在敘事視角實驗方面，視角的變換、複合型敘事視角的知域疊加、極致化的人稱轉換、「我向思維敘事」、「寄居敘事」和多重話語複調敘事等，讓莫言的小說呈現出獨特的藝術魅力。

　　在莫言長達二十年的農村生存經驗中，童年孤獨的言語禁閉造成了他強烈的話語欲望，童年時的耳朵閱讀經驗為他的小說敘事提供了豐富的故事資源儲備；「文化大革命」時代的語言暴力和文學語言政治化所造成的社會性「煞有介事」的話語腔調，對他的小說敘事語言產生了深刻的影響；向民間敘事話語傳統和西方小說敘事新勢力的借鑒，以及莫言出眾的感悟能力和強烈的創新欲望，使他不斷求新探索，並總有驕人收穫；大膽的理論探索精神、高漲的創作實踐熱情、系統的理論修養和廣泛涉獵中外文學經典名著的閱讀經驗，為他的敘事探索提供了廣闊的世界性文學視野；超常敏銳的感覺能力和天才的想像力，讓他的小說敘事具有了天馬行空的狂氣和雄氣。

　　這幾種藝術因素的合力作用共同孵化出了莫言小說敘事的以下幾種美學風格：眾聲喧嘩的雜語交響、虛實相生的敘事結構、煞有介事的敘事腔調、天馬行空的意象交織[1]、泥沙俱下的語言濁流、深沉刻薄的思想能力、親切真誠的民間立場、模糊朦朧的文本表意。

　　在對莫言小說的閱讀過程中，讀者往往會發現，歷史的莊嚴凝重感在他「煞有介事」的顛覆性話語腔調和解構性敘事策略的夾擊之下土崩瓦解，卸去了權力話語苦心塗抹的濃妝的歷史往事，在文本中獲

---

[1] 　對此點，限於論題，本書基本未涉及，但因其是莫言小說敘事的一個重要特徵，姑且存之。

得了讀者的認同，得以歸真，從而使人有沉入故事的感覺，對人物的感覺如同身受。同時，作家又運用元（小說）敘事技巧來暴露小說的虛構性，以造成讀者對人物故事情感和作家敘事情感的間離。作家深沉刻薄的思想能力、真誠的民間文化立場和價值取向，使他的小說文本呈現出強烈的文化批判意識和現實關懷情緒。同時，小說敘事視角的頻繁轉換，也造成了小說文本的模糊多義和嚴重的閱讀接受障礙，部分地遭到了閱讀和批評的離棄。

　　長盛不衰的創新求新精神和積極深刻的思想能力，讓莫言的敘事努力具有了超群的藝術表達能力，使他得以常立於當代文學小說敘事探索的潮頭。他的小說敘事觀念在實踐中不斷更新的過程，也是他不斷超越自我、打破常規的過程。他在藝術的海灘上用各色語言的沙子雕砌起一座座敘事的迷宮，又不停地引來躁動的海潮，將其輕輕抹去，因為，他想要更新更好的小說敘事藝術的沙雕。

附錄一　莫言小說敘事研究文獻目錄

一、期刊論文（1986-2017年，按作者姓氏字母順序排列）

艾懿：《莫言小說人稱的人際意義》，《短篇小說》（原創版）2012年第24期。

安靜：《民間傳奇與完整長度——90年代長篇小說所追求的兩大奇書敘事特徵》，《海南師範大學學報》（社會科學版）2007年第2期。

敖先紅：《淺論莫言〈檀香刑〉敘述主題的悖論性》，《現代語文》（文學研究版）2011年第5期。

畢光明：《「酒國」故事及文本世界的互涉——莫言〈酒國〉重讀》，《文藝爭鳴》2013年第6期。

畢光明：《〈生死疲勞〉：對歷史的深度把握》，《小說評論》2006年第5期。

畢兆明：《他山之石　可以攻玉——談魔幻現實主義對莫言的影響》，《呼蘭師專學報》2003年第4期。

布小繼：《莫言小說歷史敘述的多維性探究》，《芒種》2013年第14期。

曹金合：《莫言小說創作的獨特心理機制探尋——頑童心態、先鋒意識、民間立場的和諧統一》，《當代文壇》2016年第4期。

曹學聰：《論〈酒國〉的「陌生化」手法》，《十堰職業技術學院學報》2009年第3期。

柴琳：《古久的恐懼——〈食草家族〉與〈百年孤獨〉中「亂倫」敘

述》，《北方文學》2012年第2期。

陳海燕：《論〈白狗秋千架〉的複調》，《職大學報》2015年第3期。

陳嬌華：《「大踏步撤退」與莫言的新歷史小說創作》，《蘇州科技
　　學院學報》（社會科學版）2009年第1期。

陳離：《是「民間敘事」還是精神逃亡——從莫言的長篇小說〈檀香
　　刑〉說起》，《江西師範大學學報》2013年第3期。

陳亮：《重複與隱喻　架構與節奏——淺談莫言長篇小說〈蛙〉的寫
　　作技法》，《山東女子學院學報》2015年第1期。

陳思：《〈紅高粱〉敘事視角研究》，《文學教育》2015年9月。

陳思和：《莫言近年小說創作的民間敘述——莫言論之一》，《鐘
　　山》2001年第5期。

陳思和：《「歷史—民族」民間敘事模式的創新嘗試》，《當代作家
　　評論》2008年第6期。

陳思和：《人畜混雜，陰陽並存的敘事結構及其意義》，《當代作家
　　評論》2008年第6期。

陳熙熙：《社會生活的空間視界與敘事實踐——莫言小說〈蛙〉的空
　　間敘事探析》，《文藝爭鳴》2014年第8期。

陳俠：《莫言〈生死疲勞〉的敘事特徵》，《開封教育學院學報》
　　2014年第5期。

陳小強：《莫言〈枯河〉中的變異及敘事策略》，《文學教育》
　　（上）2008年第7期。

陳小葉：《超越傳統：福克納和莫言作品的多元敘事視角詮釋》，
　　《隴東學院學報》2016年第4期。

陳曉蘭：《死亡儀式的狂歡化再現——關於〈檀香刑〉》，《創作》
　　2002年第5期。

陳曉明：《莫言小說的形式意味》（選自陳曉明著《表意的焦慮》，
　　第二章第一節），中央編譯出版社2002年版。

陳曉明：《「動刀」：當代小說敘事的暴力美學》，《社會科學》
　　2010年第5期。

陳曉明：《鄉土中國的寓言化敘事——莫言長篇小說〈生死疲
　　勞〉》，《文藝報》2006年3月14日第二版。

陳曉明：《歷史盡頭的自覺——新世紀中國長篇小說的藝術流變》，
　　《社會科學》2012年第8期。

陳曉明：《鄉土中國、現代主義與世界——對80年代以來鄉土敘事轉
　　向的反思》，《文藝爭鳴》2014年第7期。

陳曉燕：《論莫言小說中的河流敘事》，《中國現代文學研究叢刊》
　　2016年第4期。

陳新瑤：《論莫言小說的「言說策略」》，《湖北理工學院學報》
　　（人文社會科學版）2015年第2期。

陳彥馨：《莫言小說的雜語性特徵》，《安徽文學》，2008年第12期。

陳燕遐：《莫言的〈酒國〉與巴赫汀的小說理論》，《二十一世紀》
　　2003年總第13期第4期。

陳卓、王永兵：《論莫言新歷史小說的民間敘事》，《當代文壇》
　　2016年第2期。

程德培：《被記憶纏繞的世界——莫言創作中的童年視角》，《上海
　　文學》1986年第4期。

程敏：《關於民間敘事困境的思考——以莫言小說〈蛙〉為例》，
　　《安徽廣播電視大學學報》2012年第2期。

程明霞：《〈檀香刑〉，奏響一曲歷史悲歌：從人的視角探討》，
　　《金山》2010年第5期。

程豔芳：《獨特的視角　誇張的感覺——〈透明的紅蘿蔔〉藝術手法
　　淺析》，《滄州師範專科學校學報》2006年第2期。

初清華：《在敘述中穿越民間與歷史》，《當代作家評論》2004年第
　　6期。

楚恆葉：《荒誕下的真實——論莫言〈酒國〉虛實互寫下的意象傳達》，《牡丹江大學學報》2015年第8期。

楚軍、呂汀：《認知敘事學視域下的幻覺現實主義敘事策略探析》，《當代文壇》2015年第3期。

達吾：《藝術的敘述和「載道」的期許——〈冰雪美人〉的閱讀體驗》，《名作欣賞》（鑒賞版）2003年第5期。

戴國慶、李永東：《生命強力的高揚，感覺世界的狂歡——評〈紅高粱〉的藝術追求》，《郴州師範高等專科學校學報》2001年第6期。

鄧金洲：《論莫言「新歷史小說」中歷史的民間想像的傾向》，《邵陽學院學報》2007年第5期。

鄧嗣明：《用感覺編織的藝術世界——莫言小說技法探宗》，《寫作》1989年第1期。

鄧招華、李亞輝：《民間話語下的歷史審視——評莫言的〈生死疲勞〉》，《山東理工大學學報》（社會科學版）2007年第6期。

丁柏銓、王樹桃：《「五四」小說與新時期小說敘事視角比較》，《南京大學學報》（哲學·人文·社會科學）1995年第1期。

丁國興、陳海權：《神魔共舞的狂歡化敘事——〈紅高粱家族〉中莫言的敘事特色》，《江西社會科學》2005年第1期。

丁念保：《對莫言的澈底顛覆——先鋒小說、新寫實小說合論》，《飛天》1990年第11期。

丁萬武、李進學：《把家鄉安放在世界文學的版圖上——試論莫言小說創作的藝術特徵》，《語文教學通訊》2015年第8期。

董國俊：《高密東北鄉：莫言小說的虛幻敘事與「真實」細節》，《理論學刊》2012年第12期。

董希文：《莫言小說〈蛙〉戲仿敘事藝術探究》，《中州學刊》2014年第3期。

杜克潔：《敘事的張力與文本的深意──再解讀莫言〈白狗秋千架〉》，《菏澤學院學報》2017年第1期。

杜麗華：《想像的民間──論莫言〈檀香刑〉中的民間敘事》，《西安建築科技大學學報》2016年第2期。

［美］杜邁可：《論〈天堂蒜薹之歌〉》，《當代作家評論》2006年第6期。

杜文娟：《簡談莫言〈生死疲勞〉對新歷史主義的深化》，《現代語文》（文學研究）2011年第4期。

段宇暉：《莫言的小說筆法──〈豐乳肥臀〉人物敘事論》，《重慶文理學院學報》（社會科學版）2015年第4期。

樊保玲：《莫言小說敘事分析》，《泉州師範學院學報》（社會科學）2007年第5期。

樊保玲：《歷史敘述與個人言說──莫言小說分析》，《泉州師範學院學報》2008年第3期。

樊東寧、姚紅靜：《評〈紅樹林〉的敘事手法》，《衡水學院學報》2014年第2期。

范吳喆：《莫言作品〈蛙〉的魔幻現實主義色彩剖析》，《科技創業》2016年第7期。

方敏惠：《福克納和莫言作品中的創傷敘事》，《淮海工學院學報》（人文社會科學版）2016年第2期。

房福賢、王春霞：《新時期「靈異山東」敘事》，《文藝爭鳴》2008年第12期。

房紹偉：《意象：文本的「核心」──試論莫言小說意象化的文本建構策略》，《山東文學》2006年第3期。

馮火魁：《論莫言小說中民族特色與魔幻現實主義的結合──以〈豐乳肥臀〉為例》，《劍南文學》（經典閱讀）2013年第2期。

馮曉燕：《從〈檀香刑〉看莫言小說的荒誕敘事》，《青海師範大學

學報》（哲學社會科學版）2013年第4期。

鳳媛：《撤退與進擊──試論〈檀香刑〉的敘事藝術及意義》，《安徽教育學院學報》2003年第2期。

鳳卓、彭正生：《歷史的突圍與超越──論莫言〈檀香刑〉狂歡化敘事美學》，《阜陽師範學院學報》（社會科學版）2015年第5期。

付水英：《傳統守望者和創新先行者──淺析莫言〈生死疲勞〉的創作技巧》，《長春教育學院學報》2013年第12期。

傅小平：《莫言從「低處」建構敘事奇觀》，《文學報》2011年8月25日第002版。

高翠英：《莫言小說創作的轉型》，《中國石油大學勝利學院學報》2010年第4期。

高文霞、任慧芳：《莫言小說敘事空間研究》，《廊坊師範學院學報》（社會科學版）2012年第6期。

高文霞：《莫言小說的敘事視角》，《石家莊鐵道大學學報》（社會科學版），2013年第1期。

高文霞：《莫言小說敘事時間研究》，《滄州師範學院學報》2013年第1期。

高選勤：《莫言小說的敘述語言與視角》，《寫作》（高級版）2001年第11期。

高媛媛：《莫言小說的藝術技巧研究》，《考試週刊》2011年第85期。

高志、趙靜：《莫言〈紅高粱家族〉敘事藝術研究》，《電影評介》2010年第9期。

龔剛：《論〈生死疲勞〉的超現實主義敘事》，《華文文學》2014年第2期。

關峰：《〈生死疲勞〉：莫言講故事的民間寫作》，《貴州大學學報》（社會科學版）2014年第2期。

關峰：《莫言「文革」敘事論略》，《江蘇大學學報》（社會科學

版）2014年第4期。

關峰：《中國故事的日常生活敘事——莫言新世紀長篇小說綜論》，
　　《江南大學學報》2017年第1期。

郭冰茹：《尋找一種敘述方式：論莫言長篇小說對傳統敘述方式的創
　　造性吸納》，《當代作家評論》2006年第6期。

郭群：《論莫言鄉土小說狂歡化的話語策略》，《長春理工大學學
　　報》（社會科學版）2014年第1期。

行超：《莫言小說特質及中國文學發展的可能性》，《文藝報》2012
　　年10月24日第002版。

郝丹：《魔幻的「根」與「根」的魔幻——莫言「尋根文學」的魔幻
　　現實主義色彩》，《名作欣賞》2013年第6期。

郝敬波：《〈蛙〉：小說敘事與國家形象》，《江蘇師範大學學報》
　　（哲學社會科學版）2013年第5期。

何龍：《衝破傳統敘述模式之後——探索中的小說敘述藝術》，《文
　　藝理論研究》1989年第2期。

賀立華：《童年記憶　文學境界　男性視角——藝術內外說莫言》，
　　《山東女子學院學報》2013年第1期。

賀紹俊、潘凱雄：《莫言的小說模式及其意義初探》，《文學評論
　　家》1986年第5期。

賀玉慶、董正宇：《戰爭敘事的新變——論莫言小說〈紅高粱家
　　族〉》，《創作與評論》2013年第18期。

衡學民：《傳統與現代的融合：莫言小說對中國敘事傳統的繼承與創
　　造》，《江西社會科學》2016年第9期。

洪治綱：《論莫言小說的混雜性美學追求》，《中國現代文學研究叢
　　刊》2015年第8期。

侯立兵：《也談莫言〈檀香刑〉的生命權力敘事——兼與溫泉先生商
　　榷》，《文藝爭鳴》2017年第3期。

侯令琳：《論〈天堂蒜薹之歌〉的敘事技巧》，《文學教育》（下）2006年第1期。

侯曉鳳：《狂歡的背後——讀〈四十一炮〉》，《現代語文》（文學研究）2011年第5期。

侯運華：《論莫言小說的女性崇拜與敘事特徵》，《新鄉師範高等專科學校學報》，2001年第3期。

胡守貴：《淺談莫言小說敘事的民間立場》，《時代文學》（雙月上半月）2009年第4期。

胡秀麗：《莫言近年中短篇小說透視》，《當代文壇》2002第5期。

胡燕春：《歷史與話語的狂歡——莫言小說〈檀香刑〉淺論》，《曲靖師範學院學報》2002年第2期。

黃道玉：《論莫言〈蛙〉文體互滲中的多視角敘事》，《黑龍江教育學院學報》2015年第12期。

黃發有：《影像化敘事與莫言的小說創作》（選自黃發有著《準個體時代的寫作——20世紀90年代中國小說研究》第六章），上海三聯書店2002年版。

黃婕：《斷頭與分身——中國現當代小說身體敘事的另類維度》，《東南學術》2017年第2期。

黃立華：《論門羅與莫言小說敘事風格的相似性》，《求索》2015年第7期。

黃善明：《一種孤獨遠行的嘗試——〈酒國〉之於莫言小說的創新意義》，《當代作家評論》2001年第5期。

黃世權：《多元文化互滲時期的寫作策略——論莫言〈檀香刑〉文化雜糅的意義及其成敗》，《理論與創作》2005年第4期。

黃萬華：《自由的訴說：莫言敘事的天籟之聲——莫言新世紀10年的小說》，《東嶽論從》2012年第10期。

黃勇：《地主講土改——莫言〈生死疲勞〉敘事視角的新變》，《揚

子江評論》2009年第6期。

姬鳳霞：《解讀莫言〈檀香刑〉的敘事形態》，《青海師範大學學報》（哲學社會科學版）2004年第5期。

季紅真：《神話結構的自由置換——試論莫言長篇小說的文體創新》，《當代作家評論》2006年第6期。

季紅真：《歷史敘事的血肉標記——莫言小說女性身體的多重表義功能》，《山東女子學院學報》2015年第4期。

季紅真：《大地詩學中心靈磁場的核心故事——莫言小說的生殖敘事》，《文藝爭鳴》2016年第6期。

賈翠花：《另一種敘述的探索——關於〈生死疲勞〉》，《現代語文》（文學研究版）2008年第2期。

賈蔓：《神祕的全知敘述者：評莫言小說〈紅樹林〉》，《當代文壇》2007年第5期。

賈豔豔：《概念與經驗之間的敘事困境——對小說創作現狀的一種思考》，《社會科學》2010年第12期。

姜春：《莫言小說敘事的三種策略》，《求索》2013年第9期。

姜德成：《〈豐乳肥臀〉的歷史敘事研究》，《寧波大學學報》（人文科學版）2015年第3期。

蔣霞、楊曉河：《關於權力之暴力的敘事——讀莫言的〈檀香刑〉》，《紅河學院學報》2014年第1期。

蔣原倫：《中國風格——關於〈檀香刑〉》，《南方文壇》2001年第6期。

金鳳：《神魔共舞的狂歡化詩學風格——淺析莫言的作品風格》，《湖北經濟學院學報》2007年第11期。

景銀輝：《童年創傷、歷史記憶與文化症候——莫言小說中的飢餓敘事》，《小說評論》2013年第1期。

康建偉：《「回歸傳統」後的「講故事」——從敘事視角解讀2000年

以來莫言長篇小說》，《創作與評論》2015年第24期。

曠新年：《莫言的〈紅高粱〉與「新歷史小說」》，《杭州師範學院
　　學報》2005年第4期。

賴曉玥：《真實與虛構之間——論莫言短篇小說〈木匠與狗〉的敘事
　　策略》，《攀枝花學院學報》2013年第5期。

蘭明娣、楊丹丹：《〈紅高粱〉的文本敘述和影像闡釋》，《神州》
　　2012年第33期。

李程：《莫言〈生死疲勞〉的隱性敘事進程》，《邢臺學院學報》
　　2013年第2期。

李傳忠：《極致的敘述　蒸騰的欲望——評莫言〈四十一炮〉》，
　　《現代語文》（文學研究版）2006年第7期。

李丹：《一出庸俗的慘劇——長篇小說〈蛙〉批判》，《當代文壇》
　　2010年第4期。

李剛、石興澤：《竊竊私語的「鑲嵌本文」——莫言小說的民間品
　　性》，《中國社會科學院研究生院學報》2007年第2期。

李剛、周鎖英：《中國經驗與莫言小說的狂歡情節》，《山東教育學
　　院學報》2009年第6期。

李貴蒼、陳超君：《敘事的狂歡：莫言與格拉斯筆下的侏儒形象》，
　　《中國比較文學》2014年第4期。

李國：《民間記憶的歷史觸摸：莫言小說的敘事特點》，《衡陽師範
　　學院學報》2010年第5期。

李國：《祛偽與存真：莫言歷史小說的解構策略》，《河北科技大學
　　學報》（社會科學版）2010年第3期。

李國：《欲望化的歷史敘事——莫言小說創作的三向維度》，《南都
　　學壇》2010年第6期。

李繼林：《〈紅高粱〉的敘事藝術和鄉土性特徵》，《大慶師範學院
　　學報》2015年第4期。

李江梅：《敘事視角越界的「陌生化」創作效果：對〈雌性的草地〉和〈紅高粱〉的個案解讀》，《當代文壇》2007年第4期。

李傑俊：《莫言的文革敘事研究》，《濰坊學院學報》2016年第1期。

李潔非、張陵：《精神分析學與〈紅高粱〉的敘事結構》，《北京文學》1987年第1期。

李潔非等：《小說敘事觀念的調整──讀〈紅高粱〉〈靈旗〉〈黑太陽〉所想》，《文藝報》1986年11月29日第2版。

李靜：《不馴的疆土──論莫言》，《當代作家評論》2006年第6期。

李鈞：《新歷史主義的立場和「作為老百姓的寫作」──莫言榮獲諾貝爾文學獎的深層原因探析》，《山東師範大學學報》2013年第2期。

李鈞：《敘事狂歡與價值迷失──評莫言的〈四十一炮〉》，《海南師範學院學報》2005年第2期。

李俊學：《布林加科夫與莫言的魔幻敘事之比較》，《名作欣賞》2016年第8期。

李坤玉、傅敏：《莫言小說〈酒國〉中的後現代特徵》，《群問天地》2012年第5期。

李莉：《「酷刑」與審美──論莫言〈檀香刑〉的美學風格》，《山東社會科學》2004年第4期。

李莉：《論小說敘事結構與作家思維方式──以〈岡底斯的誘惑〉、〈馬橋詞典〉、〈檀香刑〉為例》，《河海大學學報》（哲學社會科學版）2006年第3期。

李龍：《莫言與新歷史主義小說》，《中國科技博覽》2010年第2期。

李茂民：《論莫言小說的苦難敘事──以〈豐乳肥臀〉和〈蛙〉為中心》，《東嶽論叢》2015年第12期。

李敏：《尋求一片新的敘事天地──論莫言〈生死疲勞〉的敘述結構與敘述視角》，《文學與藝術》2009年第8期。

李慶信：《「借給」讀者一雙眼睛——談〈紅高粱〉的藝術「視角」》，《滇池》1988年第4期。

李瑞香、湯景泰：《瘋狂與絕望的變奏——論莫言〈四十一炮〉的狂歡化》，《安康師專學報》2004年第5期。

李瑞雪：《莫言的魔幻現實主義與拉美魔幻現實主義——以馬爾克斯的〈百年孤獨〉為例》，《北方文學》2013年第8期。

李盛濤：《莫言小說〈蛙〉敘事策略背後的意義迷失》，《成都理工大學學報》（社會科學版）2015年第5期。

李書磊：《文體解放與思想解放——也談〈紅高粱〉》，《文論報》1986年12月21日。

李威：《莫言作品中的魔幻現實主義風格研究》，《湖北科技學院學報》2013年第4期。

李偉：《戰爭史詩與愛情傳奇——以怪誕視角解讀〈紅高粱家族〉》，《文學界》（理論版）2012年第1期。

李雪：《民間立場與現代意識的融合與摩擦——評莫言長篇小說》，《社科縱橫》2006年第7期。

李益長：《透過心靈的回望與重構——論莫言散文想像與虛構的敘事力量》，《楚雄師範學院學報》2013年第11期。

李勇：《在「現實」與「觀念」之間——論1990年代的鄉村小說敘事格局》，《內蒙古社會科學》2010年第1期。

李宇雯：《現代與傳統的交響樂——論〈檀香刑〉敘事結構的藝術獨創性》，《劍南文學》（經典閱讀）2013年第1期。

李運摶：《論「卡夫卡式」與「馬爾克斯式」的中國敘事——中國當代小說敘事試驗的一種解讀》，《天津師範大學學報》（社會科學版）2015年第5期。

李占偉：《莫言小說的敘事現代性》，《小說評論》2015年第2期。

李梓銘、張學昕：《英語世界裡的中國「廟堂之音」——莫言小說

〈檀香刑〉中人物聲音的重現》，《小說評論》2016年第2期。

李自國：《戰爭歷史的另一種寫法——論莫言戰爭題材小說對歷史的解構》，《成才》2002年第5期。

李自國：《講述歷史　反思人性——解讀〈生死疲勞〉的敘述者》，《北京廣播電視大學學報》2011年第1期。

李自國：《論〈紅高粱〉的敘述視角》，《江漢論壇》2012年第2期。

李宗剛：《民間視閾下〈紅高粱〉英雄敘事的再解讀》，《煙臺大學學報》（哲學社會科學版）2005年第1期。

梁珊：《關於莫言〈生死疲勞〉的敘事研究》，《語文建設》2016年6月。

梁小娟：《批判與建構——論莫言鄉土小說的敘事倫理》，《長江學術》2012年第1期。

梁曉安：《〈紅高粱〉敘事情境及其效果探析》，《長江大學學報》（社科版）2014年第2期。

梁振華：《〈蛙〉：時代吊詭與「混沌」美學》，《南方文壇》2010年第3期。

廖傳文：《兒童視角與視角的更迭：莫言小說敘述視角淺析》，《中南論壇》2008年第4期。

廖華英：《解放的想像力：也論西方文學資源對於莫言創作的影響》，《中國文學研究》2014年第1期。

林麗、譚文華：《「多聲部」演奏莫言的複調小說》，《學理論》2009年第17期。

林霖：《存在：在講述的名義下——評莫言的長篇小說〈四十一炮〉》，《時代文學》2009年第3期。

林蘋：《〈紅高粱〉藝術技巧論》，《福建商業高等專科學校學報》1999年第4期。

林宗良：《淺議〈豐乳肥臀〉的敘事藝術》，《閱讀與鑒賞》（中

旬）2011年第10期。

凌雲嵐：《莫言與中國現代鄉土小說傳統》，《文學評論》2014年第2期。

劉艾婧：《訴說中的狂歡——試論莫言新作〈四十一炮〉》，《沙洋師範高等專科學校學報》2005年第1期。

劉成才：《「文學中國」、亞洲敘事與想像性閱讀：日本學者的莫言研究》，《南京師大學報（社會科學版）》2015年第6期。

劉崇華：《〈生死疲勞〉解析莫言小說的魔幻現實主義色彩》，《語文建設》2015年第3期。

劉德銀：《經驗與記憶：莫言小說創作的三重變奏》，《齊魯學刊》2014年第3期。

劉鴿：《從修辭學角度看莫言的〈十三步〉》，《吉林省教育學院學報》2014年第8期。

劉廣遠：《狂歡化：莫言小說的話語方式——試論〈四十一炮〉》，《當代文學研究資料與信息》2005年第1期。

劉廣遠：《莫言小說的怪誕現實主義》，《遼寧工學院學報》2007年第1期。

劉廣遠：《論莫言小說的複調敘事模式》，《瀋陽師範大學學報》（社會科學版）2007年第3期。

劉國良：《莫言小說的美學追求》，《南通師範專科學校學報》（社科版）1991年第1期。

劉國良：《莫言：對傳統小說模式的顛覆》，《中學生閱讀》（高中版）2006年第9期。

劉海軍：《論新世紀鄉村小說的碎片化敘事》，《大連理工大學學報》2011年第1期。

劉紅：《奇異的複合音響——淺析莫言小說的複調特徵》，《山東文學》2007年第2期。

劉紅：《淺談莫言在小說領域內的探索創新》，《才智》2011年第
　　23期。

劉泓：《歷史敘事：從史傳精神到虛構遊戲》，《福建論壇》（文史
　　哲版）1999年第2期。

劉曲：《從巴赫金的「狂歡詩學」看希拉蕊‧曼特爾與莫言作品的狂
　　歡美》，《前言》2013年第2期。

劉汝慧、傅宗洪：《試析莫言小說的魔幻現實主義成分——以〈懷抱
　　鮮花的女人〉為個案》，《遼寧行政學院學報》2008年第8期。

劉書勤：《天真的看　深邃的思——莫言小說的兒童敘事視角分
　　析》，《理論月刊》2005年第11期。

劉姝：《非長歌何以騁其情？——莫言小說〈天堂蒜薹之歌〉中歌謠
　　的敘事功能》，《柳州師專學報》2013年第5期。

劉婷婷：《淺論〈檀香刑〉的敘事手法》，《大眾文藝》（理論）
　　2009年第1期。

劉為欽、劉斯羽：《論莫言敘事的獨特性、前衛性和本土性》，《江
　　漢論壇》2014年第10期。

劉偉：《「輪迴」敘述中的歷史「魅影」——論莫言〈生死疲勞〉的
　　文本策略》，《文藝評論》2007年第1期。

劉香：《敘述的狂歡：寫作者的自我救贖之道——評莫言的長篇小說
　　〈四十一炮〉》，《名作欣賞》（下半月刊）2005年第3期。

劉新銘：《貓腔裡的愛恨情仇：談莫言〈檀香刑〉敘事方式的開拓創
　　新》，《劍南文學》2011年第5期。

劉星：《莫言〈蛙〉的敘事視角藝術》，《呂梁學院學報》2016年第
　　6期。

劉研：《反思「東亞」現代性——論〈生死疲勞〉與〈1Q84〉中的
　　神話敘事》，《東北亞外語研究》2014年第3期。

劉宇新：《先鋒姿態下的傳統敘事——對莫言戲劇創作的文本分

析》，《江蘇師範大學學報》2013年第6期。

劉郁琪、陶海霞：《莫言小說〈蛙〉的敘事倫理》，《文學教育》
　　（上）2010年第13期。

劉郁琪：《莫言小說〈蛙〉的書信體敘事》，《學理論》2010年第
　　20期。

劉再復：《故事的極致與故事的消解──〈高行健莫言比較論〉續
　　篇》，《當代作家評論》2013年第4期。

劉治洋：《莫言小說的藝術技巧探究》，《華章》2013年第11期。

柳平：《文學世界裡的鄉村──析莫言小說的村莊敘事》，《柳州職
　　業技術學院學報》2013年第4期。

龍體欽：《論莫言小說的苦難敘事》，《劍南文學》（經典閱讀）
　　2012年第5期。

盧金、傅學敏：《淺論莫言〈檀香刑〉的先鋒敘事》，《文學教育》
　　（中）2010年第3期。

盧俊興、周敏：《感覺的奇異與復活──淺析莫言〈紅高粱〉陌生化
　　手法》，《名作欣賞》2014年第2期。

盧巧丹：《莫言小說〈檀香刑〉在英語世界的文化行旅》，《小說評
　　論》2015年第4期。

祿永鵬：《論莫言小說狂歡化敘事所彰顯的酒神精神》，《社科縱
　　橫》2014年第4期。

羅春麗、張學知：《論莫言〈生死疲勞〉的敘事藝術》，《當代教育
　　理論與實踐》2014年第6期。

羅慧林：《當代小說的「細節肥大症」反思──以莫言的小說創作為
　　例》，《文藝爭鳴》2009年第4期。

呂潔：《莫言長篇小說的主題與敘事評析》，《語文建設》2015年第
　　26期。

呂彤鄰：《超越與局限──莫言中篇小說〈紅高粱〉分析》，汪寶榮

譯，《當代作家評論》2016年第5期。

馬琳：《父與子的新一輪角力——也談莫言小說〈生死疲勞〉中的倫理敘事》，《中國校外教育》（理論）2008年第11期。

馬躍成：《莫言〈紅高粱〉與二人轉敘述視角的異同——論跳進跳出敘述視角的獨特性》，《戲劇文學》2015年第7期。

馬雲：《莫言〈生死疲勞〉的超驗想像與敘事狂歡》，《文藝爭鳴》2014年第6期。

馬知遙：《〈檀香刑〉：狂歡化敘述中的女子》，《海南師範大學學報》2007年第6期。

毛克強：《從莫言〈檀香刑〉看長篇小說「史詩」性質的戲劇化演繹》，《宜賓學院學報》2009年第4期。

梅瓊林：《對立與虛無——莫言現象的哲學基點和藝術視角論綱》，《華中師範大學研究生學報》1989年第4期。

蒙冬英：《探析莫言小說〈紅高粱〉的敘事傳播策略》，《四川職業技術學院學報》2016年第4期。

孟琦：《莫言作品〈蛙〉的魔幻現實主義表現》，《語文學刊》2013年第14期。

苗變麗：《模擬與寓言的融合——對長篇小說〈蛙〉的一種闡釋》，《理論與創作》2010年第6期。

苗變麗：《論循環時間敘事的精神文化特質——解讀莫言的〈生死疲勞〉》，《鄭州大學學報》（哲學社會科學版）2013年第4期。

莫言、李敬澤：《向中國古典小說致敬》，《當代作家評論》2006年第2期。

莫言：《捍衛長篇小說的尊嚴——「小說的現狀與可能性」筆談（上）》，《當代作家評論》2006年第1期。

聶琴珍：《莫言現象：被誤解的「魔幻現實主義」——〈豐乳肥臀〉與〈百年孤獨〉之比較》，《電影評介》2013年第12期。

牛殿慶：《〈豐乳肥臀〉的藝術建構》，《蘇州大學學報》2005年第
　　6期。

牛鐳：《莫言小說的狂歡化敘事特色賞析》，《產業與科技論壇》
　　2014年第4期。

潘海軍：《論莫言小說中抗戰敘事的邊緣化和陌生化策略》，《長春
　　大學學報》2009年第3期。

潘旭科：《〈生死疲勞〉：敘述聲音的飽滿與缺失》，《紅河學院學
　　報》2012年第6期。

彭南署：《土匪題材的另類視角：莫言的〈紅高粱〉》，《當代教
　　育》2010年第2期。

彭維鋒：《消解與顛覆：莫言〈豐乳肥臀〉的敘事策略》，《江西科
　　技師範大學學報》2015年第1期。

彭正生、方維保：《對話‧狂歡‧多元意識：莫言小說的複調敘事藝
　　術》，《江淮論壇》2015年2月。

彭祖鴻：《論莫言小說殘酷敘事策略的美學效應》，《齊齊哈爾師範
　　高等專科學校學報》2006年第1期。

彭祖鴻：《論莫言小說敘事視角選擇的美學意蘊》，《揚州職業大學
　　學報》2004年第3期。

皮進：《多元敘事策略成就巨大敘事張力──莫言小說〈生死疲勞〉
　　敘事藝術分析》，《文藝爭鳴》2014年第7期。

溥塵：《農耕文明裂變下的鄉土敘事：從〈秦腔〉〈笨花〉〈生死
　　疲勞〉解讀當代中國鄉土小說創作》，《河北日報》2007年7月
　　20日。

綦珊：《「聲音」裡的多重敘事──以莫言〈檀香刑〉與嚴歌苓〈雌
　　性的草地〉中的聲音分析為例》，《時代文學》2015年11月下
　　半月。

喬卉嫻、全文寧：《論莫言小說中隱含作者的構建──〈豐乳肥臀〉

的解讀》，《西安文理學院學報》（社會科學版）2011年第4期。

喬鵬濤、李剛：《莫言創作的狂歡情節與民間品性》，《寧波職業技術學院學報》2007年第4期。

秦豔萍、韓魯華：《中國鄉土及鄉土經驗的文學敘事——以賈平凹、莫言鄉土敘事為例》，《西北大學學報》2014年第5期。

邱華棟：《故鄉、世界與大地的說書人——莫言論》，《文藝爭鳴》2011年第2期。

邱麗婷：《透過童眸看世界——〈透明的胡蘿蔔〉的兒童敘事視角分析》，《青年文學家》2013年第12期。

瞿華兵：《莫言小說藝術特徵及其對當下文學創作的啟示》，《井岡山大學學報》（社會科學版）2015年第1期。

瞿心蘭、楊經建：《現代知識分子的「還鄉」敘事——魯迅〈故鄉〉與莫言〈白狗秋千架〉之比較》，《創作與評論》2016年第8期。

邵波：《「全球化」背景下民族歷史文化的再反思——〈檀香刑〉中新歷史主義的「啟蒙敘事」》，《邊疆經濟與文化》2009年第3期。

邵華：《魚和熊掌可兼得：敘事人稱分析》，《科學與企業》2011年第9期。

邵璐：《翻譯中的「敘事世界」——析莫言〈生死疲勞〉葛浩文英譯本》，《外語與外語教學》2013年第2期。

沈杏培、姜瑜：《「傻子」：符號的藝術與藝術的符號——論當代小說的「傻子」敘事倫理》，《藝術廣角》2005年第2期。

沈杏培：《「巨型文本」與「微型敘事」——新時期歷史小說中兒童視角敘事策略的文化剖析》，《南京師範大學文學院學報》2005年第3期。

盛林：《「你」和「他」的妙用——析莫言小說〈你的行為使我們感到恐懼〉的語言》，《語文月刊》1990年第2期。

盛子潮、朱水湧：《小說的時空交錯和結構的內在張力》，《文藝研究》1986年第6期。

石冠輝：《元小說與中國當代小說發展》，《社會科學家》2015年第11期。

石天強：《童年記憶的世界——讀莫言〈透明的紅蘿蔔〉》，《藝術評論》2011年第3期。

石一楓：《再次炫技：讀莫言〈蛙〉》，《當代》（長篇小說選刊）2010年第1期。

黃娟：《從白癡到精靈——論莫言小說中的小男孩形象》，《語文學刊》2010年第3期。

束輝：《莫言小說〈蛙〉戲劇化的分析》，《芒種》2013年第14期。

宋劍華、張冀：《革命英雄傳奇神話的歷史終結——論莫言〈紅高粱家族〉的文學史意義》，《湖南大學學報》（社會科學版）2006年第5期。

宋劍華：《知識分子的民間想像：論莫言〈紅高粱家族〉故事敘事的文本意義》，《廣東社會科學》2009年第2期。

宋麗娟：《眾聲喧嘩下的〈檀香刑〉》，《安徽文學》（下半月）2011年第3期。

宋學清、陳紫越：《莫言鄉土文學中的鄉土敘事與城鎮敘事》，《百家評論》2015年第6期。

宋學清、張麗軍：《論莫言「高密東北鄉」的方志體敘事策略》，《當代作家評論》2015年第6期。

宋宇：《〈紅高粱家族〉敘述視角的多元解讀》，《劍南文學》（經典閱讀）2012年第2期。

孫桂芝：《論〈蛙〉與〈百年孤獨〉敘事意識之互文性——兩部作品女性人物比較研究》，《山西大同大學學報》2013年第2期。

孫華南：《情節的延宕與人物刻畫的反差——〈冰雪美人〉的敘事藝

術》，《名作欣賞》2003年第7期。

孫俊傑、張學軍：《莫言小說中的創世紀神話》，《山東師範大學學報》2017年第5期。

孫俊傑、張學軍：《莫言小說中的鬼話人情》，《小說評論》2017年第5期。

孫曼歆：《論莫言〈紅高粱〉的死亡敘述》，《黑龍江社會科學》2008年第2期。

孫玉榮、王蘭天：《論〈檀香刑〉的血腥暴力寫作》，《聊城大學學報》（社會科學版）2008年第2期。

譚桂林：《論〈豐乳肥臀〉的生殖崇拜與狂歡敘事》，《人文雜誌》2001年第5期。

湯靜：《論魔幻現實主義對莫言小說創作的影響》，《河南農業》2013年第12期。

唐廷碧：《從〈檀香刑〉看莫言對福克納多角度敘事的化用》，《文學教育》2014年10月。

唐欣：《論莫言〈倒立〉的權力敘事》，《佳木斯教育學院學報》2013年第10期。

陶東風、羅靖：《身體敘事：前先鋒、先鋒、後先鋒》，《文藝研究》2005年第10期。

滕愛雲：《民間視閾下的〈紅高粱〉與〈還鄉〉的女性敘事》，《天津大學學報》（社會科學版）2015年第1期。

田家隆：《莫言〈蛙〉中姑姑故事的敘事邏輯分析》，《天水師範學院學報》2015年第3期。

田山民：《〈蛙〉結構特徵分析》，《作家》2013年第8期。

田偉、賈石勇：《從〈豐乳肥臀〉看莫言對鄉土敘事的創新》，《芒種》2013年第16期。

田文兵：《個人情感與民族敘事的融合──論莫言〈豐乳肥臀〉中情

愛書寫的文化隱喻》，《海南師範大學學》（社會科學版）2012年第2期。

涂險蘭：《章法革新與文體的解放——以莫言的小說創作為例》，《寫作》（高級版）2009年第13期。

萬雪平、鄒姣蓮：《向土地與生命致敬——淺談莫言小說〈生死疲勞〉的敘述視角》，《景德鎮高專學報》2013年第2期。

汪潔：《論莫言小說中的「鬼魅敘事」》，《科教文匯》2009年第8期。

汪毓楠：《人類敘事中的人稱問題——以莫言的長篇小說〈十三步〉為例》，《吉林省教育學院學報》2008年第6期。

王愛菊：《論莫言小說敘事視角的美學意蘊》，《濟源職業技術學院學報》2005年第1期。

王北平：《莫言對中國傳統小說敘事模式的突破——談莫言小說的複調》，《貴州工業大學學報》（社會科學版）2007年第4期。

王傳滿：《論〈酒國〉的複調結構及狂歡化精神》，《黃山學院學報》2002年第1期。

王春霞：《莫言的「新聊齋小說」及其靈異敘事特徵》，《時代文學》2006年第6期。

王春豔：《美麗的荒誕之花　炫目的真實之果——〈檀香刑〉與〈現實一種〉荒誕藝術比較》，《長春工程學院學報》（社會科學版）2014年第1期。

王德領：《莫言與幻覺現實主義》，《首都師範大學學報》2013年第1期。

王德威：《千言萬語，何若莫言》，《讀書》1999年第3期。

王德威：《魔幻寫實，狂言妄語即文章》，《台港文學選刊》2013年第1期。

王德威：《眾聲喧嘩之後：當代小說與敘事倫理》，《漢語言文學研

究》2012年第2期。

王飛：《從敘事學角度解讀莫言〈球狀閃電〉》，《文學教育》
　　（下）2009年第12期。

王海：《淺論小說改編電影中的敘述人稱變換》，《哲理》（論壇
　　版）2010年第3期。

王海燕：《論魯迅與莫言鬼魅敘事的不同形態》，《武漢理工大學學
　　報》（社會科學版）2015年第3期。

王恆升：《論莫言長篇小說〈酒國〉的先鋒藝術》，《濰坊學院學
　　報》2016年第3期。

王恆升：《顯性結構的溫馨與隱性結構的冷酷──析莫言在〈白狗秋
　　千架〉中的矛盾性書寫》，《山東文學》2006年第11期。

王紅：《回應與反響：新歷史小說多重敘事方式探析》，《當代文
　　壇》2006年第5期。

王宏慧、沈紅梅：《論莫言的〈豐乳肥臀〉之創作技巧》，《延邊大
　　學學報》2013年第4期。

王洪嶽：《莫言長篇小說敘事與女性化思維之隱在關係論》，《山東
　　女子學院學報》2015年第1期。

王會青：《宏大歷史敘事背後的詩意暗流──論莫言〈蛙〉中的故
　　鄉》，《延安職業技術學院學報》2013年第4期。

王紀人：《敘事焦慮中的文學探索和突圍》，《南方文壇》2011年第
　　6期。

王劍：《說欲敘──從莫言的小說看一種特殊的敘述方式》，《寫
　　作》1991年第4期。

王金勝：《傳奇：莫言小說的敘事資源與美學特徵──以〈紅高粱家
　　族〉及中短篇小說為中心》，《唐都學刊》2005年第1期。

王軍利：《解讀〈歡樂〉的二元對立敘事藝術》，《安徽文學》2016
　　年第7期。

王坤宇：《莫言——在文化雜糅的中國語境中》，《中國圖書評論》
　　2012年第12期。

王磊、李愛華：《生態的憂患與人性的反思——從〈豐乳肥臀〉看莫
　　言生態敘事》，《石家莊學院學報》2016年第2期。

王磊、李愛華：《中國敘事傳統和莫言敘事藝術承繼與發展向度》，
　　《石家莊學院學報》2016年第4期。

王力平：《〈紅高粱〉的結構藝術及其他》，《文論報》1986年10月
　　11日。

王麗敏：《「敘事圈套」下的荒誕——論莫言〈生死疲勞〉的敘事藝
　　術》，《閩南師範大學學報》（哲學社會科學版）2015年第4期。

王琳：《宏大敘事與女性角色》，《社會科學研究》2001年第3期。

王猛猛：《從顛覆走向包容：論〈生死疲勞〉與〈兄弟〉的「文革」
　　敘事》，《萍鄉高等專科學院學報》2011年第5期。

王明科、曹豔豔、張海燕：《文本細讀中的思維穿越與命運掙扎——
　　莫言〈四十一炮〉別一種解讀》，《渭南師範學院學報》2013年
　　第5期。

王萍：《論莫言小說歷史與虛構敘事的並置——以〈生死疲勞〉、
　　〈豐乳肥臀〉為例》，《社科縱橫》2014年第9期。

王文、公榮偉：《莫言與馬爾克斯：跨文化的神話敘事》，《江南大
　　學學報》2013年第6期。

王文翠：《論中國80年代中後期小說的愛情敘事——以張賢亮、鐵
　　凝、莫言、王安憶為例》，《青年文學家》2009年第16期。

王文捷：《〈生死疲勞〉：歷史的民間表象建構——論莫言歷史敘事
　　的文化方式》，《小說評論》2007年第4期。

王文玲：《新時期小說兒童敘事的雙重變奏》，《齊魯學刊》2008年
　　第4期。

王西強：《敘事語境轉換中的現實關懷言說——從〈紅高粱家族〉到

〈天堂蒜薹之歌〉》，《陝西教育學院學報》2005年第1期。

王西強：《「舊譜新詞」：眾語喧嘩的狂歡化敘事範本──〈檀香刑〉的敘事視角解讀》，《當代小說》（下半月）2010年第12期。

王西強：《新歷史主義敘事的模範文本──〈豐乳肥臀〉敘事視角分析》，《陝西教育學院學報》2011年第2期。

王西強：《複調敘事和敘事解構：〈酒國〉裡的虛實》，《南京師範大學文學院學報》2011年第2期。

王西強：《極致化的人稱視角轉換構建的敘事迷宮──論莫言小說〈十三步〉的敘事視角試驗》，《環球市場信息導報》（理論）2011年第1期。

王西強：《論1985年以後莫言中短篇小說的「我向思維」敘事和虛構家族傳奇》，《當代文壇》2011年第5期。

王西強：《莫言小說敘事視角實驗的反叛與創新》，《求索》2011年第8期。

王西強：《論莫言1985年後中短篇小說的敘事視角試驗》，《中國現代文學研究叢刊》2012年第6期。

王西強：《成年敘事與童年故事──論〈四十一炮〉的複調敘事》，《天中學刊》2014年第4期。

王曉梅：《福克納對中國當代家族小說敘事藝術的影響》，《時代文學》2015年9月下半月。

王曉霞：《海勒和莫言寫作對比研究──以新歷史主義為視角》，《咸寧學院學報》2012年第3期。

王學謙：《〈紅高粱家族〉與莫言小說的基本結構》，《當代作家評論》2015年第6期。

王學謙：《魔性敘事及其自由精神──再論莫言與魯迅的家族性相似》，《文藝爭鳴》2016年第4期。

王雅萍：《莫言小說的多元化敘事》，《佳木斯職業學院學報》2015

年第11期。

王岩：《〈豐乳肥臀〉的敘述方式與結構藝術》，《克山師範專科學校學報》1997年第4期。

王燕玲：《〈紅高粱〉的空間敘事藝術分析》，《電子製作》2015年第3期。

王逸竹：《試論莫言〈生死疲勞〉的空間敘事策略》，《延邊教育學院學報》2016年第1期。

王瑩：《從〈透明的紅蘿蔔〉看莫言與拉美的魔幻現實主義》，《當代小說》（下半月）2010年第10期。

王禹丹：《死之狂歡曲——淺論莫言和閻連科死亡敘事的狂歡寫作》，《劍南文學》2013年第3期。

王禹丹：《鎮魂曲的兩種旋律——莫言與閻連科死亡敘事的方言書寫》，《青年文學家》2013年第9期。

王玉：《論新世紀小說的狂歡美學》，《新疆大學學報》（哲學・人文社會科學版）2011年第4期。

王育松：《童年敘事：意義豐饒的闡釋空間——重讀莫言的中篇小說〈透明的紅蘿蔔〉》，《湖北社會科學》2008年第10期。

王源：《莫言茅盾文學獎獲獎作品〈蛙〉研討會綜述》，《東嶽論叢》2011年第11期。

王振雨：《莫言小說的怪誕美》，《瀋陽師範大學學報》2008年第2期。

王宗燕：《論莫言的極端敘述情結：以〈紅高粱家族〉為例》，《河西學院學報》2009年第4期。

溫明：《諷刺與反思——論莫言小說〈蛙〉中的現實社會倫理敘事》，《吉林省教育學院學報》（中旬）2012年第3期。

溫泉：《論莫言〈檀香刑〉中的生命權力敘事》，《小說評論》2016年第2期。

溫儒敏、葉誠生：《「寫在歷史邊上」的故事——莫言小說的現代質》，《東嶽論叢》2012年第12期。

溫儒敏：《莫言歷史敘事的「野史化」與「重口味」——兼說莫言獲諾獎的七大原因》，《中國現代文學研究叢刊》2013年第4期。

溫兆海、王逸竹：《說戲・演戲・看戲——〈檀香刑〉戲劇空間的三重敘事》，《延邊大學學報》2016年第5期。

吳剛、徐丹麗：《從顛覆歷史到取媚世俗——論莫言新歷史小說的審美趨勢》，《湖北省社會主義學院學報》2003年第5期。

吳虹：《試析魔幻現實主義對莫言創作的影響》，《芒種》2013年第6期。

吳景明：《論新歷史主義小說對傳統歷史小說的反撥》，《長春師範學院學報》（人文社會科學版）2006年第1期。

吳文薇：《論西方敘事學對我國當代小說創作的影響》，《安徽教育學院學報》1989年第4期。

吳曉東等：《莫言小說的形式與政治——關於〈蛙〉的討論》，《重慶評論》2012年第4期。

吳萱亮：《妙在「似與不似」之間——看莫言作品敘事中的文學王國》，《考試與招生》2012年第11期。

吳耀宗：《輪迴、暴力、反諷：論莫言〈生死疲勞〉的荒誕敘事》，《東嶽論叢》2010年第11期。

吳義勤：《有一種敘述叫「莫言敘述」——評長篇小說〈四十一炮〉》，《文藝報》2003年7月21日第002版。

伍丹、朱渝：《淺論魔幻現實主義對莫言小說創作的影響》，《文教資料》2010年第26期。

奚志英、朱凌：《論莫言小說兒童書寫的聲音範型與話語效果》，《中國文學研究》2013年第1期。

夏環舉、翟輝、蹇波：《〈紅高粱〉敘事結構解讀》，《通化師範學

院學報》2000年第3期。

夏環舉：《莫言〈紅高粱家族〉的敘事語調及其變異分析》，《時代文學》（上半月）2009年第4期。

夏環舉：《有意味的形式——重讀莫言〈紅高粱〉》，《名作欣賞》（下旬刊）2009年第8期。

夏鑫：《析莫言〈生死疲勞〉的荒誕敘事》，《山花》（下半月）2010年第9期。

夏豔豔：《論莫言小說的語言修辭與敘事特徵》，《芒種》2013年第16期。

夏兆林：《論〈生死疲勞〉的三元敘事話語》，《語文學刊》（高等教育版）2011年第7期。

夏兆林：《論莫言小說中的兒童視角》，《語文學刊》（高等教育版）2012年第6期。

向遠虎：《莫言小說狂歡化敘事特點》，《文學教育》（下）2011年第7期。

曉華、汪政：《第一人稱研究》，《當代文壇》1988年第5期。

謝剛：《莫言敘事策略再認識》，《百科知識》2001年第4期。

謝素雲：《沉默的吶喊——試論魔幻現實主義在〈懷抱鮮花的女人〉中的應用》，《文教資料》2009年第24期。

邢晶：《論莫言小說〈蛙〉的美學特徵》，《教育教學論壇》2013年第13期。

徐剛：《「碎片」「傳奇」與歷史的「魅影」——近年來長篇小說歷史敘事的幾個側面》，《創作與評論》2015年第10期。

徐巍：《劇本化傾向、影像化訴求和電影化技巧——當代小說敘事的新視角》，《社會科學》2009年第3期。

徐仲佳：《論莫言小說性愛敘事的文學場生產》，《齊魯學刊》2014年第3期。

許冉君：《莫言〈蛙〉的文體分析》，《安徽文學》2014年第9期。

許玉慶：《20世紀90年代以來鄉土敘事立場的轉型》，《鄭州大學學報》（哲學社會科學版）2008年第2期。

薛紅雲：《先鋒實驗與傳統敘事的纏繞——評〈酒國〉》，《小說評論》2016年第1期。

顏瑾：《流離的故事　無盡的意蘊——論莫言小說的敘事特點》，《楚雄師範學院學報》2003年第5期。

顏瑾：《敘事的空白——評〈白狗秋千架〉的敘事策略》，《廣東農工商職業技術學院學報》2013年第4期。

顏夢藝：《虛構與真實的荒誕化敘事——論莫言〈酒國〉的敘事藝術》，《名作欣賞》2013年第17期。

顏水生：《莫言的苦難敘事》，《海南師範大學學報》（社會科學版）2013年第6期。

楊蕁蕁：《解析莫言〈生死疲勞〉中的話語策略》，《名作欣賞》2016年第26期。

楊荷泉：《生命歷程與文化象徵的現代敘事：〈豐乳肥臀〉》，《湖北大學成人教育學院學報》2010年第6期。

楊紅梅：《〈檀香刑〉的民間敘事及其英譯》，《寧夏社會科學》2015年第5期。

楊紅梅：《福克納與莫言小說中的時間敘事特徵》，《當代文壇》2017年2月。

楊經建：《「戲劇化」生存：〈檀香刑〉的敘事策略》，《文藝爭鳴》2002年第5期。

楊晶晶：《淺析莫言〈酒國〉的敘事特徵與意象世界》，《當代小說》2009年第1期。

楊靜：《〈生死疲勞〉對明清小說的繼承與發展》，《海南科技學院學報》2014年第12期。

楊萍：《淺析莫言〈檀香刑〉的狂歡化敘事藝術》，《佳木斯教育學
　　院學報》2012年第2期。

楊萍萍：《新時期家族敘事的嬗變──以〈紅高粱〉為切入點》，
　　《重慶科技學院學報》2013年第6期。

楊萬壽：《莫言小說〈十三步〉：簡單的故事　迷宮式的敘事》，
　　《河西學院學報》2014年第3期。

楊新剛：《「中農情節」對莫言創作的影響──兼析莫言小說對土
　　改、合作化敘事模式的突破》，《齊魯學刊》2014年第3期。

楊豔伶：《論莫言〈豐乳肥臀〉的文化蘊含與敘事藝術》，《齊齊哈
　　爾師範高等專科學校學報》2008年第2期。

楊一鐸、禹秀玲、周易：《西方對莫言及賈平凹作品的接受比較》，
　　《當代文壇》2014年第2期。

楊喆：《略論〈檀香刑〉的敘事藝術》，《北方文學》2012年第7期。

姚明月、張學軍：《論〈生死疲勞〉的敘事藝術》，《百家評論》
　　2016年第2期。

姚寧：《莫言與馬爾克斯「陌生化」創作手法之比較》，《內蒙古農
　　業大學學報》2012年第6期。

葉君：《詩意地棲居──論鄉村家園想像中的客居者「回家」之
　　旅》，《武漢大學學報》2005年第3期。

葉永勝、劉桂榮：《〈酒國〉：反諷敘事》，《當代文壇》2001年第
　　3期。

易文翔：《成人世界的「他者」──論近二十年小說中的少兒視
　　角》，《南京師範大學文學院學報》2004年第1期。

殷宏霞：《莫言小說的民間敘事藝術》，《滁州學院學報》2013年第
　　6期。

尹建民：《莫言的寓言化寫作及其對福克納的接受》，《濰坊學院學
　　報》2015年第1期。

應玲素：《小說的現實世界與超現實世界──蘇童、莫言童年視角小說創作比較》，《湖州師範學院學報》2002年第1期。

于寶娟：《淺析莫言〈紅高粱〉的比喻修辭藝術》，《內蒙古民族大學學報》2014年第5期。

于寧志：《論〈檀香刑〉的敘事角度》，《宿州學院學報》2004年第5期。

于子月：《在歷史敘事中彰顯生命意識──試論〈紅高粱〉與〈天堂蒜薹之歌〉中的人性描寫》，《長春師範大學學報》2014年第4期。

俞春玲：《新時期家族故事的敘事與性別──以四部代表性長篇家族小說為例》，《理論與創作》2007年第9期。

曾朝霞：《論王安憶與莫言小說對身體的迷戀敘事》，《鄭州航空工業管理學院學報》（社會科學版）2009年第1期。

曾潔：《淺談小說〈紅高粱〉的敘事藝術》，《北方文學》2010年第1期。

曾鈺雯：《從「民間敘事」談莫言的〈民間音樂〉》，《名作欣賞》2015年第15期。

翟華兵：《莫言小說中兒童視角的敘事策略》，《語文學刊》2006年第13期。

翟瑞青：《莫言小說兒童敘述視角和敘述方式的演變》，《齊魯學刊》2016年第3期。

張伯存：《莫言的「靈幻現實主義」》，《棗莊學院學報》2012年第6期。

張伯存：《莫言的民間狂歡世界》，《齊魯學刊》2006年第4期。

張春喜：《語言的自由和權利與敘述人的語態和策略──試論莫言〈豐乳肥臀〉的話語霸權》，《河南社會科學》2005年第S1期。

張春雨：《莫言敘事技巧淺析》，《時代文學》2014年第3期。

張斐然：《〈蛙〉的歷史敘事與懺悔意識》，《湖北經濟學院學報》
　　（人文社會科學版）2016年第12期。

張福萍：《獨特的視角　別樣的魅力》，《閱讀與寫作》2002年第
　　10期。

張舸：《魔幻與現實的糅合——解析莫言〈生死疲勞〉魔幻的民間敘
　　事》，《錦陽師範學院學報》2015年第10期。

張舸：《致敬古典　還原民間——試論莫言〈生死疲勞〉章回體的民
　　間敘事》，《綿陽師範學院學報》2017年第1期。

張光芒：《莫言的欲望化敘事及其他》，《文學報》2007年10月25日。

張閎：《〈酒國〉的修辭分析》，《作品》1996年第1期。

張閎：《莫言小說的基本主題與文體特徵》，《當代作家評論》1999
　　年第5期。

張華、張永輝：《論莫言小說〈我們的七叔〉的敘事藝術》，《名作
　　欣賞》2016年第32期。

張家平：《張力的生成與焦慮的體驗——論莫言中篇小說的語言、修
　　辭與敘事》，《淮北煤炭師範學院學報》2004年第2期。

張進、聶成軍：《「高密東北鄉」的創世紀：莫言小說中的第三空
　　間、物質性與怪誕身體》，《蘭州大學學報》（社會科學版）
　　2013年第4期。

張開豔：《沸騰的聲音世界——莫言小說形式特徵分析》，《樂山師
　　範學院學報》2005年第1期。

張磊、李躍：《透明的高密東北鄉——淺談莫言小說的創作思想》，
　　《河北聯合大學學報》2013年第6期。

張麗：《多元敘事模式下的莫言長篇小說研究》，《江西社會科學》
　　2013年第12期。

張靈：《莫言小說中的「複調」與「對話」——莫言小說的機理與結
　　構特徵研究》，《江漢大學學報》（人文科學版）2010年第3期。

張靈：《莫言小說中的「旋渦」結構——莫言小說的肌理與結構特徵研究（一）》，《長沙理工大學學報》2009年第4期。

張靈：《莫言小說中的人稱使用》，《寶雞文理學院學報》（社會科學版）2009年第3期。

張靈：《敘述的極限與表現的源頭——莫言小說的詩學與精神啟示》，《小說評論》2010年第4期。

張勐：《小說敘事與電影敘事的弔詭——莫言小說〈白棉花〉的電影改編「流產」為考察中心》，《當代電影》2016年第8期。

張鵬飛：《論莫言文學傳奇話語的審美情趣》，《電影文學》2008年第18期。

張清華：《〈紅高粱家族〉與長篇小說的當代變革》，《南方文壇》2006年第5期。

張清華：《莫言文體多重結構中的傳統美學因素再審視》，《當代作家評論》1993年第6期。

張清華：《莫言與新歷史主義文學思潮——以〈紅高粱家族〉、〈豐乳肥臀〉、〈檀香刑〉為例》，《海南師範學院學報》2005年第2期。

張清華：《天馬的韁繩——論新世紀以來的莫言》，《當代作家評論》2006年第6期。

張清華：《敘述的極限——論莫言》，《當代作家評論》2003年第2期。

張群：《歷史的民間化敘述——讀莫言〈檀香刑〉》，《現代語文》（文學研究）2011年第4期。

張仁競：《男性政治話語敘事模式探析——以莫言、蘇童小說為例》，《名作欣賞》2013年第36期。

張瑞英：《一個「炮孩子」的「世說新語」——論莫言〈四十一炮〉的荒誕敘事與欲望闡釋》，《文學評論》2016年第2期。

張紹九：《時代情緒的迸發——從敘述學角度再讀〈紅高粱〉》，《曲靖師範學院學報》2005年第1期。

張文穎：《無垢的孩童世界——莫言、大江健三郎文學中的兒童視角》，《日語學習與研究》2007年第4期。

張曦：《審美的歸來與焦慮的綿延——福克納與〈紅高粱〉的敘事》，《作家雜誌》2008年第12期。

張曦文：《淺析莫言〈檀香刑〉狂歡化敘述特色》，《劍南文學》（經典閱讀）2013年第3期。

張顯翠、楊明驥：《〈活著〉與〈檀香刑〉中「死亡」敘述的比較》，《名作欣賞》（下旬刊）2012年第9期。

張相寬：《從「小把戲」到「大結構」——論莫言小說敘事藝術的轉向》，《中南大學學報》（社會科學版）2014年第6期。

張相寬：《故事・講故事的人・聽故事的人——論莫言小說與傳統說書藝術的聯繫》，《東嶽論叢》2015年第2期。

張相寬：《莫言小說敘事視角多元化探微》，《名作欣賞》2015年第33期。

張曉彤：《莫言作品〈檀香刑〉的藝術特色賞析》，《時代文學》2015年第12期。

張新穎：《莫言的短篇：「自由」敘述的精神，傳統和生活世界》，《文匯週末・閱讀》2012年12月。

張興娟：《「不負責任」的敘述者——漫談〈紅高粱〉的敘述技巧》，《考試週刊》2011年第50期。

張旭東、陳丹丹：《「妖精現實主義」與「社會主義市場經濟」的敘事可能性——莫言〈酒國〉中的語言遊戲、自然史與社會寓言》，《天涯》2013年第1期。

張學軍：《〈天堂蒜薹之歌〉的敘事結構》，《山東師範大學學報》（人文社會科學版）2014年第3期。

張學軍：《多重文本與意象敘事——論〈酒國〉的結構藝術》，《東嶽論叢》2016年第1期。

張學軍：《反覆敘事中的靈魂審判——論莫言〈蛙〉的結構藝術》，《當代作家評論》2017年第1期。

張學軍、郝偉棟：《論〈十三步〉敘述分層中的荒誕意識》，《山東社會科學》2017年第7期。

張學軍：《論莫言小說中的元敘事》，《人文述林》（山東大學文學院編），山東大學出版社2017年5月出版。

張雪飛：《「看到理想的光芒」——論理性精神在莫言動物性敘事中的作用》，《文藝爭鳴》2014年第10期。

張雪飛：《敘事空間之於莫言小說的意義——一個張揚動物性的必然空間》，《文藝爭鳴》2016年第1期。

張豔紅：《莫言小說創作的形式探索》，《赤峰學院學報》（漢文哲學社會科學版）2009年第12期。

張意薇：《史詩與哀歌：莫言與肖洛霍夫的敘事特徵比較探微》，《湖北師範學院學報》2014年第3期。

張英偉、李剛：《莫言敘事中的文化戀母與大地寓言》，《聊城大學學報》（社會科學版）2007年第1期。

張悠哲：《論新時期小說戲仿敘事的演變及類型》，《西華師範大學學報》（哲學社會科學版）2010年第4期。

張雨：《〈蛙〉的現代性敘事分析》，《華章》2013年第9期。

張雲龍：《藝術的叛逆——評〈十三步〉》，《山東工藝美術學院校報》2013年3月1日第20版。

張志強：《聲音與身分：誰是「講故事的人」》，《解放軍藝術學院學報》2013年第3期。

張志忠：《莫言文體論》，《文學評論家》1987年第6期。

張志忠：《關於〈蛙〉的多重纏繞——莫言作品導讀》，《百家評

論》2013年第1期。

張志忠：《論莫言小說》，《文學評論》2013年第1期。

張茁：《從敘事方法看〈變〉與〈紅樹林〉的異同》，《文藝評論》
　　2000年第3期。

章心怡：《莫言小說〈變〉英譯本的敘事性解讀——以葛浩文的英譯
　　本為例》，《廣東石油化工學院學報》2016年第2期。

趙常玉：《獨特的藝術，拷問的深度——論〈酒國〉的藝術特色》，
　　《現代語文》2014年2月。

趙奎英：《莫言〈蛙〉的敘事修辭藝術》，《莫言研究》2012年第
　　7期。

趙奎英：《修辭與倫理：莫言〈蛙〉的敘事修辭學解讀》，《小說評
　　論》2012年第6期。

趙麗麗、成洵湧：《〈生死疲勞〉的互文性解讀》，《文學教育》
　　2015年第4期。

趙啟鵬：《論莫言創作中身體倫理的敘事呈現與重釋現代性的歷史化
　　書寫》，《山東女子學院學報》2015年第5期。

趙統斌：《一種敘事模式的終結》，《文藝自由談》1992年第1期。

趙文蘭：《〈十三步〉敘事藝術論》，《當代文壇》2017年第2期。

趙先鋒：《〈檀香刑〉敘事技巧探析》，《芒種》2013年第14期。

趙鑫：《〈喧嘩與騷動〉和〈豐乳肥臀〉的家族敘事比較研究》，
　　《重慶科技學院學報》（社會科學版）2015年第8期。

趙炎秋：《敘事情境中的人稱、視角、表述及三者關係》，《文學評
　　論》2002年第6期。

趙月霞：《莫言兒童視角敘事下的歷史話語》，《山西大同大學學
　　報》（社會科學版）2016年第1期。

趙月霞：《虛構中的真實——論莫言兒童視角敘事的「真實性」》，
　　《瀋陽大學學報》2016年第5期。

趙月霞：《敘述中的「靜默」與「狂言」——莫言兒童敘事的話語分析》，《中國現代文學研究叢刊》2016年第7期。

趙雲潔：《大象無形，大巧若拙——論莫言〈檀香刑〉的藝術結構》，《伊犁師範學院學報》（社會科學版）2014年第1期。

趙雲潔：《苦難與童趣交錯叢生的世界——論莫言〈透明的紅蘿蔔〉的敘事策略》，《河南廣播電視大學學報》2014年第4期。

趙雲潔：《文化大發展大繁榮視域下莫言小說的敘事策略研究》，《新疆廣播電視大學學報》2014年第4期。

鄭恩兵、李琳：《多重變奏下的魔幻現實——莫言小說的聲音敘事》，《河北學刊》2013年第4期。

鄭恩兵：《狂歡情節與民間品性雙重建構下的文化敘事——莫言小說的文化品格》，《河北省第四屆社會科學學術年會論文專輯》2009年12月。

鄭堅：《在民間戲說民間——〈檀香刑〉中民間敘事的解析與評判》，《當代文壇》2003年第1期。

鄭立峰：《莫言〈蛙〉的敘事倫理》，《雲夢學刊》2013年第2期。

鄭鈴于：《敘事批評視角下的〈紅高粱〉》，《文學教育》2015年第4期。

鄭萬鵬：《當代中國文學的第三視角——〈白鹿原〉〈紅高粱〉的思潮意義》，《中國文化報》2012年12月18日第3版。

鄭小娜：《先在意向與莫言兒童敘事》，《長江師範學院學報》2008年第3期。

鄭澤宏：《用中國人的方式講中國人的故事——評莫言小說〈普通話〉》，《職大學報》2015年第1期。

周燦美、嚴麗：《亦真亦幻——莫言〈蛙〉中的魔幻現實性》，《語文建設》2015年第1期。

周冬梅：《「眾生喧嘩」與「死亡之眼」：淺談〈生死疲勞〉與〈」

莊夢〉的敘事視角》，《長春教育學院學報》2010年第5期。

周建華：《從必然走向自由：論莫言小說暴力敘事心理圖式》，《海南師範大學學報》（社會科學版）2013年第11期。

周婧：《莫言文學創作的敘事風格解讀》，《語文建設》2015年第2期。

周立民：《敘述就是一切──論莫言長篇小說中的敘述策略》，《當代作家評論》2006年第6期。

周龍田：《莫言余華小說的苦難敘事比較》，《安康學院學報》2013年第2期。

周夢娜、肖薇：《論莫言小說中的荒誕敘事》，《西南民族大學學報》（人文社科版）2006年第5期。

周妮：《〈生死疲勞〉的欲望與輪迴──試論視野變換下的生命體驗》，《中南林業科技大學學報》（社會科學版）2013年第3期。

周衛忠、宋麗娟：《對話狂歡中的本土敘事──莫言小說〈蛙〉的巴赫金詩學解讀》，《福建論壇・人文社會科學版》2016年第4期。

周彥彥：《論〈生死疲勞〉的敘事策略》，《瓊州學院學報》2014年第6期。

周英雄：《〈酒國〉裡的虛實：試看莫言敘述的策略》，《當代作家評論》1993年第2期。

周政保：《〈檀香刑〉的「撤退」與寫好「中國小說」》，《中華讀書報》2001年11月2日。

朱珩青：《莫言創作新趨向探源──兼評長篇小說〈十三步〉》，《小說評論》1989年第5期。

朱凱：《古典形式的寫實敘事──評莫言〈生死疲勞〉》，《創作與評論》2013年第2期。

朱凱：《象徵主義的鄉村敘事──評莫言的〈生死疲勞〉》，《山東

文學》2006年第6期。

朱葉熔：《二元對立中的命運寓言——莫言小說〈金髮嬰兒〉的結構
　　主義解讀》，《理論與創作》2009年第5期。

朱永富：《論莫言小說的敘事策略與審美風格——以〈紅高粱家族〉
　　〈豐乳肥臀〉〈檀香刑〉中英雄形象為中心的考察》，《甘肅社
　　會科學》2013年第2期。

朱雲：《莫言小說的歷史敘事特質》，《安康學院學報》2013年第
　　2期。

祝亞峰：《當代家族小說的敘事與性別》，《東方叢刊》2008年1月。

訾西樂：《苦難與溫情——論莫言小說的鄉土敘事》，《美與時代》
　　（下）2017年2月。

鄒姍姍：《成功「撤退」的〈檀香刑〉》，《揚州職業大學學報》
　　2012年第1期。

左苗苗：《〈紅高粱家族〉英譯本中敘事情節和模式的變異》，《吉
　　林省教育學院學報》2011年第5期。

二、博碩士學位論文（2005-2017年，以作者畢業年序排列）

2005年

曹金合：《喧囂與沉默的精靈——論莫言的小說創作特色》，曲阜師範大學，2005年。

車曉庚：《格拉斯與莫言小說狂歡化特點比較》，遼寧大學，2005年。

高曉新：《論莫言小說「欲望敘述」之流變》，中山大學，2005年。

李琳：《夢幻與抗爭——莫言小說的敘事藝術研究》，河北師範大學，2005年。

劉國輝：《莫言小說敘事論》，延邊大學，2005年。

2006年

高文霞：《莫言小說敘事藝術淺論》，河北師範大學，2006年。

李剛：《莫言創作美學品格的敘事學研究》，聊城大學，2006年。

李金花：《魔幻筆鋒　人間情懷——莫言小說敘事藝術探析》，東北師範大學，2006年。

南志剛：《敘述的狂歡與審美的變異——敘事學與中國當代小說》，蘇州大學，2006年。

蘇靜：《「獨特的腔調」——莫言小說創作的敘述學研究》，山東師範大學，2006年。

孫愛華：《近年來莫言小說的狂歡化特色》，上海社會科學院，2006年。

王西強：《從故鄉記憶到多重話語敘事的視角轉換——莫言小說敘事視角及其功能分析》，陝西師範大學，2006年。

張開豔：《論莫言小說的狂歡化敘事》，廣西師範大學，2006年。

2007年

高成效：《「神聖的敘述」──中西現代人化動物小說神話性與敘事性比較研究》，重慶師範大學，2007年。

胡沛萍：《狂歡化寫作──莫言小說論》，南京大學，2007年。

李豔豔：《苦難‧欲望‧反啟蒙──論莫言小說創作的民間敘事》，安徽大學，2007年。

李業根：《莫言小說狂歡化敘事研究》，南昌大學，2007年。

王娟：《莫言小說與民間敘事──從〈檀香刑〉到〈生死疲勞〉看莫言的創作轉型》，蘇州大學，2007年。

吳蓓：《中國式的「狂歡」──論莫言長篇小說的文體特徵》，山東師範大學，2007年。

肖宇：《莫言小說的神幻敘事與生命意識》，湖南師範大學，2007年。

張翼：《蘇童、莫言家族敘事比較論》，湖南師範大學，2007年。

2008年

高培華：《〈生死疲勞〉的敘事藝術和文體特徵》，吉林大學，2008年。

韓大勇：《淺析莫言小說創作的文體流變》，吉林大學，2008年。

洪亮：《背叛與復歸間的彷徨──從莫言小說的藝術形式解讀其對故鄉的複雜心理》，福建師範大學，2008年。

王保中：《莫言小說的魔幻現實主義風格》，河南大學，2008年。

王靜：《民間的「狂歡」世界──莫言小說的敘事結構分析》，遼寧師範大學，2008年。

徐文明：《死亡的風景──余華、莫言暴力敘事現象研究》，河南大學，2008年。

徐閨禎：《莫言民間敘事的原型與祭儀特徵》，復旦大學，2008年。

2009年

丁軍：《莫言小說的敘述策略》，遼寧大學，2009年。

范卉婷：《追尋多元的敘事：福克納〈喧嘩與騷動〉與莫言〈紅高粱家族〉敘事模式比較研究》，貴州大學，2009年。

韓現廣：《論莫言小說創作中兒童視角》，河北大學，2009年。

馬斐：《論莫言作品的狂歡美》，山東師範大學，2009年。

顏媛媛：《顛覆與還原——莫言小說的敘事策略》，曲阜師範大學，2009年。

2010年

曾慶利：《童年‧母親‧大自然——莫言小說基本敘事元素分析》，上海大學，2010年。

李自國：《反思歷史　追問人性——論莫言〈生死疲勞〉敘述策略及其深層意蘊》，華南師範大學，2010年。

林麗：《論莫言小說的怪誕表現形態》，湖南師範大學，2010年。

劉菊：《中國當代小說中的「怪異」書寫》，蘇州大學，2010年。

錢路璐：《20世紀90年代家族小說中的傳奇敘事》，東北師範大學，2010年。

汪潔：《論新時期以來鄉土小說中「鬼怪敘事」》，南京師範大學，2010年。

楊宇：《莫言小說狂歡化特色研究》，西北大學，2010年。

2011年

杜程霖：《藝術的童眸——論新時期小說中的兒童視角》，江西師範大學，2011年。

曠玉妍：《意象化的家族敘事——莫言、蘇童家族小說比較論》，湖南師範大學，2011年。

李敬濤：《莫言小說與後現代主義》，河北大學，2011年。

劉靜傑：《敘事意識與生命感覺——對莫言長篇小說的批判性思考》，浙江大學，2011年。

羅凌雲：《二十世紀土匪敘事的主題變奏——以〈死水微瀾〉、〈橋隆飆〉、〈紅高粱〉為例》，西南交通大學，2011年。

羅芝藝：《新世紀中國鄉土小說敘事的新歷史主義闡釋》，陝西師範大學，2011年。

王瑜：《莫言小說創作觀念的解構與重建》，延邊大學，2011年。

徐露：《〈檀香刑〉的民間敘事》，中南大學，2011年。

張相寬：《論莫言小說的敘事藝術》，山東大學，2011年。

趙階奎：《全面的歷史態度——論莫言小說〈蛙〉對新歷史小說的超越》，山東大學，2011年。

趙靜傑：《敘事意識與生命感覺－－對莫言長篇小說的批判性思考》，浙江大學，2011年。

2012年

陳威：《論莫言小說的敘事藝術》，雲南大學，2012年。

雷健：《莫言小說的重複現象研究》，浙江師範大學，2012年。

李瑞婷：《兒童視角的運用——論新時期小說中的另一種書寫方式》，天津師範大學，2012年。

李瑋：《魯迅與莫言「復仇」敘事比較研究》，廣西師範大學，2012年。

宋麗娟：《論莫言長篇小說的複調性》，廣東技術師範學院，2012年。

王赫佳：《論莫言小說的魔幻性與拉美魔幻現實主義》，內蒙古大學，2012年。

王蘭：《小說文體虛性敘述的藝術魅力》，陝西師範大學，2012年。

王宇：《論新時期以來小說中的「傻子」敘事》，遼寧師範大學，

2012年。

英佳妮：《小說的電影化敘事手法及其審美價值表現——以〈紅高粱〉、〈上海的狐步舞〉、〈伏羲伏羲〉等小說為例》，復旦大學，2012年。

張麗君：《莫言小說的儀典化敘事》，重慶師範大學，2012年。

2013年

安宇鵬：《莫言小說中的民間性研究》，西北師範大學，2013年。

杜文彬：《〈生死疲勞〉葛浩文英譯本的敘事學解讀》，中南大學，2013年。

杜盈盈：《莫言小說中的野史敘事研究》，中國海洋大學，2013年。

侯哲：《虛擬的真實——論莫言小說中的荒誕敘事》，陝西師範大學，2013年。

姜靜：《暴力的狂歡——論莫言的暴力敘事》，西北師範大學，2013年。

廖青鵬：《論莫言小說的解構與建構》，西南大學，2013年。

佟鑫：《中國作家對魔幻現實主義的接受》，瀋陽師範大學，2013年。

夏兆林：《「真」與「深」的表達訴求——論莫言小說中的兒童視角》，曲阜師範大學，2013年。

張國亮：《論莫言小說的結構藝術》，揚州大學，2013年。

2014年

高改革：《福克納與莫言美學思想對比研究》，中國海洋大學，2014年。

鞏曉悅：《論莫言小說的幻覺敘事》，華東師範大學，2014年。

李小媛：《論新時期小說中的刑罰描寫》，西南大學，2014年。

李陽：《「計畫生育」敘事研究——以〈蛙〉為例》，海南大學，

2014年。

林雪：《莫言短篇小說敘事策略和詩意化研究》，上海師範大學，
　　　2014年。

孫珊：《莫言小說的跨文體特徵研究》，山東師範大學，2014年。

王文靜：《莫言長篇小說文體風格研究》，雲南師範大學，2014年。

吳麗麗：《當代男性作家作品中的兒童視角——以莫言、蘇童、余華
　　　為例》，安徽大學，2014年。

閆欣：《〈生死疲勞〉敘事藝術論》，內蒙古大學，2014年。

楊偉：《莫言小說文本的互文性及其敘事功能研究》，浙江師範大
　　　學，2014年。

尹婷：《莫言小說英譯策略的敘事學研究——以〈豐乳肥臀〉和葛浩
　　　文英譯本為例》，魯東大學，2014年。

張若琳：《莫言小說中的「世界性因素」——以「惡魔性」與「狂歡
　　　化」為中心的討論》，寧夏大學，2014年。

張洋：《論新時期的輪迴轉世母題小說》，西南大學，2014年。

鄭湄蒹：《故鄉敘事的接受與疏離——莫言與福克納比較研究》，湖
　　　南師範大學，2014年。

周莉：《莫言小說語言修辭及魔幻風格研究》，江蘇師範大學，
　　　2014年。

朱蕾：《新時期「先鋒小說」中的象徵敘事研究》，寧夏大學，
　　　2014年。

朱曉琳：《馬爾克斯與莫言的魔幻小說比較研究》，揚州大學，
　　　2014年。

2015年

段乃琳：《莫言小說的反諷藝術研究》，齊齊哈爾大學，2015年。

高晨韻：《從模仿到創新——莫言與魔幻現實主義的本土性建構》，

東北師範大學，2015年。

高紅：《敘事聚焦下莫言作品及其英譯本研究》，天津大學，2015年。

公榮偉：《無意識敘事：莫言文本的民族寓言》，蘇州大學，2015年。

郭靜思：《試論兒童視角敘事——以中國現當代作家作品為例》，青海師範大學，2015年。

黃敬軍：《嬗變與異化——中國新時期以來小說中魔幻意象的研究》，遼寧師範大學，2015年。

金善花：《金裕貞和莫言小說的狂歡化特徵比較研究》，中央民族大學，2015年。

李琳：《夢幻與抗爭——莫言小說的敘事藝術研究》，河北師範大學，2015年。

李萌：《〈酒國〉的敘事分析》，山東大學，2015年。

李詩帆：《比較文學視域下莫言小說獨創性探究》，內蒙古師範大學，2015年。

李偉：《〈天堂蒜薹之歌〉英譯本的敘事學解讀》，西北大學，2015年。

李宇：《莫言魔幻現實手法的闡釋循環解讀——以葛浩文英譯〈豐乳肥臀〉英譯為例》，長沙理工大學，2015年。

李禎：《論莫言小說的「暴力美學」及其當下審美文化意義》，新疆大學，2015年。

林潔：《莫言小說中的動物敘事研究》，西南大學，2015年。

林麗：《論莫言小說的怪誕表現形態》，湖南師範大學，2015年。

劉丹妮：《身體的敘事——對莫言小說的政治閱讀》，上海師範大學，2015年。

劉容：《莫言小說的怪誕特徵研究》，福建師範大學，2015年。

劉珊珊：《傳說彌漫的敘事——試論莫言小說中傳說的敘事學意義》，青島大學，2015年。

歐玫：《論莫言小說的借鑒與創造性轉化》，福建師範大學，2015年。

宋琳琳：《論莫言筆下的動物描寫》，山東大學，2015年。

隋雙雙：《論莫言小說中的動物書寫》，南京師範大學，2015年。

孫婷：《〈檀香刑〉的敘事策略研究》，山東大學，2015年。

王瑾：《論莫言對〈生死疲勞〉的中國式魔幻現實主義創作》，廣西
　　民族大學，2015年。

王雪：《「風景的發現」與莫言小說敘事的美學構成》，青島大學，
　　2015年。

王一平：《從敘事學與文學文體學的視角論葛浩文對〈酒國〉的翻
　　譯》，東南大學，2015年。

吳丹：《莫言小說〈蛙〉的修辭研究》，南京林業大學，2015年。

吳靜：《莫言小說的鄉土地理敘事》，青島大學，2015年。

謝文興：《論馬爾克斯對莫言小說創作的影響》，浙江師範大學，
　　2015年。

徐笑影：《認知敘事學視域下莫言〈生死疲勞〉漢英版本的對比分
　　析》，電子科技大學，2015年。

許洪淦：《莫言小說中的空間性敘事研究》，山東師範大學，2015年。

楊子碩：《新歷史主義視野下的莫言小說研究》，貴州大學，2015年。

姚明月：《〈生死疲勞〉的敘事研究》，山東大學，2015年。

趙一：《莫言小說〈歡樂〉的悲劇敘事》，吉林大學，2015年。

周順豔：《論莫言小說的敘事與性別》，雲南大學，2015年。

鄒瓊：《莫言作品〈酒國〉漢英版本的認知敘事學分析》，電子科技
　　大學，2015年。

2016年

敖倩影：《論莫言小說的身體敘事》，廣西民族大學，2016年。

白玉：《試論莫言小說的民間敘事——以〈豐乳肥臀〉〈生死疲勞〉

為例》，西北大學，2016年。

董博宇：《80年代先鋒小說的後現代敘事研究》，天津師範大學，
　　2016年。

韓玉頎：《論莫言小說的歷史敘事》，瀋陽師範大學，2016年。

陽樂青：《莫言作品〈紅高粱家族〉中女主角戴鳳蓮的女性主義敘事
　　學探析》，電子科技大學，2016年。

張裕：《莫言小說民族化敘事中的世界性意識表達》，湖南科技大
　　學，2016年。

2017年

張相寬：《莫言小說創作與中國口頭文學傳統》，山東大學，2017年。

李倩：《論莫言的動物書寫——以馬驢騾為例》，渤海大學，2017年。

劉權：《靈異中顯真切　悚異中見詩意——論〈聊齋志異〉對莫言小
　　說奇幻風格的影響》，安徽大學，2017年。

張桌宜：《論莫言小說魔幻現實主義的呈現及意義》，廣西師範學
　　院，2017年。

李曉姣：《莫言小說的動物書寫研究——以〈食草家族〉、〈生死疲
　　勞〉和〈蛙〉為中心》，華東師範大學，2017年。

杜麗華：《莫言小說的隱喻敘事研究》，華僑大學，2017年。

徐寧：《莫言小說的欲望敘事研究》，湖南科技大學，2017年。

郭榮榮：《論莫言小說的魔幻書寫》，曲阜師範大學，2017年。

柏影：《論莫言小說的「狂歡化」特質》，山東大學，2017年。

趙永銘：《馬爾克斯〈百年孤獨〉與莫言〈生死疲勞〉的比較研
　　究》，溫州大學，2017年。

全玲玲：《莫言小說摹繪修辭及其魔幻風格研究》，江蘇師範大學，
　　2017年。

三、莫言小說文體與敘事研究專著（按出版時序排列）

鍾怡雯：《莫言小說「歷史」的重構》，（臺灣）文史哲出版社1997年版。

謝靜國：《論莫言小說1983-1999的幾個母題和敘述意識》，（臺灣）秀威資訊科技股份有限公司2006年版。

張靈：《敘述的源泉：莫言小說與民間文化中的生命主體精神》，中央編譯出版社2010年版。

付豔霞：《莫言的小說世界》，中國文史出版社2011年版。

張秀奇、劉曉麗：《狂歡的王國：莫言長篇小說細解》，陝西人民出版社2013年版。

胡沛萍：《「狂歡化寫作」：莫言小說的藝術特徵與叛逆精神》，山東大學出版社2014年版。

寧明：《莫言創作的自由精神》，山東大學出版社2014年版。

王育松：《莫言小說研究》，社會科學文獻出版社2016年版。

管笑笑：《莫言小說文體研究》，北京師範大學出版社2016年版。

張之帆：《莫言與福克納：「高密東北鄉」與「約克納帕塔法」譜系研究》，四川大學出版社2016年版。

史言：《敘事策略與文本細讀：莫言中短篇小說研究》，廈門大學出版社2016年版。

楚軍：《莫言作品敘事研究》，科學出版社2017年版。

附錄二　2013-2017年國家社科基金項目和教育部人文社科基金項目中立項的莫言研究項目名錄（24項）

一、國家社科基金項目（18項）

年份	項目名稱	主持人	單位	項目級別	學科門類
2013	莫言與現代主義文學的中國化研究	王洪嶽	浙江師範大學	一般項目	中國文學
	莫言與當代中國文學的變革研究	張清華	北京師範大學	重點項目	中國文學
	莫言文學思考	林敏潔	南京師範大學	中華學術外譯項目	中國文學
	基於平行語料庫的認知敘事學視域下的莫言作品漢英版本比較研究	楚　軍	電子科技大學	一般項目	語言學
	莫言小說敘事學研究	張學軍	山東大學	一般項目	中國文學
	莫言劇作及小說中的戲劇性研究	鄒　紅	北京師範大學	一般項目	中國文學
	村上春樹與莫言小說比較研究	尚一鷗	東北師範大學	一般項目	中國文學
	世界性與本土性交匯：莫言文學道路與中國文學的變革研究	張志忠	首都師範大學	重大項目	中國文學
2014	基於語料庫的莫言小說譯本風格研究	宋慶偉	濟南大學	一般項目	語言學
2015	莫言文學思想	李紅梅	南京師範大學	中華學術外譯項目	中國文學

年份	項目名稱	主持人	單位	項目級別	學科門類
2015	後現代視閾下的莫言小說與海外接受研究	聶英傑	大連工業大學	一般項目	中國文學
	莫言與沈從文鄉土小說比較研究	魏家文	貴州大學	西部項目	中國文學
	莫言小說的語象與圖像關係研究	陸　濤	江西師範大學	青年項目	中國文學
2016	莫言家世考證	程光煒	中國人民大學	重點項目	中國文學
	莫言文學中怪誕審美形態功能價值研究	劉法民	南昌師範學院	後期資助項目	中國文學
	莫言小說修辭研究	郭洪雷	福建師範大學	一般項目	中國文學
2017	莫言文學思想	許詩焱	南京師範大學	中華學術外譯項目	中國文學
	莫言的中國主體重建與新文學傳統研究	王金勝	青島大學	一般項目	中國文學

二、教育部人文社科基金項目（6項）

年份	項目名稱	主持人	單位	項目級別	學科門類
2013	莫言小說英譯者葛浩文的譯者風格研究	邵　璐	西南財經大學	青年項目	語言學
	莫言的文學世界研究	張志忠	首都師範大學	規劃項目	中國文學
2014	旅行與賦形：美國莫言作品英譯研究	王啓偉	淮北師範大學	青年項目	語言學
	基於語料庫的莫言文學作品中的顏色隱喻研究	紀　燕	江蘇科技大學	青年項目	語言學
2016	福克納與莫言小說的時空敘事比較研究	楊紅梅	長沙學院	青年項目	外國文學
	莫言小說英譯的體驗認知機制及其心理模型研究	張偉華	江蘇大學	青年項目	語言學

後記

　　這部書稿是在我的碩士學位論文《從故鄉記憶到多重話語敘事的視角轉換——莫言小說敘事視角及其功能分析》的基礎上修改而成的，原稿5.6萬字，大致為本書的第一至六章，於2006年5月1日至7日間匆促寫就。我是2003年9月考入陝西師範大學文學院王榮教授門下在職攻讀中國現當代文學碩士學位的。因為我所在的外國語學院工作量重，加上雜事纏身，很難有集中的畢業論文寫作時間，原想推遲一年畢業，但因為早就在導師的指導下選定了題目，也通讀了莫言的全部小說和導師推薦的幾本經典敘事學論著，就想趁著「五一」小長假難得的集中時段，壯著膽子寫寫試試。好友吳國彬兄見我無處可以靜下來寫東西，就借了他單位位於陝西師範大學雁塔校區教學十五號樓二層一間存放舊報紙的庫房給我臨時用。當時打字慢，為了趕時間，就在紙上手寫，睏了收拾書紙，睡在書桌上，醒來繼續寫，就這樣睏了睡醒了寫，日均八千字，匆促之中寫下的文字凌亂不堪，自己來不及輸入電腦，就交給當時還在病中的國彬兄和幾個學生來幫我錄入電腦敲成word文檔，急匆匆間完成了一篇碩士學位論文。國彬兄多年來如長兄般幫助支持我，兄弟情誼、萬千感懷，怎一個謝字了得?!

　　我對莫言的興趣，來自《天堂蒜薹之歌》這部作品，我最早寫成發表的單篇論文《敘事語境轉換中的現實關懷言說——從〈紅高粱家族〉到〈天堂蒜薹之歌〉》（《陝西教育學院學報》2005年第1期）就是分析這部作品的多重話語敘事和現實關懷情緒的，這篇論文後來被楊揚教授收入他主編的《莫言作品解讀》（華東師範大學出版社，2012年11月出版）一書，我也因此得與楊老師結緣，於2015年4月拜入楊老師門下做博士後研究。這部小說寫到的「蒜薹事件」就

真實地發生在我出生長大的費縣的臨縣，莫言在小說裡表達的憤怒，我也曾深深地體驗過，正是這樣的情感認同，讓我對莫言和他的作品產生了濃厚的興趣。為畢業計，我決定選擇莫言小說作為研究對象，讀來讀去，僅是「現實關懷」似乎還不足以完成一篇碩士論文，我就打算寫「莫言小說敘事研究」，但是，導師王榮教授見我一個農家子弟在讀研期間還要天天奔忙著在校內校外兼課賺錢養家糊口實在可憐，也考慮到我實在沒有時間精力對莫言這位高產作家的全部作品進行系統的敘事學解讀，就建議我僅就莫言小說的敘事視角進行文本解讀和研究，選取小切口，做深做細做扎實，並耐心給我講解小說的敘事視角對於作品藝術價值生成的意義。王老師對敘事學深有研究，我被說服，開始重新通讀莫言小說，尋找切入點，整理論證思路，撰寫寫作提綱，並慢慢進入論文寫作狀態，做筆記，寫零星的閱讀心得。所以，儘管寫就論文用時僅一周，但卻是長期在王老師指導下讀書、筆記的一個速成的結果。再後來，為了職稱評定的需要，在王老師的指導下修改了幾篇拿出來投稿，這就是後來發表在《中國現代文學研究叢刊》、《求索》、《當代文壇》、《南京師範大學文學院學報》和《陝西教育學院學報》上的《論莫言1985年後中短篇小說的敘事視角試驗》、《莫言小說敘事視角實驗的反叛與創新》、《論1985年以後莫言中短篇小說的「我向思維」敘事和虛構家族傳奇》、《複調敘事和敘事解構：〈酒國〉裡的虛實》和《新歷史主義敘事的模範文本——〈豐乳肥臀〉敘事視角分析》等文章。

我本疏懶，正是讀研期間及至今時今日王老師的指導、督促，使我通過對莫言小說的閱讀和研究，慢慢得以窺見學術研究的門徑，開始學著寫學術論文、填報各類項目申請書，一點點提升自己的科研能力。王老師待我如待子侄，師恩如山，無以回報，唯願先生與師母身體健康，萬事順心。

我的博士後合作導師楊揚教授是莫言研究專家，先生對莫言的文

學價值有充分的認識，早在2005年就主編過《莫言研究資料》，2012年5月力邀莫言擔任華東師範大學客座教授，主持莫言受聘後的首場講座、高度評價莫言的文學成就，2012年12月又編選《莫言作品解讀》。正是在楊老師的指導下，我才得以獲批2016年陝西師範大學中央高校基本科研業務費專項資金項目和第59批中國博士後科學基金一等面上資助項目，這兩個項目均與「莫言小說在英語國家的譯介、傳播與接受研究」有關，每當收到楊老師在微信上發來的與課題研究有關的資料鏈接和圖書信息時，我都感動不已。

2014年，我的摯友李躍力兄介紹我認識了山東大學的賀立華教授，我也因此得以以「莫言與賈平凹小說敘事比較研究」的選題參與到首都師範大學張志忠教授任首席專家的2013年國家社科基金重大招標項目「世界性與本土性交匯：莫言文學道路與中國文學的變革研究」的子項目「莫言文學創新之路研究」（主持人為賀立華教授）之中，並得以年年參加項目組召集的學術會議，可以在會上聆聽莫言研究的大家如張志忠教授、賀立華教授、季紅真教授、樊星教授、楊守森教授等諸先生的高論新論，得以瞭解國內莫言研究的新動向新成果，得以認識諸多莫言研究的專家學者，可以時時跟他們請教學習。項目組的專家如張志忠教授、賀立華教授時時關注我的成長，對我的研究中存在的短板和不足提出了很多寶貴的意見，本書得到了項目組專家老師們的指導，感謝張志忠教授不棄，指出書中的諸多問題，慨然允我將本書作為項目的階段性成果之一出版。賀立華教授待我如待門下學生，鼓勵、提攜、幫助我，在我申請出國訪學四處求告邀請函時，他動用了各種關係來幫我，動員他的女兒賀天舒姐姐最終幫我拿到了杜克大學劉康教授的邀請函；和賀老師的每一次見面、談話都讓我如沐春風；賀老師門下高足寧明、張相寬、于紅珍、程春梅、王朱傑諸君均和我以師兄弟相稱，讓我感激不盡，得賀老師慨然允為拙稿作序，是我的莫大榮幸。

感謝山東大學張學軍教授為拙著作序。我與張老師在北京參會期間經賀立華先生介紹認識，始知這位久聞大名未曾謀面的張老師是1988年「全國首屆莫言創作研討會」的主要籌備者之一、會議的主持人、山東大學的官方代表，也是《怪才莫言》的主撰者之一。張老師多年來堅持對莫言進行跟蹤式的文本細讀研究，是較早且持續關注莫言小說敘事特質的學者。張老師溫良敦厚，有慈長者風。感謝他答應讓我做他關於莫言研究的訪談。聽他與賀老師慷慨激昂地回憶他們當年為莫言研究努力奔走的趣事和艱難，看著兩位前輩學者憶起他們激情燃燒的往昔歲月時眼睛裡閃動著的光芒，既感佩他們對學術的執著和赤誠，又深受鼓舞，暗下決心，告誡自己要專心學問、赤誠為人。

感謝科學出版社的王洪秀女士，她責編了我的上一本書，又以專業編輯的眼光很認真地指出了本書書稿中存在的問題。洪秀寬厚大度、樂於助人，有沂蒙女子的豪俠氣，是我的摯友，她的幫助我一直感念，不敢忘懷。

教育部長江學者特聘教授、我的領導、陝西師範大學外國語學院院長王啟龍先生關心我的學術成長，給我提供了充足的科研資助，本書能夠面世，離不開王院長的關懷和大力支持。

感謝秀威資訊科技股份有限公司的林昕平、徐佑驊和林世玲三位編輯審閱、評估、責編拙稿，使拙稿能在寶島出版繁體字本。在修改拙稿期間，徐佑驊和林世玲兩位編輯多次來函耐心叮囑儘快完稿，免誤出版。林世玲女士幹練、耐心、認真、客氣，由她責編拙作，是我的榮幸。

完善書稿的每個日夜，從早到晚，我的摯愛余露茜都陪在我身邊，聽我談寫作思路和想法，從我想不到的角度給我補充和啟發，本書的很多細處都有她的智慧之光。感謝她啟發幫助我，照顧我的生活，提醒我喝水休息，暖暖愛意，讓寫作的辛苦裡滿是甜蜜的記憶。

感謝爸爸媽媽為我準備可口的飯菜，他們看我日夜伏案勞作辛

苦，為我煲湯烙餅包餃子，準點喊我起來活動吃飯，那種在家被父母
疼愛的感覺真好！

　　謝謝你們，我的愛人、家人、師長和朋友們！

王西強

2018年3月22日

於長安城南望雲齋

語言文學類　PG1998　文學視界93

「講故事」的「人」：
莫言小說敘事視角和人稱機制研究

作　　者 / 王西強
責任編輯 / 林世玲
圖文排版 / 楊家齊
封面設計 / 葉力安

發 行 人 / 宋政坤
法律顧問 / 毛國樑　律師
出版發行 / 秀威資訊科技股份有限公司
　　　　　114台北市內湖區瑞光路76巷65號1樓
　　　　　電話：+886-2-2796-3638　傳真：+886-2-2796-1377
　　　　　http://www.showwe.com.tw
劃撥帳號 / 19563868　戶名：秀威資訊科技股份有限公司
　　　　　讀者服務信箱：service@showwe.com.tw
展售門市 / 國家書店（松江門市）
　　　　　104台北市中山區松江路209號1樓
　　　　　電話：+886-2-2518-0207　傳真：+886-2-2518-0778
網路訂購 / 秀威網路書店：https://store.showwe.tw
　　　　　國家網路書店：https://www.govbooks.com.tw

2018年6月　BOD一版
定價：330元
版權所有　翻印必究
本書如有缺頁、破損或裝訂錯誤，請寄回更換

國家圖書館出版品預行編目

「講故事」的「人」：莫言小說敘事視角和人稱機
制研究 / 王西強著. -- 一版. -- 臺北市 : 秀
威資訊科技, 2018.06
　　面 ；　公分. -- (語言文學類 ; PG1998)(文學視
界 ; 93)
　BOD版
　ISBN 978-986-326-551-1(平裝)

　1. 莫言 2. 小說 3. 文學評論

857.7   107005575

讀 者 回 函 卡

感謝您購買本書,為提升服務品質,請填妥以下資料,將讀者回函卡直接寄
回或傳真本公司,收到您的寶貴意見後,我們會收藏記錄及檢討,謝謝!
如您需要了解本公司最新出版書目、購書優惠或企劃活動,歡迎您上網查詢
或下載相關資料:http:// www.showwe.com.tw

您購買的書名:_____

出生日期:_____年_____月_____日

學歷:□高中 (含) 以下　　□大專　　□研究所 (含) 以上

職業:□製造業　□金融業　□資訊業　□軍警　□傳播業　□自由業
　　　□服務業　□公務員　□教職　　□學生　□家管　　□其它____

購書地點:□網路書店　□實體書店　□書展　□郵購　□贈閱　□其他

您從何得知本書的消息?

　　□網路書店　□實體書店　□網路搜尋　□電子報　□書訊　□雜誌

　　□傳播媒體　□親友推薦　□網站推薦　□部落格　□其他_____

您對本書的評價:(請填代號　1.非常滿意　2.滿意　3.尚可　4.再改進)

　　封面設計____　版面編排____　內容____　文／譯筆____　價格____

讀完書後您覺得:

　　□很有收穫　□有收穫　□收穫不多　□沒收穫

對我們的建議:_____

_____

_____

_____

11466
台北市內湖區瑞光路 76 巷 65 號 1 樓

秀威資訊科技股份有限公司　　　收

BOD 數位出版事業部

....

（請沿線對折寄回，謝謝！）

姓　　名：＿＿＿＿＿＿＿＿＿　年齡：＿＿＿＿　性別：□女　□男

郵遞區號：□□□□□

地　　址：＿＿＿＿＿＿＿＿＿＿＿＿＿＿＿＿＿＿＿＿

聯絡電話：(日) ＿＿＿＿＿＿＿＿＿＿　(夜) ＿＿＿＿＿＿＿＿＿＿

E-mail：＿＿＿＿＿＿＿＿＿＿＿＿＿＿＿＿＿＿＿＿